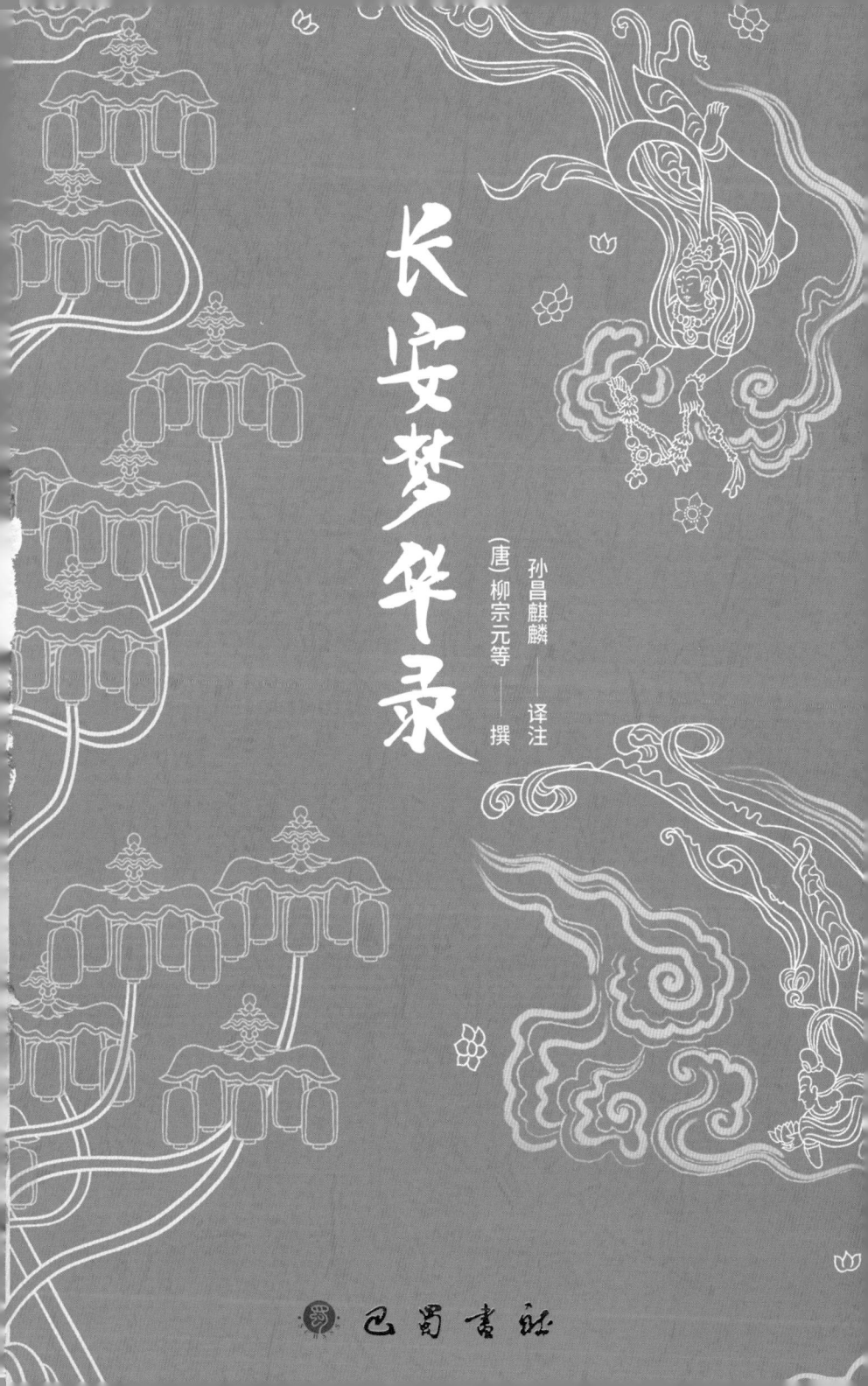

# 长安梦华录

(唐)柳宗元等 撰
孙昌麒麟 译注

巴蜀书社

【看花马】

每至春时,结朋联党,各置矮马,饰以锦鞯金鞍,并辔于花树下往来。

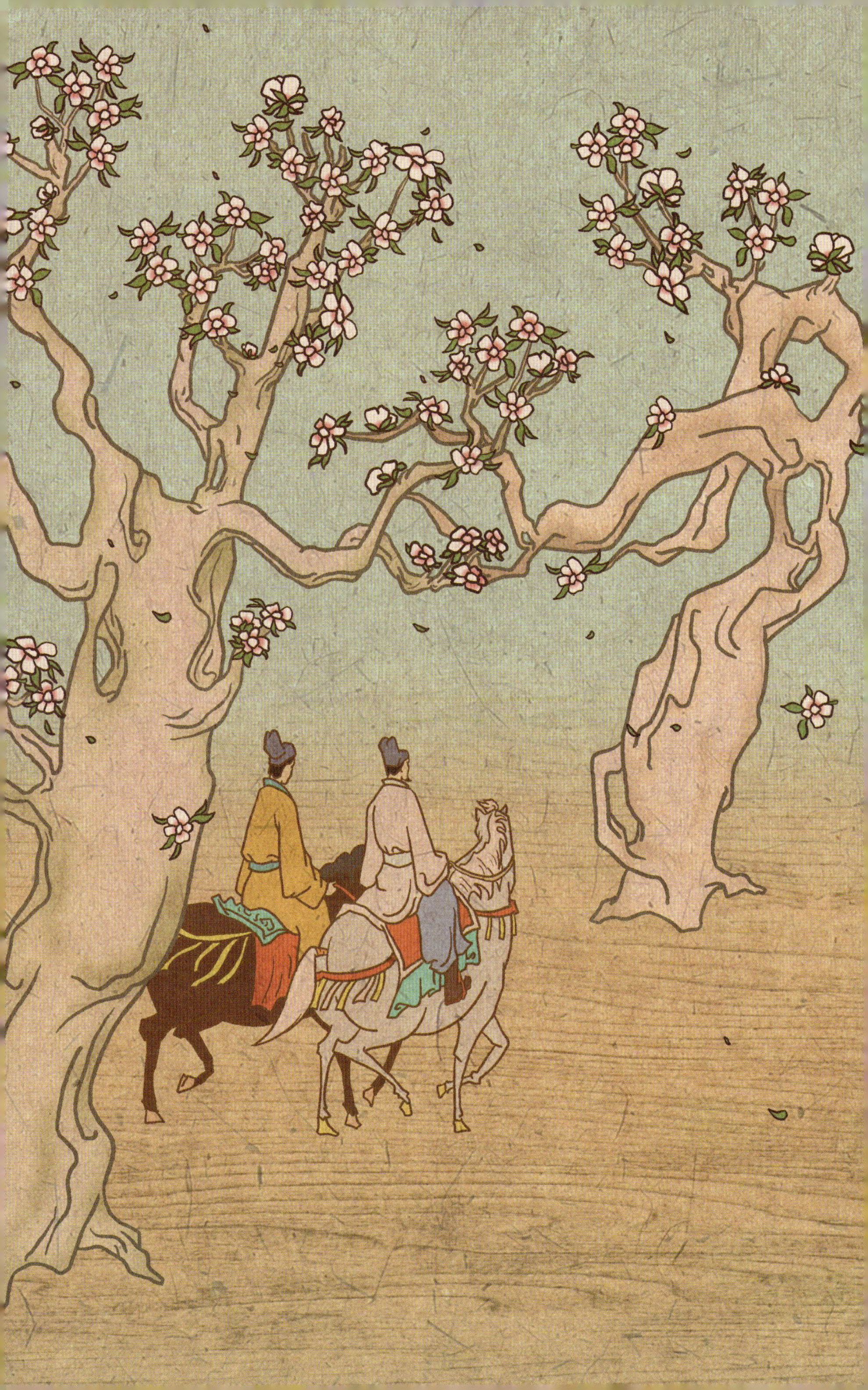

【郡神迎路】

惟闻空中有殿喝之声。相次云中，有衣紫披甲胄者。

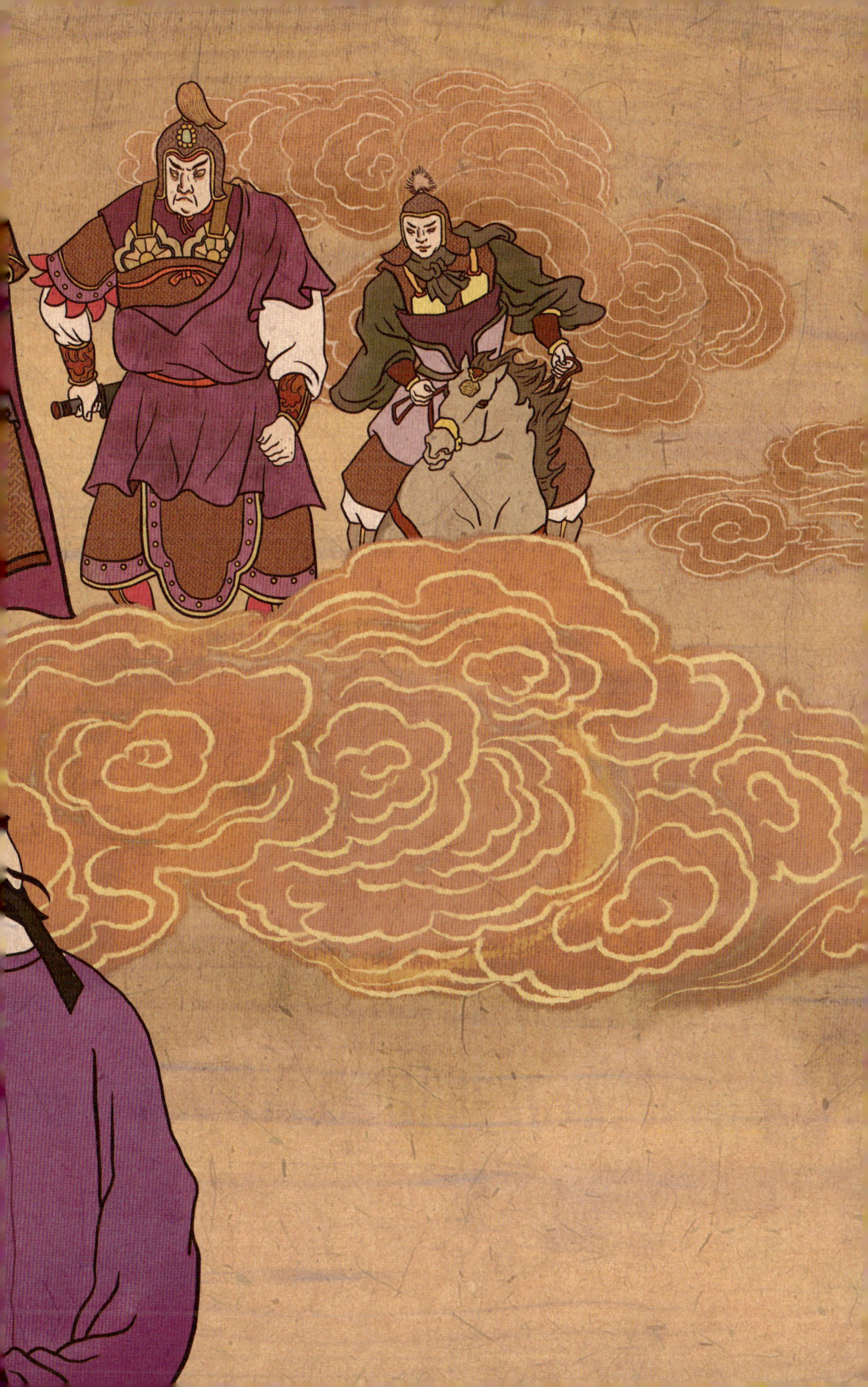

【金牌断酒】

每有王公召宴,欲沃以巨觥,禄山即以牌示之,云:『准敕断酒。』

## 【射飞毛】

羽林将刘洪,喜骑射,常对御,使人于风中掷鹅毛,洪连箭射之,无有不中。

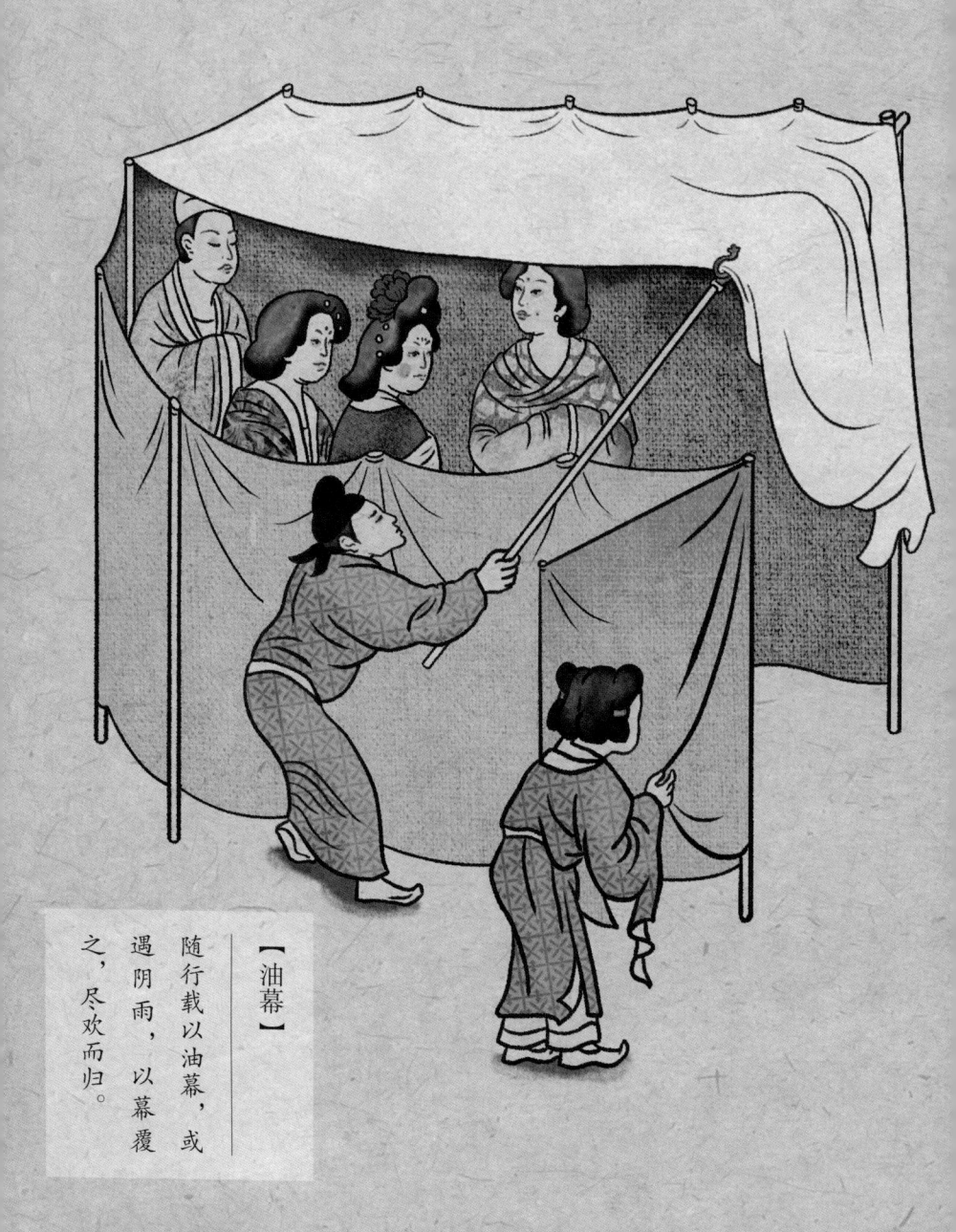

【油幕】

随行载以油幕,或遇阴雨,以幕覆之,尽欢而归。

【被底鸳鸯】

宫嫔辈凭栏倚槛,争看雌雄二鹨鹕戏于水中。

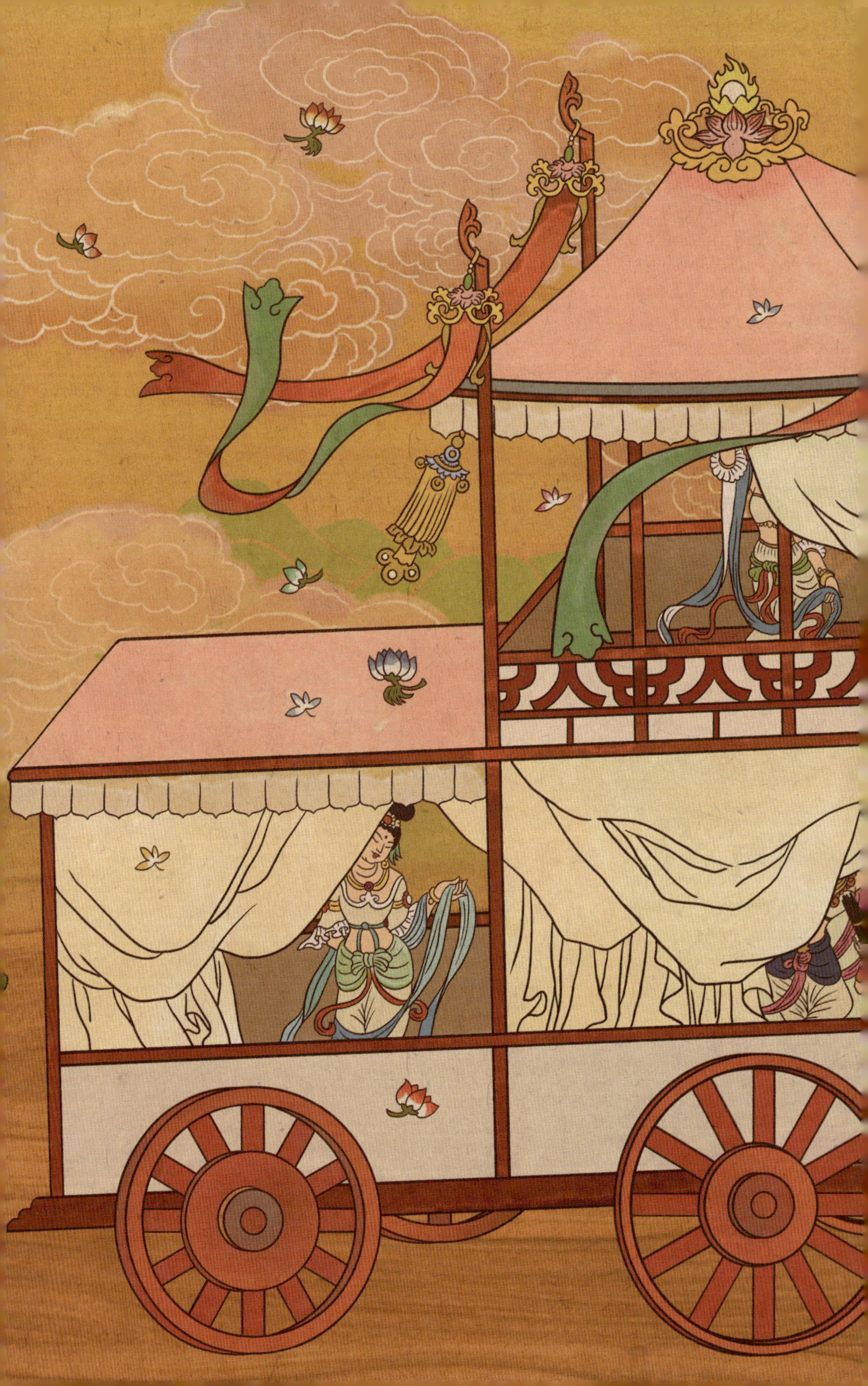

【楼车载乐】

每游春之际,以大车结彩帛为楼,载女乐数十人,自私第声乐前引出。

【乞巧楼】

结成楼殿,高百尺,上可以胜数十人。陈以瓜果酒炙,设坐具以祀牛、女二星。

【玉有太平字】
得宝玉一片,如拍板样,上有古篆「天下太平」字。

【七宝山座】

以七宝装成山座,高七尺。召诸学士讲议经旨及时务,胜者得升焉。

【自暖杯】

上令取酒注之,溫溫然有氣,相次如弗及。

【游仙枕】

若枕之,则十洲三岛、四海五湖,尽在梦中所见。

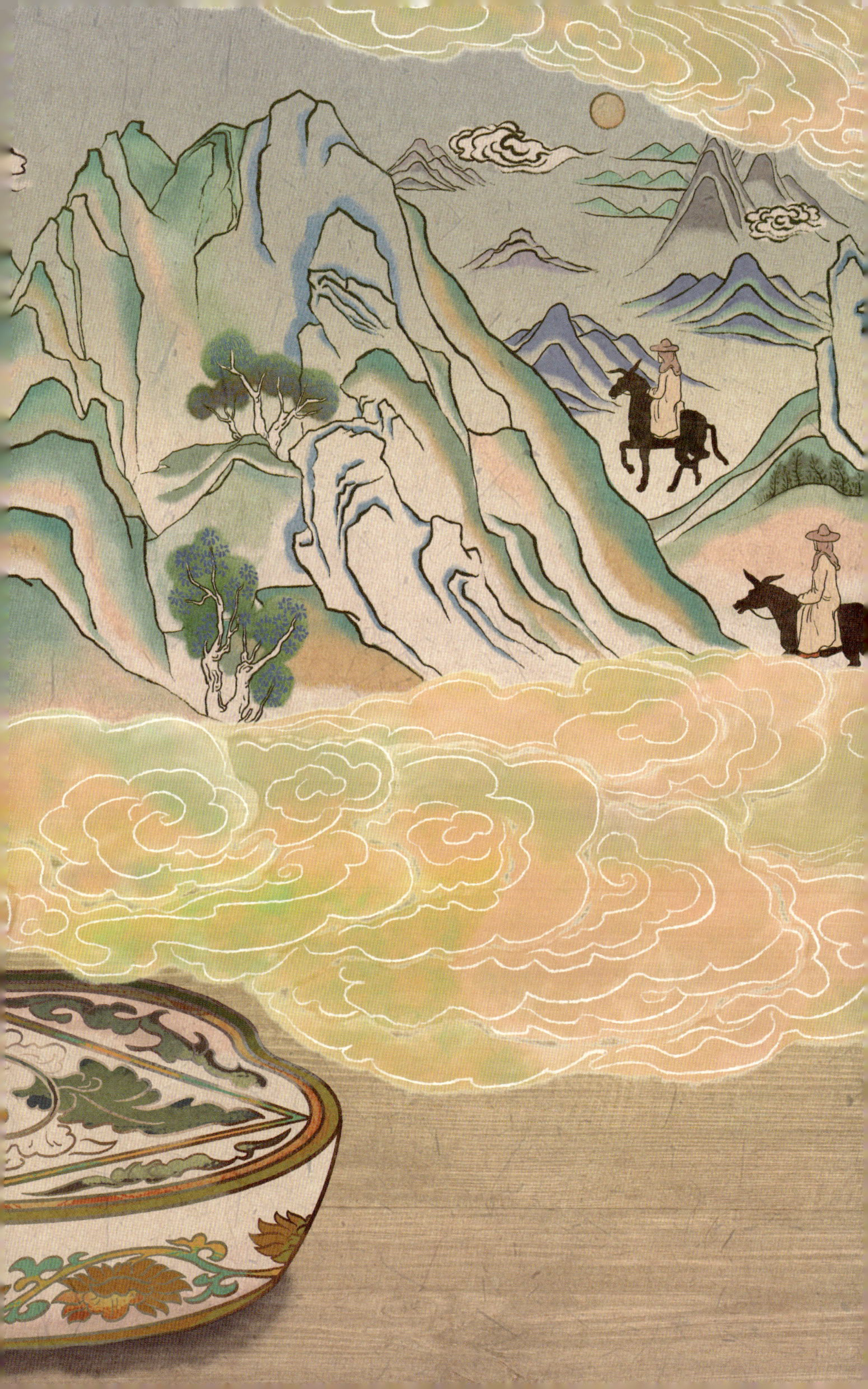

【辟寒犀】

交趾国进犀一株，色黄如金。使者请以金盘置于殿中，温温然有暖气袭人。

【照病镜】

人每有疾病，以镜照之，尽见脏腑中所滞之物。

【烛奴】

衣以绿衣袍,系之束带,使执画烛列立于宴席之侧,目为"烛奴"。

【龙皮扇】

每暑月宴客,即以此扇子置于坐前,使新水洒之,则飒然风生。

【占雨石】

每天欲雨,即此石架津出如汗,逡巡而雨。

【夜明枕】虢国夫人有夜明枕,设于堂中,光照一室,不假灯烛。

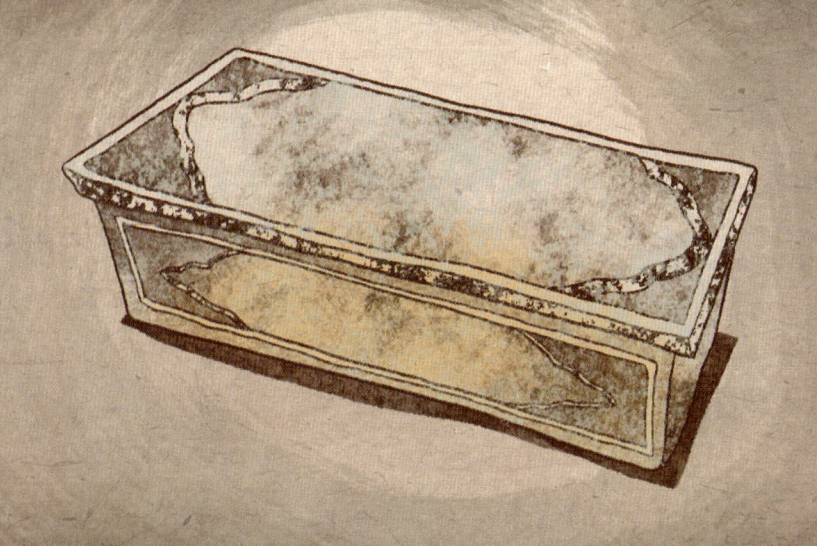

【百枝灯树】

高八十尺,竖之高山。上元夜点之,百里皆见,光明夺月色也。

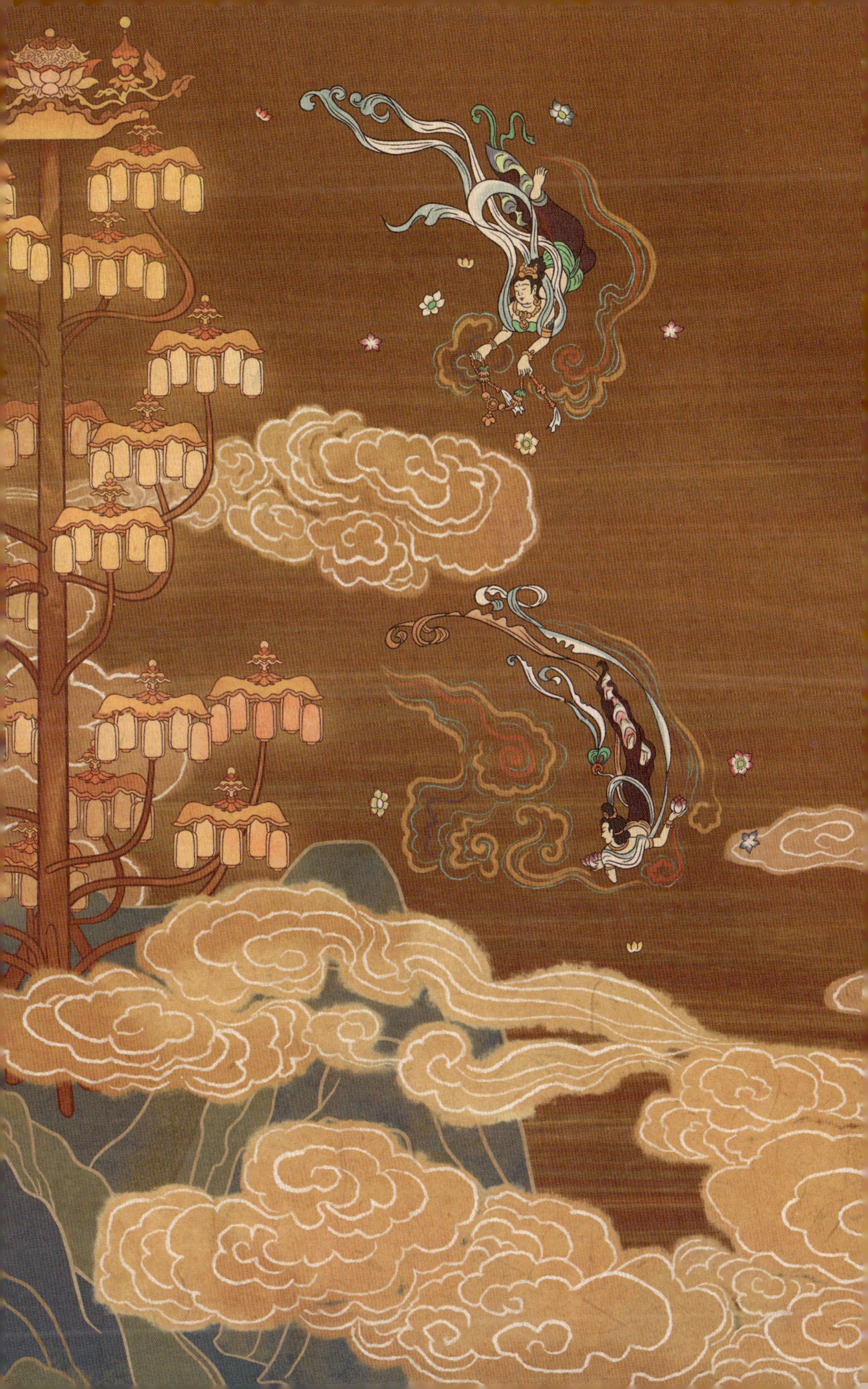

【暖玉鞍】虽天气严寒,则在此鞍上坐,如温火之气。

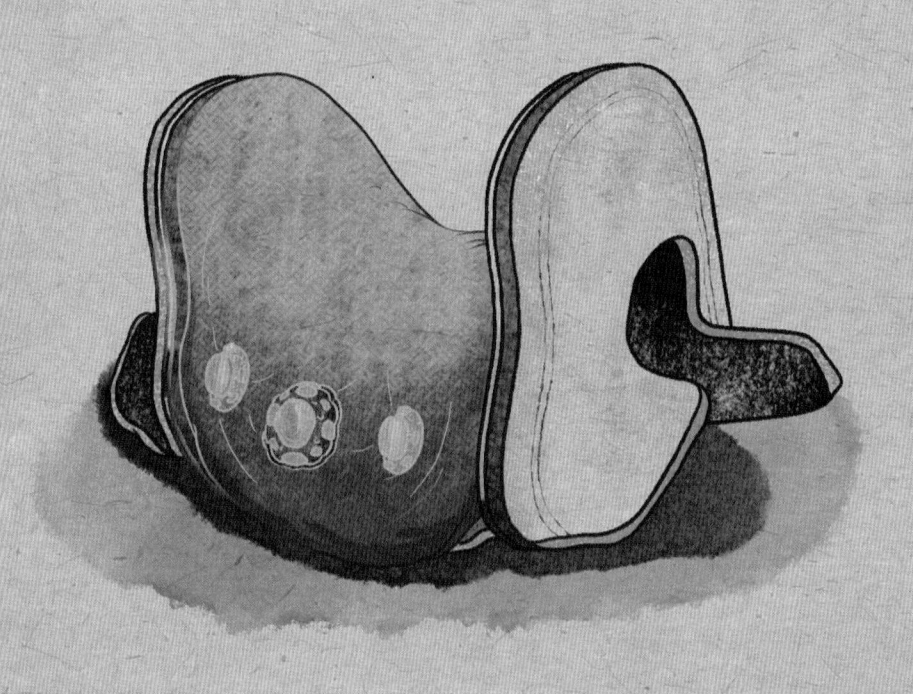

# 目 录

**龙城录**

「小书」中的「大唐」（自序）……〇〇一

序……〇〇三
仙道……〇〇四
名士……〇一七
方士……〇二七
精怪……〇三二

## 开元天宝遗事

名士 ……… 〇四一

美人 ……… 〇八四

灵兽（禽）……… 〇九六

异宝 ……… 一〇二

俗尘 ……… 一三二

# 大唐传载

- 序 ... 一四三
- 帝王术 ... 一四四
- 公卿事 ... 一四八
- 国家政 ... 一七六
- 玄异谈 ... 一八三

## 尚书故实

序 ...... 二〇三

仙道 ...... 二〇四

名流 ...... 二一四

奇珍 ...... 二三〇

精怪 ...... 二四一

邪佞 ...... 二四六

## 中朝故事

天子 ......... 二五五
名臣 ......... 二六〇
佞臣 ......... 二六五
奇术 ......... 二七一
异闻 ......... 二八一

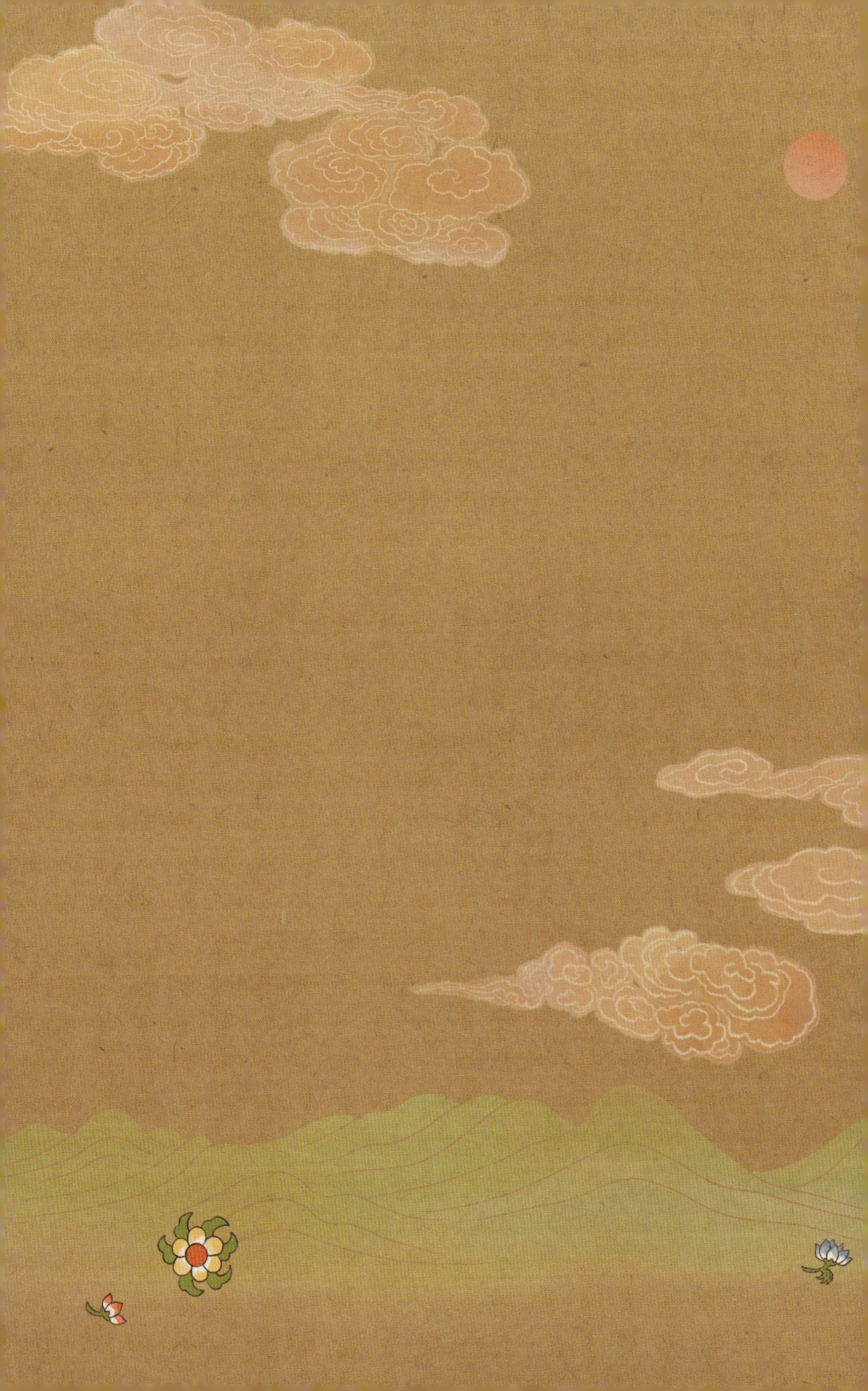

# "小书"中的"大唐"(自序)

兴许很多人心里都有一座长安城,在梦中想象它的样子,梦回长安,梦回盛唐,去触摸那座明珠般的城市,去触摸那个璀璨的时代,感受一下雄浑灿烂的大唐气象。我们选择了五部唐代笔记小说,组成这本书,希冀能借此揭开大唐这场盛剧幕布的小小一角。

中国古代笔记小说的特点是短小精炼,妙趣横生。相比记载帝王将相的正史,它的内容更为丰富多彩,或是国家典章、朝廷大事,抑或是才子佳人、名士风流,又或是市井里短、都市传说,还有访道求仙、妖魔鬼怪。总而言之是包罗万象,正好弥补了正史的缺漏,从而映射出历史幕后的血肉灵气,还原出故纸堆里的细枝末节。这本书收录的《龙城录》《开元天宝遗事》《大唐传载》《尚书故实》和《中朝故事》五部笔记小说,在时段上大致覆盖了从初期到末期的整个唐代,为读者展现了一个血肉丰满、活灵活现的大唐王朝。

《龙城录》里的故事大多发生在唐开元年间及之前,还夹杂了几则隋代的故事,所以这部笔记小说被安排为本书的第一部。书名中"龙城"为地名,指今天的广西柳州,因此该书过去被认为是担任过柳州刺史的柳宗元所写。书前序言也说是柳宗元贬居柳州时期，将以前在朝廷里的听闻选出来而写下这本书。不过，根据研究，目前一般认为这是托名之作，并非柳宗元所写。

该书书名虽然题作"龙城"，但提到柳州的地方不多。有一则故事是《龙城无妖邪之怪》，以柳宗元的口吻说柳州有五通鬼，他来后起醮为文，向天帝告状，之后柳州就再也无鬼。《龙城录》里大抵以这种鬼怪精妖和访道求仙故事居多，其中一些是单纯的猎奇讲古，另有一些则是微言大义，暗含深意。例如《李吉甫以毒虐弄正权》，用因果轮回来讽刺权臣李吉甫不得好报，其实是暗含了作者本人对李吉甫的品评。又如在《夜坐谈鬼而怪至》中假托柳宗元口气，感叹自己招惹鬼怪以致半生失意。这则故事里的俗谚"白日无谈人，昏夜无说鬼"流传至今，堪称"警世通言"。书中还有些文人名士的故事，像大臣魏征喜好吃醋芹还善于酿酒，上官婉儿在唐高宗宴上作牡丹诗，尹知章论《幽思赋》等。读罢此书，不觉间一个活泼可爱的唐朝跃然纸上。

本书所收第二部笔记小说《开元天宝遗事》，记载了许多宫中秘闻和民间习俗，成为后世戏曲、小说等文学作品取材的宝库，是本书所收五部笔记小说中最为著名的一部。作者王仁裕（880—956），字德辇，天水人。年少纨绔，成年后才安心读书向学，竟然颇有些天分，很快便以文辞扬名天下。后来追随唐废帝，诏令、书函等公文大多出自其手，亲眼见证了唐朝覆亡。新旧两部《五代史》都有他的传记。

《开元天宝遗事》共记了一百四十多则故事，大都是唐玄宗开元天宝年间的琐事杂闻，闲余时节读起来，十分引人入胜。例如说新科进士喜欢用泥金书写名帖寄回家中，被称为"喜信"；宫女们在宫中宴饮时荡秋千，被称为"半仙之戏"；长安城里的男男女女们，春天在身上插满奇花异草，互相争奇斗艳，被称为"斗花"；唐明皇对杨贵妃说的一句"争如我解语花"，流传至今，仍然作为两人心灵相通的代名词。这些都是在一般史书中看不到的鲜活历史。

王仁裕经历唐朝灭亡，由他来追忆百数十年前的唐朝最盛时期，是带着对故国思念的惊美之情的。因此，《开元天宝遗事》中有不少政治清明、君臣相得的故事，这大概正是他自己在乱世小朝廷中求而不得的愿景。毕竟时间相隔久远，又自带盛世的滤镜，王仁裕书中有不少过誉之处。不过这倒也不影响此书的价值，毕竟其中所展现的是一个人人称美的盛唐。

本书所收第三部笔记小说《大唐传载》，旧名《传载》，宋代以后才逐渐加上"大唐"二字。该书作者和写作时间都是悬案，目前一般倾向于是唐代宰相于珪的儿子于兢所写。于兢，字德源，开平二年（908）以吏部侍郎任中书侍郎平章事。书中序言称"八年夏，南行极岭峤，暇日泛舟，传其所闻而载之，故曰《传载》"。说是八年的夏季写就此书，但哪一个"八年"则语焉不详。根据学界考证，有大和八年（834）、大中八年（854）和咸通八年（867）等多种说法。不过书中的内容绝大多数是记大和八年以前的事。

《四库全书总目提要》评论该书"所录唐公卿事迹言论颇详，多为史所采用"，对其价值给予了充分肯定。这一评论是公允的。该书所记多属于朝野掌故，甚而是国家典章，如记录了唐高祖时期将领出征的名号制度，唐玄宗时期的节度使、元帅府制度，唐代的丁口和赋役制度，乃至于建中年间朝廷因缺钱而设置的"借商""省官""除陌""间架"等各种滥收税费的名目。

该书对公卿的描写也栩栩如生。例如进士李潼被预言将会遭受虎灾，而后在下山时听闻身后的崔冲大喊让其等待的"待冲来"，便以为是"大虫（意为老虎）来"而受惊坠落山崖受伤，读起来竟令人有一丝忍俊不禁。又如，卢杞上奏唐德宗派颜真卿招降李希烈，意欲借刀杀人，颜真卿当即回应道："当年你父亲被杀后，是我用舌头舔干净他头颅上的污血！"不愧是死守过孤城的硬汉，掷地有声的话语和他的铮铮铁骨一样，气冲霄汉，吓得卢杞直接跌倒在地。

《大唐传载》对帝王权术的描写更是精彩。唐太宗征辽东，李靖病重不能随行。李世民拍抚他的后背说道："加油！过去司马仲达并非不是又老又病，但最后还是能自强不息，为魏朝王室立功。"帝王的多疑和阴鸷展现得淋漓尽致，与平常所知的千古一帝唐太宗完全不同。

因此，《大唐传载》里的内容常被正史引用，该书所记载的故事被公认为可信度高，史料价值强，体现了历代笔记小说补充正史的功能。

本书所收第四部笔记小说《尚书故实》，是李绰根据"宾护尚书河东张公"的闲谈杂闻而写就的。李绰，字肩孟，赵郡（今河北赵县）人。生活于晚唐年间，官至礼部郎中，另著有《秦中岁时记》。"宾护"意指太子宾客。根据考证，一般认为这里的"张公"是指张彦远。张彦远，字爱宾，家世显赫，高祖、曾祖和祖父皆出任过宰相。所以，从他口中说出的唐代掌故秘闻非常翔实可信，本书内容也常被正史采录，史料价值极高。

此外，张氏数代鉴藏名画字帖，对当时知名书画背后的流传过程了如指掌，因此书中也记录了许多相关内容。广为流传的唐太宗以《兰亭序》陪葬的故事，就是出自本书。书中还记载了戴颙积十年之功将佛像由胡人形象改为汉地本土形象一事。诸如此类的故事，不一而足。所以，《尚书故实》对中国艺术史研究来说，也是非常重要的参考资料。

本书所收第五部笔记小说《中朝故事》，五代南唐尉迟偓撰。尉迟偓，生平不详，只知道出任过南唐的朝议郎守给事中修国史骁骑尉。南唐是五代时期的南方政权，其君主自称李唐后人，奉唐朝为正朔，所以书名的"中朝"指唐朝，即中原朝廷。《中朝故事》不同于一般的笔记小说，是尉迟偓奉旨修撰，性质相当于南唐为标榜自己继承唐朝法统而编撰的官修史书，是国史的补充之作。因此书中内容多是记载晚唐宣宗至哀帝五朝的君臣事迹和朝廷制度，又兼及神异怪幻的故事。

虽然《中朝故事》里的故事多有奇幻色彩，但因作者距离所载内容的时代较近，仍然有不少可取的信史材料。所以《四库全书总目提要》也评价其"未尝不足以资参证"，认为其仍有一定史料价值。

从《龙城录》《开元天宝遗事》《大唐传载》《尚书故实》到《中朝故事》，短短五部小书，记录了一个王朝从兴盛到灭亡的历程。这兴许就是读书的乐趣，从不多的文字里面，感受其背后的丰富多彩。笔记小说相比正史更加生动，我们可以从中看到大唐的楼建起来了，又看到它的楼塌了，兴亡的过程很长，但那个转折点可能就是一代人的事。尤其像《开元天宝遗事》这类书，就站在了转折的节点上，该书所收故事大多描写士人百姓的生活如何悠游奢靡,一派太平景象,然而不经意漏出一两句"武库中刀枪自鸣,识者以为不祥之兆",我们这些知道剧情的看客就明白了,盛世结束了,转衰了。

为了便于读者阅读,在整理过程中,我们对这五部笔记小说内文的原有顺序进行了调整,按故事类别对每部笔记做了新的排列。《开元天宝遗事》及之前的《龙城录》记录的是王朝盛世,分类以"仙道""方士""名士""美人""灵兽(禽)""异宝"等为主;而中间的《大唐传载》,尚能以"帝王术""公卿事""国家政"等中性词分类;到了后面两部《尚书故实》《中朝故事》,王朝末年,则出现了"邪佞"这一类,昭示着时代的迁转。值得一提的是,李唐王室因为自身姓李,尤其推崇老子和道教,所以无论盛世还是末世,倒从来不缺乏访道求仙的典故,因此这五部横跨整个唐朝的笔记小说里都有相关的同类故事,也算是一个时代的印记。

我在译注本书的时候,没有去今日的长安——西安,但去了宁夏——唐肃宗起兵平定安史之乱的地方,到了贺兰山脚,到了黄河边,到了明代的军城。在沙漠的深夜里,打开了稿件。那一刻,我想起千百年来,多少人守在这里,他们可能没去过长安,但他们面对贺兰,面对黄河,面对瀚海,挡在长安的前面，守着长安城建起来，守着长安城的平安。我没去过长安，但我的背后就是长安，梦里的长安，建筑雄浑壮丽，街道宽阔恢宏，里面的人活泼生动。

这五部笔记小说，流传广泛，版本众多。本次整理，每部都以较为流行的版本为主，并参考其他诸本，力求带给读者最为舒适的阅读体验。此外，《龙城录》《开元天宝遗事》中的故事均有原作者所拟标题，故置于原文上方，而《大唐传载》《尚书故实》《中朝故事》中的故事则没有标题，故在后三本书的原文前以番号标识顺序。体例不尽相同，敬请读者知悉。

2023年11月22日

于上海百花·徐汇

# 龙城录

# 序

柳先生谪居龙城①,因次所闻于中朝士大夫,摭其实者为录,后之及史之阙文者,亦庶几焉。

译文

柳先生被贬居在龙城时,将从朝中士大夫那里听说的传闻,摘取出其中真实可信的部分记录了下来,希望能留给后人,或能起到补充正史遗漏的功效。

---

① 龙城:广西柳州。

仙道

### · 吴峤精明天文 ·

吴峤，霅①溪人也，年十三作道士。时炀帝元年，过邺中，告其令曰："中星不守，太微②主君有嫌，而旺气流萃于秦地，子知之乎？"令不之信，至神尧③即位方知不诬，峤精明天文，即袁天罡之师也。

**译文**

吴峤是湖州人，十三岁出家当道士。隋炀帝元年，吴峤路过邺中，告诉当地县令说："中星守不住了，君主与臣下嫌隙丛生，兴旺的气息在陕西一带，您知道吗？"县令起初不相信他，等唐高祖即位后才知道他所说的不假。吴峤精通天文星算，是袁天罡的老师。

---

① 霅（zhà）溪：水名，在今浙江湖州境内。
② 太微：古代星官之名，代指朝廷或皇帝所在的地方。
③ 神尧：唐高祖的谥号。

## 天帝追摄王远知《易总》

上元中，台州一道士王远知善《易》，于观感间曲尽微妙，善知人死生祸福，作《易总》十五卷，世秘其本。一日因曝书，雷雨忽至，阴云腾沓直入卧内，雷殷殷然赤电绕室。暝雾中一老人下，身所衣服但认青翠，莫识其制作也。远知焚香再拜，伏地若有所待。老人叱起怒曰："所泄者书何在？天帝命吾摄六丁雷电追取！"远知方惶惧，据地起，旁有六人青衣，已捧书立矣。老人责曰："上方禁文自有飞天保卫，玉笈金科①秘藏玄都②，汝是何者，辄混藏缃帙，据其所得，实以告我！"远知战悸，对曰："青丘元老以臣不逮，故传授焉。"老人顾颔，顷曰："天帝敕下，汝仙品已及，于授度期展二十四年，二纪③数也。"远知拜命次，旋风扬起，坏帷裂幕。时已二鼓，明月在东，星斗灿然，俱无影响。所取将书乃《易总》耳。

远知志颇自失，后闭户不出，经岁不食。人因窥阕中，但闻劝酬交欢，竟不知为谁也。光宅中，召至玉清观安泊，间或逃去，如此者数次。天后④封金紫光禄大夫，但笑而不谢。一日告殂，遗言尸赴东流湍水中。天后不允其语，敕葬开阴原上。

---

① 玉笈金科：代指贵重的书籍。
② 玄都：传说中神仙居住的地方。
③ 纪：一纪为十二年。
④ 天后：指武则天。

后长寿中，台州有人过海，阻风飘荡，船欲坼，妄行不知所止。忽见画船一叶渺自天外来，惊视之，乃远知也。渐相近，台人拜而呼之，远知曰："君陟险何至于此？"告台人此洋海之东千万里也。台人问归计奈何，远知曰："借子迅风，正西一夕可到登州，为传语天坛观张光道士。"台人既辞去，舟回如飞羽，但觉风翼翼而过。明日至登州，方知远知死久矣。访天坛道士，其徒云死两日矣。方验二人皆仙去。

译　文

上元年间，台州道士王远知精通《周易》，在观察体会中充分了解其中的奥妙，能算出人的生死祸福。他写下《易总》十五卷，一直秘不示人。有一日晒书，突然雷雨大作，乌云直接飞进他的卧室，雷电也围绕着房间轰鸣不断。黑雾中走出一位老者，身上穿的衣服只能认出是青翠色，不知道是什么材质。王远知立刻焚香并叩了两次头，伏在地上，如同是在祭拜神仙。老者愤怒地骂道："你泄露天机的书在哪里？天帝命我带着六丁神和雷电前来收缴！"王远知刚仓皇恐惧地竖起身子，旁边就有六个穿着青衣的人，已经捧着《易总》站了过来。老者责备说："上天的禁文自有飞天保卫，这些玉笈金科都密藏在仙境。你是什么人，敢把天机混在凡尘的书中，占为己有？快点如实给我交代！"王远知颤抖地说："青丘元老因为觉得我水平不够，才传给我的。"老者领首说道："天帝已经下达敕令，你的仙品已经足够，特授予你二十四年期限，是二纪之数。"王远知拜谢领命之时，突然扬起旋风，撕裂帷幕。这时已经是二更天，明月挂在天东边，星光灿烂，那几个人却突然没了身影，《易总》这本书也被带走不见了。

王远知从此心志颇为空虚，后来就闭门不出，甚至一年不吃东西。有人透过门缝偷看到他神情寂静，又听见他与人杯觥交错，把酒言欢，但不知道同谁在喝酒。光宅年间，朝廷诏命他去玉清观住宿，不久他就逃走，这样反复了好几次。天后封他为金紫光禄大夫，他也只是笑笑，不肯拜谢。羽化成仙那天，王远知留下遗言说把他的尸体放进向东的湍流之中。天后不同意这遗言，敕令将他葬在了开阴原。

后来在长寿年间，台州有人渡海遇到大风，船被吹得摇来晃去快要断裂，随波逐流不知道会漂到哪里才能停下来。他们忽然见到一艘华丽的船从遥远的天际漂过来，细看后惊讶地发现是王远知。逐渐接近后，船上的台州人都跪下来叩拜，向他呼喊。王远知说："你们怎么到了这么危险的地方？"并告诉台州人这片大洋已经距近海东边千万里之遥。台州人问如何回去，王远知说："借给你们快风，往正西方，一个晚上就能到登州，上岸后替我传话给天坛观张光道士。"台州人告别后，他们的船如同安装了翅膀，只感觉到急风拂过，第二天便到了登州，这才知道王远知已经死了很久了。台州人去拜访天坛观张光道士，张光的徒弟说张光已经去世两天了。这才应验了两人都已经成仙而去。

## ·韩仲卿梦曹子建求序·

韩仲卿[①]一日梦一乌帻少年，风姿磊落，神仙人也。拜求仲卿言："某有文集在建邺李氏，公当名出一时，肯

---

① 韩仲卿：韩愈的父亲。

为我讨是文而序之，俾我亦阴报尔。"仲卿诺之。去复回曰："我曹植子建也。"仲卿既寤，检邺中书，得《子建集》，分为十卷，异而序之，即仲卿作也。

译 文

韩仲卿有天梦到一位戴着乌色头巾的少年，风姿英俊壮伟，像是神仙一般的人物。他拜求韩仲卿说："我有文集在建邺李氏那里，您现在名扬天下，如果愿意为我讨回这本文集并作序的话，我将以阴德报答您。"韩仲卿答应下来。那少年离开时又回首道："我是曹植曹子建。"韩仲卿醒后，到建邺李家搜检书籍，从里面找到分为十卷的《曹子建集》，他感到非常惊异，于是为其写下了序言。所以，《曹子建集》的序言是韩仲卿所作。

· 李太白得仙 ·

退之尝言李太白得仙去。元和初，有人自北海来，见太白与一道士在高山上笑语久之，顷道士于碧雾中跨赤虬而去，太白耸身健步追及，共乘之而东去。此亦可骇也！

译 文

韩退之曾经说李太白成仙去了。元和初年，有人从北海过来，说见到李太白与一名道士在高山上谈笑了很久，忽然道士从碧雾中跨上赤龙飞走，李太白也起身健步追上，与他共骑赤龙向东而去。这真是令人惊骇呀！

## 韩退之梦吞丹篆

退之常说少时梦人与丹篆[①]一卷,令强吞之,傍一人抚掌而笑。觉后亦似胸中如物噎,经数日方无恙,尚由记其一两字笔势非人间书也。后识孟郊似与之目熟,思之乃梦中傍笑者,信乎相契如此。

译 文

韩退之说年少时梦到有人给了他一卷丹篆,强迫他吞下去,旁边还有一个人拍手大笑。醒后他觉得胸口像被东西堵住,过了好几天才恢复,犹记得其中一两个字的笔势不是人间的字。后来认识了孟郊,似乎有些眼熟,细想之后发现就是梦中在旁边大笑的人。难怪他们的情谊如此深厚。

## 宁王画马化去

宁王善画马。开元兴庆池南华萼楼下壁上有《六马滚尘图》,内明皇最眷爱玉面花骢,谓无纤悉不备。风鬃雾鬣,信伟如也。后壁唯有五马,其一者失去,信知神妙将变化俱去。

译 文

宁王擅长画马。开元年间,兴庆池南边华萼楼下面的照壁上有一幅他所绘的《六马滚尘图》。唐明皇最喜欢其中的玉面花骢,称赞其画得纤毫毕现。画中马身上飘飞的长鬃、浓密的鬣毛确实十分伟岸。后来照壁上只剩五匹马,而丢失了一匹,果然画

---

[①] 丹篆:用朱砂写的篆文,一般指仙道之书。

得过于神妙，就将变成真马跑走。

### ·含元殿丹石隐语·

开元末，含元殿火，去基下出丹石。上有隐语不可解，云"天汉二年，赤光生栗，木下有子，伤心遇酷"，此亦不能辨也。

**译　文**

开元末年，含元殿经历了大火，而后地基下出现一块红色石头，上面有隐语，没有人能解其中含义。隐语写道："天汉二年，赤光生栗，木下有子，伤心遇酷。"这句话不能被当时的人理解。

### ·明皇梦游广寒宫·

开元六年，上皇与申天师、道士鸿都客，八月望日夜，因天师作术，三人同在云上，游月中。过一大门，在玉光中飞浮，宫殿往来无定，寒气逼人，露濡衣袖皆湿，顷见一大宫府，榜曰"广寒清虚之府"。其守门兵卫甚严，白刃粲然，望之如凝雪。时三人皆止其下，不得入。天师引上皇起跃，身如在烟雾中，下视王城崔峨，但闻清香霭郁。下若万里琉璃之田，其间见有仙人道人乘云驾鹤往来若游戏。少焉步向前，觉翠色冷光相射，目眩，极寒不可进。下见有素娥十余人皆皓衣乘白鸾，往来笑舞于广陵大桂树之下，又听乐音嘈杂，亦甚清丽。上皇素解音律，熟览而意已传。顷天师亟欲归，三人下若旋风，忽悟，若醉中梦回尔。次夜上皇欲再求往，天师但笑谢不允。上皇因想素娥风中飞舞袖被，编律成音，制《霓裳羽衣舞曲》。自古泊今，清丽无复加于是矣。

译文

开元六年，玄宗同申天师、道士鸿都客两人在八月十五的夜里，借着天师做法，一起驾云遨游月宫。三人穿过一座大门，在月光中浮游飞翔。两旁的宫殿不断地向身后退去，寒气逼人，露水沾湿了衣袖。不久三人见到一座大宫殿，门额上写着"广寒清虚之府"。门口的守卫庄严肃穆，露出鲜亮发光的刀刃，望上去就如同白霜一般。此时三人都被拦住不让进，于是天师带着玄宗飞跃到上空，身子就像在烟雾里面，向下俯视，只见王城高峻嵯峨。又闻到浓郁的清香，下面广袤无垠的田地好似万里琉璃，仙人、道人在其间乘云驾鹤往来游玩。再向前走一下，就被翠色冷光照射得头晕目眩，浑身寒冷不能向前。此时看见下面还有十几位素雅美人都穿着白色长衣，骑着白羽鸾鸟，在广陵大桂树下往来嬉笑跳舞。即使听到的音乐稍显喧闹，但也是十分的清丽。玄宗向来精通音律，仔细听过后已懂得其中的真意。不久，天师急着回去，三人像旋风一样往下飞去，玄宗忽然醒过来，如同从酒醉后的梦中惊起。

第二天晚上，玄宗再次要求飞去月宫。天师只是笑笑，并未答应。玄宗于是回想起白衣仙女在风中飞动舞袖的场景，将其编成音律，谱写出《霓裳羽衣舞曲》。从古到今，都没有出现过比这首更加清丽的舞曲了。

## 任中宣梦水神持镜

长安任中宣家素畜宝镜,谓之"飞精",识者谓是三代①物,后有八字仅可晓然,近籀篆②,云"水银阴精,百炼成镜"。询所得,云商山樵者石下得之。后中宣南鹜洞庭,风浪汹然,因泊舟。梦一道士赤衣乘龙诣中宣,言此镜乃水府至宝,出世有期,今当归我矣。中宣问姓氏,但笑而不答,持镜而去。梦回,亟视箧中,已失所在。

译　文

长安任中宣的家里向来藏着一面宝镜,叫作"飞精"。认识的人说是夏、商、周时期的古物,镜子背后仅有八个字看得清楚,近似大篆文字,写道:"水银阴精,百炼成镜。"问任中宣是从哪里得来的,他只说是商山的砍柴人在石头下面找到的。后来任中宣去南边游览洞庭湖时,由于湖面风浪汹涌,于是停船靠泊。在船中梦到一名红衣道士骑着龙来拜访他,说这面镜子是水府的至宝,在俗世中现身的时间已经到期,今日当归还给我。任中宣问他的姓名,他只是笑笑,并未回答,随后拿着镜子就离开了。等任中宣从梦中醒来,赶忙检查箱子,里面的镜子已经消失。

---

① 三代:夏、商、周三个朝代,指远古时期。
② 籀篆:古代的一种字体,即大篆。

## 晋哀帝著书深窥至理

晋哀帝著《丹青符经》五卷、《丹台录》三卷。青符子即神丘先生也,深窥至理。而近世有胡宗道,海上方士,亦得其术。

**译文**

晋哀帝写过《丹青符经》五卷、《丹台录》三卷。青符子即神丘先生,他深刻理解这两部书中的道理。近代有胡宗道,是海上的方士,也掌握了晋哀帝的道术。

## 贾奭著书仙去

贾奭,河阳人,字师道,与余先人同室读书,为人谨顺少调,官河南尉,才吏也。后五十岁,弃家隐伊阳小水乡和乐村鸣皋山中,著书二十卷,号《鸣皋子》。迩年不知其所终,山中人竟言仙去,然讹幻,莫之信也。有子竦,字子美,亦有才,然不逮于父风。

**译文**

贾奭是河阳人,字师道,和我的先祖一同读书,为人谨慎谦逊,严肃少语,官职做到河南尉,是一名能干的官吏。五十岁后,他离家隐居在伊阳小水乡和乐村的鸣皋山里,写下二十卷的著作,叫作《鸣皋子》。他近几年不知道去哪里了,山里人说已成仙而去,然而这样的讹传没有人相信。贾奭有个儿子,名叫竦,字子美,也很有才干,但风度不及父亲。

## 刘仲卿隐金华洞

贾宣伯爱金华山,即今双溪别界。其北有仙洞,俗呼为"刘先生隐身处"。其内有三十六室,广三十六里,石刻上以松炬照之云:"刘严,字仲卿,汉室射声校尉。当恭、显之际,极谏,被贬于东陬,隐迹于此,莫知所终。"即道士萧至玄所记也。山口人时得玉篆牌,俗传刘仲卿每至中元日来降洞中,州人祈福,寻溪口边得此者当巨富,此亦未必为然。然仲卿亦梅子真[①]之徒欤!

译 文

贾宣伯喜爱的金华山,就是今天的双溪别界。在它北面有仙洞,俗称为"刘先生隐身处"。洞里面有三十六个洞室,长三十六里。用火把照在石刻上,能看见写有:"刘严,字仲卿,汉朝射声校尉。在宦官弘恭、石显弄权时,因为极力劝谏而被贬到东陬,隐居在这里,不知道最后去哪里了。"这是道士萧至玄所记。住在山口的人有时会捡到玉篆牌,坊间传闻刘仲卿每年中元日会下凡到洞中,如果那天州城里的人祈福,在溪口找到这个玉篆牌,就会成为富豪,这也未必是真的。那么,刘仲卿也是像梅子真一样的人吗?

## 赵昱斩蛟

赵昱,字仲明,与兄冕俱隐青城山后,事道士李珏。隋末,炀帝知其贤,征召不起,督让益州太守臧剩强起。

---

[①] 梅子真:西汉南昌尉,王莽篡汉后,弃官隐居深山。

昱至京师，炀帝縻以上爵，不就，独乞为蜀太守。帝从之，拜嘉州太守。时犍为泽中有老蛟为害，日久截没舟船，蜀江人患之。昱莅政五月，有小吏告昱，会使人往青城山置药，渡江，溺使者，没舟航七百艘。昱大怒，率甲士千人及州属男子万人，夹江岸鼓噪，声振天地。昱乃持刀没水，顷江水尽赤，石崖半崩，吼声如雷。昱左手执蛟首，右手持刀，奋波而出。州人顶戴，事为神明。隋末大乱，潜以隐去，不知所终。时嘉陵涨溢，水势汹然，蜀人思昱。顷之，见昱青雾中骑白马，从数猎者，见于波面，扬鞭而过。州人争呼之，遂吞怒。眉山太守荐章，太宗文皇帝赐封神勇大将军，庙食灌江口。岁时民疾病，祷之无不应。上皇幸蜀，加封赤城王，又封显应侯。昱斩蛟时，年二十六。珏传仙去，亦封佑应保慈先生。

译文

赵昱，字仲明，与兄长赵冕一同隐居在青城山后，侍奉道士李珏。隋朝末年，隋炀帝知道他有贤才，几次征召他做官，他都不答应，隋炀帝于是督促益州太守臧剩强行起用他。赵昱到京城后，隋炀帝拟授予高官厚禄，他不接受，只乞求回蜀地做太守。隋炀帝同意，并任命他为嘉州太守。

当时犍为县的水泽里有条老蛟龙作害，长久以来都在此地倾覆往来的船只，蜀江上的人都很担忧。赵昱到任五个月，有小吏来报告说，派往青城山购置药物的使者在渡江时，被老蛟龙淹死，共倾覆了七百艘船只。赵昱大怒，带领一千名士兵和一万名嘉州男子去斩杀蛟龙，江两岸鸣鼓喧哗，声音震彻天地。赵昱拿起刀跳入水中，不一会儿，江水全变成红色，岸边石壁崩落了一半，江中发出的吼声如同雷鸣。过了段时间，赵昱左手提着蛟龙头，右手持刀，从波涛中出来。此后，嘉州的人民像神明一样拥戴他。

隋朝末年，天下大乱，赵昱丢下官职隐居而去，不知道去了哪里。当时嘉陵江发洪水，水势汹涌，蜀地人思念赵昱。不久，就见到赵昱在青雾中骑着白马，后面跟着数名猎手，出现在江面上，扬鞭疾驰而过。州人争相呼喊，请求他治理水患，于是他就平息了波涛。

眉山太守上奏请求表彰他，唐太宗封赐他为神勇大将军，在灌江口建庙，享食祭祀。生病的民众岁时前去祷告，没有不应验病愈的。玄宗到蜀地，先加封他为赤城王，后又改封为显应侯。

赵昱斩杀蛟龙的时候，是二十六岁。李珏传闻也成仙而去，也被封为佑应保慈先生。

## 名士

### ·魏征嗜醋芹·

魏左相①忠言谠论,赞襄万机,诚社稷臣。有日退朝,太宗笑谓侍臣曰:"此羊鼻公不知遗何好而能动其情?"侍臣曰:"魏征嗜醋芹,每食之,欣然称快,此见其真态也。"明旦召赐食,有醋芹三杯,公见之,欣喜翼然,食未竟而芹已尽。太宗笑曰:"卿谓无所好,今朕见之矣。"公拜谢曰:"君无为②故无所好,臣执作从事,独僻此收敛物。"太宗默而感之。公退,太宗仰睨而三叹之。

**译　文**

魏征常进谏直言,忠信正直,协助皇帝处理各种政务,是真正的国家栋梁之臣。有一天退朝,唐太宗笑着对侍臣说:"不知道送什么东西能打动这个长着羊鼻子的老头?"侍臣说:"魏征

---

① 左相:魏征的官职。
② 无为:指老子"清静无为"的政治思想。

喜欢吃醋芹，每次吃了都开心地说痛快，这是他的真性情。"第二天，唐太宗召魏征吃饭，特意准备了三杯醋芹。魏征见了欣喜得如同要飞起来，饭还没有吃完，醋芹就已经吃完了。唐太宗笑着说："爱卿说自己没有什么喜好，朕今天才算见到了你爱吃醋芹。"魏征拜谢说："因为皇上秉持'清静无为'的思想，所以臣子没有喜好。臣尽心办事，只喜好这个义含收敛的小东西。"唐太宗感动得说不出话。等魏征退时，仰头看着他感叹了好几次。

## ·阎立本有丹青之誉·

阎立本画《宣王吉日图》，太宗文皇帝上为题字，时朝中诸公皆议论。东都从幸，上出示图于诸臣，称为越绝前世，而上忽藏于衣袖，笑谢而退。自是立本有丹青之誉。

译　文

阎立本绘有《宣王吉日图》，唐太宗亲自为此画题字，当时朝中大臣们都议论纷纷。后来在东都洛阳，皇上拿出此画给大臣们看，称这幅画超越前代所有的画作，而后又忽然藏进袖子，笑着走开了。从此阎立本有了大画家的美誉。

## ·王宏善为八体[①]书·

王宏，济南人，太宗幼日同学，因问为八体书。太宗

---

[①] 八体：古代的八种书法字体。

既即极，因访宏，而乡人竟传隐去。是亦子陵①之徒欤！

译　文

王宏是济南人，是唐太宗幼年时的同学，唐太宗曾向他请教过古代的八种书法字体。唐太宗登基之后，派人寻访王宏，乡里人说他隐居去了。这也是严子陵一样的大人物啊！


· 张昶著《龙山史记注》·

沈休文有《龙山史记注》，即张昶著。昶，后汉末大儒，而世亦不称誉。余少时，江南李育之来访予，求进此文。后为火所焚，更不复得。岂斯文天欲秘者耶？

译　文

沈约收藏有《龙山史记注》，是张昶写的。张昶是东汉末年的大儒，但很低调，世间赞誉的较少。我年少时，江南的李育之前来拜访，请求看这本书。后来书被大火烧了，再也看不到了。这岂不是上天想要密藏这本书吗？


· 王渐作《孝经义》·

国初，有孝子王渐作《孝经义》，成五十卷，事亦该备。而渐性鄙朴，凡乡里有斗讼，渐即诣门高声诵义一卷，反为渐谢。后有病者，即请渐来诵书，寻亦得愈。其名蔼然。余时过汴州，适会路逢一老人亦谈此事，颇亦敬其诚也。

---

①　子陵：指严子陵，汉光武帝同学，光武帝登基后遁世隐居。

译 文

唐朝初年，有位孝子叫王渐，写了《孝经义》五十卷，内容很完备。王渐的性格直率质朴，凡是乡里有争执，王渐就到他们家门前高声朗诵《孝经义》一卷。争执的人听后反而会向王渐道歉。后来有人生病也请王渐来朗诵这本书，不久竟能痊愈。他以和气友善闻名。我当时路过汴州，正巧在路上碰到一位老人，他谈及此事，非常尊敬王渐的赤诚。

## ·老叟讲明种艺之言·

余南迁度高乡，道逢老叟帅年少于路次，讲明种艺。其言："深耕概种，时耘时耔，却牛马之践履，去螟螣之戕害，勤以朝夕滋之粪土而有秋之利，盖富有年矣。若夫尧汤之水旱霜雹之不时，则在夫天也。"余感此言，将书诸绅①，赘于治民理生者，无所施而不可，而又至言也。

译 文

我被贬谪到南方，路过度高乡时，在路上碰到一名老者带着少年们讲解如何种田。他说："要深耕密种，按时除草培土，别让牛马践踏，别让害虫啃食，每天勤快地浇灌粪肥，那么到了秋天就会有收获，这一年大概也能获得丰收。至于尧和汤这样的圣君时代，也还碰到水灾、旱灾和寒霜、冰雹等灾害而失收，那

---

① 将书诸绅：《论语》中有"子张书诸绅"，意为子张在向孔子请教时，情急之中，将孔子的教导写在了腰带上。绅，贵族系在腰间的大带，后来引申为缙绅、绅士。

么就是天意了。"我对这些话很有感触,赶紧记下来,送给那些官僚士绅们,使他们知道在治理民生时,无为而治也不是不可以的,这也是一句至理名言了。

### ·李明叔精明古器·

建康李生,名照,字明叔,真可人书生,好古博雅者。一日就京师谒余,裹饭①从游于秦渭之间。此人宦意畏巧而淡然,蔽于古器。凡自战国洎于萧梁之间,谱所载者十得五六,而皆精制奇巧,后世莫追。然生颇为文思涩,设诸勤求古器心在于文书间,亦足以超伟于当代也。

译 文

建康有一位姓李的书生,名叫照,字明叔,令人心欣。他喜好古代雅致的器物。有一天,他到京城拜访我,携带着干粮与我一同游历秦陕大地、渭河沿岸。他对仕途毫不在意,沉醉于古玩。从战国到萧梁时期的古玩,凡是图谱上所记载过的,他已经搜集到十分之五六,而且都是奇巧精致的物件,想来后世也没人能赶上吧。然而他的文笔很艰涩,假使把辛勤求取古玩的心思放在读书上,也足够他成为当代的一大文豪了。

### ·开元藏书七万卷·

有唐惟开元最备文籍,集贤院所藏至七万卷,当时

---

① 裹饭:用包裹装着干粮,意为长途远行。

之学士盖为褚元量、裴煜之、郑谭、马怀素、张说、侯行果、陆坚、康子元辈，凡四十七人，分司典籍，靡有阙文。而贼逆遽兴，兵火交縶，两都灰烬无存，惜哉！

译　文

有唐一代，唯有开元年间的图书收藏最为完备。集贤院藏书达七万卷，当时的学士是褚元量、裴煜之、郑谭、马怀素、张说、侯行果、陆坚、康子元等人，总共四十七人，分别管理典籍文献，没有缺失。然而叛贼突然起兵，战火交乱，东西两都的藏书都化为灰烬，可惜啊！

· 太宗沉书于滹沱 ·

太宗文皇帝平王世充，于图籍有交关语言构怨连结文书数百事。太宗命杜如晦掌之，如晦复禀上当如何，太宗曰付诸曹吏行。顷闻于外有大臣将自尽者，上乃复取文书，背裹一物，疑石重。上亲裹百重，命中使沉滹沱中，更不复省。此与光武焚交谤数千章者何异？

译　文

唐太宗平定王世充，在缴获的图籍中发现数百封部下与王世充联络的文书。唐太宗命杜如晦掌管这些文书，杜如晦回禀问如何处理，唐太宗说交给管事的官吏处置。顷刻间，就听闻有大臣将要自杀。唐太宗于是重新取回文书，在书信背后裹了一个东西，疑似石头。唐太宗亲自一重一重地封裹好这些文书，命令中使把它们沉到滹沱河里，从此不再提及此事。这和汉光武帝焚毁数千封部下与敌人联络的书信有什么区别呢？

## 尹知章梦持巨凿破其腹

尹知章，字文叔，绛州翼城人。少时性懵，梦一赤衣人持巨凿破其腹，若内草茹于心中，痛甚惊寤。自后聪敏，为流辈所尊。开元中，张说表诸朝，上召见延英[①]。上问："曹植《幽思赋》何为远取景物，为句意旨安在？"知章对以植所谓赋作不徒然，若"倚高台之曲嵎"，望且重也；"处幽僻之闲深"，位至卑也；"望翔云之悠悠，嗟朝霁而夕阴"，以为物无止定之意，而上多为改易也；"顾秋华之零落"，岁将暮也；"感岁暮而伤心"，年将易也；"观跃鱼于南沼"，使智者居于明非得志也；"聆鸣鹤于北林"，怨寡和也；"搦素笔而慷慨"，守文而感也；"扬大雅之哀吟"，悯其时也；"仰清风以叹息"，思濯烦也；"寄予思于悲弦"，志在古也；"信有心而在远"，措者大也；"重登高以临川"，及上下也；"何余心之烦错，宁翰墨之能传"，意不尽也。此幽思所以赋也。上敬异之，擢礼部侍郎、集贤院正字。

**译 文**

尹知章，字文叔，绛州翼城人。少年时性情迷糊，后来梦到一个穿着红衣服的人用大凿子破开自己的肚子，似乎把香草塞进了心口。他痛得惊醒过来，从此变得聪慧敏捷，被同辈人尊崇。

开元年间，张说上表朝廷推荐尹知章，皇帝在延英殿上召

---

① 延英：唐代长安大明宫殿。

见他，问他曹植的《幽思赋》为什么要远取景物，每一句的深意何在。尹知章回答说：曹植的文章不是随意写的，如其中"倚高台之曲嵋"一句，意为怨望重重；"处幽僻之闲深"一句，意为地位低下；"望翔云之悠悠，嗟朝霁而夕阴"两句，意思是事物没有定数，而上意变幻莫测；"顾秋华之零落"一句，是感叹年华将老；"感岁暮而伤心"一句，意为年月又将度过一岁；"观跃鱼于南沼"一句，意思是让聪慧的人闲居，表明不得志；"聆鸣鹤于北林"一句，是在抱怨能应和的人少；"搦素笔而慷慨"一句，是指对着文字有感而发；"扬大雅之哀吟"一句，是怜悯时运；"仰清风以叹息"一句，是想要洗涤烦恼；"寄予思于悲弦"一句，是表明志向和古人一样；"信有心而在远"一句，是表明心志远大；"重登高以临川"，是矢志上下求索；"何余心之烦错，宁翰墨之能传"两句，是满怀心事，笔墨难以写尽。这是曹植在幽思之后，慷慨写就的文章。皇帝十分推崇这样的解释，授予尹知章礼部侍郎一职，在集贤院校勘典籍。

· 高皇帝宴赏牡丹 ·

高皇帝御群臣，赋《宴赏双头牡丹》诗，惟上官昭容①一联为绝丽，所谓"势如连璧友，心若臭②兰人"者。使夫婉儿稍知义训，亦足为贤妇人而称，量天下何足道哉！此祸成所以无赦于死也。有文集一百卷行于世。

---

① 上官昭容：即上官婉儿。
② 臭：香气。

译　文

唐高宗设宴犒赏群臣，命大家作《宴赏双头牡丹》诗。唯有上官昭容的一联最为艳丽，即"势如连璧友，心若臭兰人"那句。假使上官婉儿稍微懂得大义，也足够被当作贤惠的女人而闻名，与之相较，全天下又有什么值得一提的呢！她因为酿成这样的大祸，所以才必死无疑，罪无可赦。上官婉儿有文集一百卷流传于世。

## ·魏征善治酒·

魏左相能治酒，有名曰"醽渌翠涛"。常以大金罍内贮盛，十年饮不败，其味即世所未有。太宗文皇帝尝有诗赐公，称："醽渌胜兰生，翠涛过玉薤。千日醉不醒，十年味不败。""兰生"，即汉武百味旨酒也；"玉薤"，炀帝酒名。公此酒本学酿于西胡人，岂非得大宛之法，司马迁所谓富人藏万石蒲萄酒，数十岁不坏者乎？

译　文

左相魏征会酿一种酒，名为"醽渌翠涛"。用大金酒罐窖藏，十年都不变味，是世间难得的好酒。唐太宗曾作诗赐予魏征，诗曰："醽渌胜兰生，翠涛过玉薤。千日醉不醒，十年味不败。"其中的"兰生"，是汉武帝时的御酒百味旨；"玉薤"，是隋炀帝时的名酒。魏征的酿酒技术是跟西域胡人学的，那岂不是得到了大宛的酿酒法，也就是司马迁所说的，能使大宛富人家里藏着的数万石葡萄酒几十年都不变质的这种技术吗？

## ·裴令公训子·

裴令公常训其子:"凡吾辈但可文种无绝,然其间有成功能致身为万乘之相,则天也。"

**译　文**

裴令公常训诫儿子说:"我们家世代读书只是让读书的种子不要断绝,而其中能否有人成功做到宰相,就看天意了。"

# 方士

· 武居常有身后名 ·

武居常，天后高祖①也，少时游洛下，人呼为"猴颊郎"，以居常颐下有须若猿颔也。其上有四靥。一日伊水上遇一丐者曰："郎君当有身后名，面骨法当刑。然有女当八十年后起家暴贵，寻亦浸微。"居常不信，后卒如言。丐者岂非异人乎！

译文

武居常是天后的高祖，少年时游历洛阳，被人称之为"猴颊郎"。因为他的面颊以下长满胡须，就跟猿猴的下巴一样，而且面颊上还有四个酒窝。一天，武居常在伊水边遇见一个乞丐对他说："您会在死后名声远扬，从面骨法来看会受到刑罚。然而有女性后人当在八十年后使家族暴富暴贵，但不久又会衰微下去。"武居常不相信，不过后来乞丐所说的果然应验了。这个乞

---

① 高祖：曾祖的父亲。

丐也不是普通人吧！

### ·房玄龄为相无嗣·

房玄龄来买卜成都，日者笑而掩象曰："公知名当世，为时贤相，奈无嗣相绍何。"公怒，时遗直已三岁在侧，日者顾指曰："此儿，此儿！绝房氏者此也。"公大怅而还，后皆信然也。

译　文

房玄龄到成都卜卦，算命人笑着掩盖卦象说："您将天下知名，成为贤明的宰相。但没有子嗣绵延，又能怎么办？"房玄龄非常愤怒，因为当时房遗直已经三岁，就在身边。算命人指着房遗直说："这个小孩，这个小孩！断绝房家血脉的就是他了。"房玄龄十分不快地回去，后来果然全都应验。

### ·房玄龄有大誉·

房玄龄幼稚日，王通说其父，谓此细眼奴非立忠志则为乱贼，辅帝者则为儒师，绰有大誉矣。

译　文

房玄龄年幼的时候，王通对他的父亲说：这个小孩眼睛细小，将来如果不是立下做忠臣的志向，就会变为乱贼，辅佐皇帝则能成为大儒，会有很高的声誉。

## · 明皇识射覆之术 ·

上皇始平祸乱,在宫所与道士冯存澄因射覆[①],得卦曰"合因",又得卦曰"斩关",又得卦曰"铸印乘轩"。存澄启谢曰:"昔此卦三灵为最善,黄帝胜炎帝而筮得之,所谓'合因''斩关''铸印乘轩',始当果断,终得嗣天。"上皇掩其口曰:"止矣,默识之矣。"后即位,应其术焉。

译 文

玄宗刚刚平定内乱时,在宫里与道士冯存澄进行射覆,先得到卦象"合因",又得到卦象"斩关",最后得到卦象"铸印乘轩"。冯存澄对玄宗说道:"这三个卦象都是上上卦,黄帝战胜炎帝时卜算到的卦象,正是'合因''斩关''铸印乘轩',您现在应当果断采取行动,最终会继承天下。"玄宗遮住他的口,说:"别说了,心里知道就行。"后来玄宗果然继承皇位,应验了这些卦象。

## · 明皇梦姚宋当为相 ·

上皇初登极,梦二龙衔符自红雾中来,上大隶"姚崇宋璟"四字,挂之两大树上,宛延而去。梦回,上召申王圆兆。王进曰:"两木,相也。二人名为天遣龙致于树,即姚崇、宋璟当为辅相兆矣。"上叹异之。

译 文

玄宗刚刚登基时,梦到两条龙衔着符纸从红雾中飞来,符纸

---

① 射覆:古代游戏,将东西藏在器物下面,让人竞猜;也可用于占卜。

上用隶书大写着"姚崇宋璟"四个字，挂在两棵大树上，然后蜿蜒飞走。梦醒后，玄宗召见申王圆兆解梦。申王进言说："两个木是'相'字。这两人的名字是上天派遣飞龙挂到树上的，即是姚崇、宋璟应当成为宰相的征兆。"玄宗惊叹，对这件事感到很诧异。

### ·贾宣伯有治三虫之药·

贾宣伯有神药能治三虫①，止熬黄柏木以热酒沃之，别无他味。一日过松江，得巨鱼置于水罟中，因投小刀圭②药，鱼引吸中即死，取视则见八足若爪利焉。后吴江有怪，土人谓蛟为害。宣伯以数刀圭投潭中，明旦老蛟死浮于水，而水虫莫知数，皆为药死。山人此药，云本受之于阁皂山王天师，乃仙方耶，而涉海者亦或需焉，故书之。

译 文

贾宣伯有神药能治各种害虫，只需要熬煮黄柏木，和着热酒就能制成，不需要别的配料。某天，贾宣伯横渡松江，抓到一条大鱼放进网里，投下一小刀圭的药，那条鱼吸了之后立刻死亡，再取出来一看有八只脚，像爪子一样锋利。后来吴江出现怪象，当地人说是蛟龙为害。贾宣伯投了几刀圭的药到水潭里，第二天早上老蛟龙就已经死了，浮上水面，而潭里的水虫也跟着死了无数，都是被药毒死的。贾宣伯的这个药本来是得自于阁皂山的王

---

① 三虫：泛指害虫。
② 刀圭：中药的称量工具。

天师，很可能是仙人的药方。因为出海的人可能需要，所以记录下来。

### ·宋单父种牡丹·

洛人宋单父，字仲孺，善吟诗，亦能种艺术。凡牡丹变易千种，红白斗色，人亦不能知其术。上皇召至骊山，植花万本，色样各不同。赐金千余两，内人皆呼为"花师"，亦幻世之绝艺也。

译　文

洛阳人宋单父，字仲孺，善于作诗，也会种花。他种出的牡丹能变化万千，红花白花相互斗艳，众人都不知道他这技术的奥妙。玄宗召他到骊山，种了一万枝花朵，每枝的花形和颜色都不相同。玄宗赏赐了宋单父一千多两黄金，宫里的人都称呼他为"花师"，这项技艺也是虚幻无常的尘世中的绝技。

## 精怪

### ·赵师雄醉憩梅花下·

隋开皇中,赵师雄迁罗浮。一日,天寒日暮,在醉醒间,因憩仆车于松林间酒肆傍舍。见一女子淡妆素服,出迓师雄。时已昏黑,残雪对月色微明,师雄喜之,与之语,但觉芳香袭人,语言极清丽,因与之扣酒家门,得数杯相与饮。少顷,有一绿衣童来,笑歌戏舞亦自可观。顷醉寝,师雄亦懵然,但觉风寒相袭。久之,时东方已白,师雄起视,乃在大梅花树下,上有翠羽啾嘈相顾。月落参横,但惆怅而已。

### 译文

隋朝开皇年间,赵师雄搬迁到罗浮。一个天寒地冻的黄昏,赵师雄在半醉半醒之间,趴在松林里的酒家旁的一辆车上休息,看见一名化着淡妆、穿着素雅的女子出来迎接他。当时天已经黑了,残雪正对着月色微微发亮,赵师雄欣喜地与女子谈话,只觉得她芳香袭人,谈吐极为清雅秀丽,于是同她一起叩开酒家大门，喝了几杯。不一会儿，又有一名绿衣童子过来，献歌起舞，也很值得一看。不久，赵师雄就酒醉入睡了，他自己也很迷糊，只是感觉寒风吹拂。过了很久，东方天空已经露出晨光，赵师雄起来发现自己在大梅花树下面，树上有只翠鸟边鸣啼边看着自己。此时月亮刚落下不久，残星横斜天际，面对此情此景，赵师雄唯有惘然若失而已。

## ·景州龙见三头·

开元四年，景州水中见一龙三头。时房中大水，后六日有风自龙见处西南来，飞屋拔木，白昼瞑。

译　文

开元四年，有人在景州的水里见到一条长着三个脑袋的龙。当时房中发大水，六天后有风从龙出现地方的西南面刮过来，吹倒房屋，卷起树木，即使白日也如同黑夜。

## ·神尧皇帝破龙门贼·

神尧皇帝拜河东节度使，九月领大使，击龙门贼母端儿。夜过韩津口，时明月方出，白露初澄，于小桥下有二人语，言明日母大郎死，我辈勤亦不少矣。神尧停马问，二人再拜，起泣曰："某二人汉兵也。昨奉东岳命，岳神管押七十人付龙门助将军讨贼，某二人埋骨在此，因少憩于此，亦自感伤，兼欲先知于将军尔。"神尧讶其言深切，询其姓氏，但笑而谢言："将军贵人也，某仆卒之贼，分不当逾。"言讫，苍皇辞去，言大队至矣，倏忽不见，顷疾风如矢，风尘蔽天而过。神尧默喜之。明日破贼，发七十二矢，皆中而复得其矢。信知圣王所向，至灵亦先为佐佑焉。

译文

唐高祖曾被任命为河东节度使，九月任职，讨伐龙门的贼寇母端儿。他夜里经过韩津口，当时月亮刚刚升起，露水渐渐出现，在小桥下方有两个人说话，说"明天母大郎的死，我们也出力不少"。唐高祖停下马问他们，两人拜了两次起身哭道："我们二人是汉兵。昨天奉了东岳大神的命令，拘押七十人派往龙门，协助将军讨伐贼寇。我们死后埋葬在这里，因此可以稍微休息，于此间感伤，也是想提前通知将军。"唐高祖惊讶他们说得如此真切，便询问姓名，二人只是笑笑，谢绝说："将军您是贵人，我们当兵的身份低贱，按道理不应当逾越。"说完急忙告辞，并说大部队到了，忽然一下子就消失不见。顷刻间，疾风如同箭雨而来，挟带着扬尘遮天蔽日地刮过去。唐高祖心中暗喜。第二天，唐高祖讨伐贼寇射了七十二支箭，每箭必中，并且又找回了所有的箭。这才知道圣王所到之处，冥冥之中自有神灵护佑。

## · 夜坐谈鬼而怪至 ·

君诲尝夜坐，与退之、余三人谈鬼神变化。时风雪寒甚，窗外点点微明若流萤，须臾千万点不可数度。顷入室中，或为圆镜飞度往来，乍离乍合，变为大声去。而三人虽退之刚直，亦为之动颜，君诲与余但匐匐掩目前席而已。信乎俗谚曰："白日无谈人，谈人则害生；昏夜无说鬼，说鬼则怪至。"亦至言也。余三人后皆不利。

译　文

君诲曾经在夜里同韩退之和我谈论鬼神的变化之术。当时风雪非常凛冽，窗外那貌似萤火虫般的几点微光，很快变成千万点，数都数不过来。它们顷刻间冲进房间内，有的变为圆镜飞来飞去，一会儿合拢，一会儿分散，突然又大喝一声散去。我们三人中，即使韩退之那样刚直的人也露出了惊惧的表情，君诲和我已经是趴在座席上遮住了眼睛。俗语说得好："白天不要谈论人，一谈论人，事端就出来了；晚上不要谈论鬼，一谈论鬼，妖怪就来了。"这也是至理名言。后来我们三人都不顺。

## ·裴武公夜得鬼诗而化为烬·

开元末，裴武公军夜宿武休。帐前见一介胄者掷一纸书而去，武公取视，乃四韵诗云："屡策羸骖历乱岣，丛岚映日昼如曛。长桥驾险浮天汉，危栈通岐触岫云。却念淮阴还得计，又嗟忠武不堪闻。废兴尽系前生数，休炫英雄勇冠军。"武公得诗大不悦，纸随手落为烬，信知鬼物所制也。出师大不利，武公射中臆下，病月余薨。

译　文

开元末年，裴武公夜里住在武休关。他看见一个穿盔甲的人在军帐前面扔下一张纸后就离开了。裴武公捡起纸一看，上面是一首四韵诗："屡策羸骖历乱岣，丛岚映日昼如曛。长桥驾险浮天汉，危栈通岐触岫云。却念淮阴还得计，又嗟忠武不堪闻。废兴尽系前生数，休炫英雄勇冠军。"裴武公看了诗之后非常不开心，纸随手就化成灰烬，确知这是鬼魂所写的东西。后来出兵打了大败仗，裴武公被箭射中了胸口下面，拖延了一个多月后死了。

### ·龙城无妖邪之怪·

柳州旧有鬼名五通，余始到不之信。一日因发箧易衣，尽为灰烬，余乃为文醮诉于帝。帝愍我心，遂尔龙城绝妖邪之怪，而庶士亦得以宁也。

译 文

柳州以前有叫作五通的鬼，我刚来的时候不相信。一天打开箱子，发现衣服全都变成灰烬了，于是我写下祭文向天帝祷告。天帝哀怜我的诚心，使龙城里的妖怪全都绝迹，从此民众也得以安宁。

### ·华阳洞小儿化为龙·

茅山隐士吴绰素擅洁誉。神凤初，因采药于华阳洞口，见一小儿手把大珠三颗，其色莹然，戏于松下。绰见之，因前询谁氏子，儿奔忙入洞中。绰恐为虎所害，遂连呼相从入，欲救之。行不三十步，见儿化作龙形，一手握三珠填左耳中。绰素刚胆，以药斧斲之，落左耳，而三珠已失所在，龙亦不见。出不十余步，洞门闭矣。绰后上皇封"素养先生"。此语贾宣伯说。

译 文

茅山的隐士吴绰，品行高洁受人称誉。神凤初年，他在华阳洞口采药，见到一个小孩在松树下嬉戏，手里拿着三颗大珍珠，颜色光洁明亮。吴绰见后上前询问是谁家的孩子，小孩急忙跑进洞里。吴绰怕他被老虎伤害，呼喊着跟了进去，想要救他。走了不到三十步，看见小孩变作龙的样子，手里握着三颗珍珠塞进左耳里。吴绰素来胆气刚硬，立刻用采药的斧子砍下了龙的左耳，而三颗珍珠已经消失，龙也不见了。他走出山洞才十多步，洞门就关上了。后来上皇封吴绰为"素养先生"。这个故事是贾宣伯说的。

## ·李吉甫以毒虐弄正权·

惠州一娼女震厄死于市衢，胁下有朱字云："李林甫以毒虐弄正权，帝命列仙举三震之。"疑此女子偃月公[①]后身耶，谲而可惧。元和元年六月也。

### 译 文

惠州的一名妓女被雷劈死在街上，她的腋下有红字："李林甫用毒虐之心肆意摆弄朝廷的权力，天帝命令群仙用雷劈他三次。"这个女子被怀疑是偃月公转世，太诡谲可怕了。此事发生在元和元年六月。

## ·张复条山集论世外事·

张复，澧州人，饱书帙，作《条山集》三十卷，论世外事。此人兼得神鬼趣隐，不仕，有文集行于世。

---

① 偃月公：李林甫的别称，因其有偃月堂，所以有此称呼。

译　文

张复是澧州人，饱读诗书，撰有《条山集》三十卷，专门谈论凡尘之外的事。这个人知道鬼神的隐秘，不做官，有文集流传于世。

· 罗池石刻 ·

罗池北，龙城胜地也。役者得白石，上微辨刻画云："龙城柳，神所守。驱厉鬼，山左首。福土氓①，制九丑②。"余得之，不详其理，特欲隐予于斯欤？

译　文

罗池的北面，是龙城的胜地。服劳役的人在那里找到一块白石头，上面略微能辨别出雕刻的字，写道："龙城柳，神所守。驱厉鬼，山左首。福土氓，制九丑。"我得到这块石头，但不能理解其含义，难道是让我隐居在这里吗？

---

① 土氓：当地百姓。
② 九丑：凶神恶煞。

开元天宝遗事

# 名士

### ·步辇召学士·

明皇在便殿,甚思姚元崇论时务。七月十五日,苦雨不止,泥泞盈尺。上令侍御者①抬步辇②召学士来。时元崇为翰林学士,中外荣之。自古急贤待士,帝王如此者,未之有也。

译 文

唐明皇在便殿的时候,非常想同姚元崇讨论国家大事。时当七月十五日,大雨一直不停,以至于道路泥泞,泛起的淤泥深达一尺。唐明皇特地命令侍御们抬着步辇去召见姚学士。当时姚元崇是翰林学士,因为此事得到朝堂内外人士的尊崇。自古以来,像这样礼贤下士的皇帝,还没有出现过。

---

① 侍御者:侍奉皇帝的人。
② 步辇:皇帝专用的代步工具。

## ·赐箸表直·

宋璟为宰相，朝野人心归美焉。时春御宴，帝以所用金箸令内臣赐璟。虽受所赐，莫知其由，未敢陈谢。帝曰："所赐之物，非赐汝金。盖赐卿之箸，表卿之直也。"遂下殿拜谢。

**译　文**

宋璟出任宰相，朝野上下都觉得这是一件好事。在当时的春季御宴上，皇帝命令内臣把自己所用的金筷子赏赐给宋璟。宋璟虽然接受了赏赐，但因为不知道缘由，无从致辞拜谢。皇帝说："朕并不是赐你黄金，而是赏给你这双笔直的筷子，用来表彰爱卿的正直。"宋璟于是走到殿下致辞拜谢隆恩。

## ·截镫留鞭·

姚元崇初牧荆州，三年，受代日，阖境民吏泣拥马首，遮道不使去。所乘之马鞭、镫，民皆截留之，以表瞻恋。新牧具其事奏之，诏褒美焉，就赐中金[①]一千两。

**译　文**

姚元崇曾担任荆州刺史。三年之后任满卸职的那天，全境的百姓和官吏们都挤在他所乘的马前面，痛哭流涕，挡住道路不让他走。姚元崇骑马用的马鞭和马镫，都被百姓强行留下，用来瞻

---

① 中金：白银。

仰和怀念。新来接任的刺史将此事上奏朝廷。朝廷下诏褒扬了姚元崇，并赏赐白银一千两。

· 痴贤 ·

右拾遗①张方回，精神不爽，时人呼为"痴汉子"。每朝政有失，便抗疏论之，精彩昂然，进不惧死。明皇尝谓："右拾遗张方回，忠贤人也。"

译　文

右拾遗张方回，平常总是精神萎靡，被人称之为"痴汉子"。但是每次遇到朝政有所不妥的时候，他都会上疏议论，与人辩论起来精神奕奕，昂然有神，进谏时不惧生死。唐明皇曾经说："右拾遗张方回是一个忠诚贤能的人。"

· 扫雪迎宾 ·

巨豪王元宝，每至冬月大雪之际，令仆人自本家坊巷口，扫雪为径路，躬亲立于坊巷前，迎揖宾客，就本家具酒炙宴乐之，为"暖寒之会"。

译　文

大富豪王元宝，每当到冬天大雪纷飞的时候，就会命仆人扫清从家门口到坊巷口路上的雪，并亲自站在坊巷前面，迎送宾客

---

① 拾遗：唐代官职名，分为左、右拾遗，负责向皇帝进谏朝政得失。唐代大诗人杜甫曾担任过左拾遗，所以他也被人称之为"杜拾遗"。

到家里喝酒宴饮,是为"暖寒之会"。

### · 梦虎之妖 ·

周象者,好畋猎,后为汾阳令。忽梦一乳虎相逼,惊而睡觉,因兹染疾。后有僧海宁者,因过象门,谓邻叟曰:"此居有妖气,久则不可救也。"邻叟遂闻于象。象召僧令视之,僧曰:"当与君禳之。"遂择日设坛,持剑禹步①诵咒。自大门而入,至于寝所,绕患人数遍而叱之,忽于床下作一虎声,家人悉惊奔散。周象亦不觉投床下,伏死于地。僧以水噀之,须臾如故。

译 文

周象喜好打猎,后来出任汾阳县令。忽然有一次梦到一头小老虎向自己逼近,大惊之后醒了过来,便一病不起。不久之后,有位法号海宁的僧人路过周象家门前,对隔壁的老人说:"这家有妖气,如果时间太久就救不了了。"老人马上告诉了周象,周象就请僧人来查看。僧人说:"我来为您解除这场灾厄。"于是僧人选好日子设坛作法,手持宝剑,脚踏禹步,口里念着咒语,从大门进去,径直走进卧室,围绕病人走了好几圈,突然大喝一声。就在此时,床底下忽然传出一声虎啸,家人们都吓了一跳,四散奔逃。周象也在不经意间摔倒在床下,趴在地上好像是死了一般。僧人含了一口水喷在他身上,不一会儿就恢复如初了。

---

① 禹步:传说大禹因为治水积劳成疾而跛了脚。后来的巫师、道士作法时都效仿大禹跛脚,所以他们作法的步法也被称为"禹步"。

## ·记恶碑·

卢奂累任大郡,皆显治声,所至之处,畏如神明。或有无良恶迹之人,必行严断,仍以所犯之罪,刻石立本人门首,再犯处于极刑。民间畏惧,绝无犯法者。明皇知其能官,赐中金五千两,玺诏褒谕焉。故民间呼其石为"记恶碑"。

译 文

卢奂担任了好几个地方的州刺史,都有善于治理的名声。所以每到一个地方,当地人就会如同对待神明一样敬畏他。对那些品行无良、行迹恶劣的人,卢奂必定会严加判罚,而后将他们所犯的罪行刻在石碑上,竖立在他们的家门口,如果再犯的话就判处死刑。民间都畏惧他执法严厉,所以绝没有人敢犯法。唐明皇知道卢奂的贤能,赏赐了他白银五千两,并颁发诏书褒奖。因此,民间称呼那些石碑为"记恶碑"。

## ·牵红丝娶妇·

郭元振少时,美风姿,有才艺。宰相张嘉贞欲纳为婿。元振曰:"知公门下有女五人,未知孰陋。事不可仓卒,更待忖之。"张曰:"吾女各有姿色,既不知谁是匹偶。以子风骨奇秀,非常人也。吾欲令五女各持一丝幔前,使子取便牵之,得者为婚。"元振欣然从命。遂牵一红丝线,得第三女,大有姿色,后果然随夫贵达也。

译　文

郭元振年少时，风姿俊美，又有才艺。宰相张嘉贞想要招他做女婿。元振说："我听闻先生家里有五位女儿，还不知道她们间的优劣。这件事不可以仓促决定，需要再仔细考虑下。"张嘉贞说："我的女儿们各个都很漂亮，一时间也不知道谁能相配。你的风度气质如此奇特秀美，不是普通人。我想让五位女儿每人拿着一条丝线站在幔帐前面，你选择其中一条牵出来，然后就与那一个成婚。"郭元振听后欣然同意。一番安排之后，他牵出一条红丝线，是张嘉贞三女儿拿的。她长得极为漂亮，后来也果然跟着夫君过上了显贵的生活。

## ·豪友·

长安富民王元宝、杨崇义、郭万金等，国中巨豪也。各以延纳四方多士，竞于供送，朝之名寮，往往出于门下。每科场，文士集于数家，时人目之为"豪友"。

译　文

长安城的富豪有王元宝、杨崇义和郭万金等人，都是闻名全国的巨富。他们都喜欢宴请结交四方名士，竞相资助他们成就功名，所以朝廷里的官僚名臣，往往是出自他们几家的门下。每次科场开考，文人雅士们都汇集在这几人家里，当时的人视他们为"豪友"。

## ·唤铁·

太白山有隐士郭休,字退夫,有运气绝粒之术。于山中建茅屋百余间,有白云亭、炼丹洞、注易亭、修真亭、朝玄坛、集神阁。每于白云亭与宾客看山禽野兽,即以槌击一铁片子,其声清响,山中鸟兽闻之集于亭下,呼为"唤铁"。

### 译 文

太白山有位隐士郭休,字退夫,会运气绝食的法术。他在山里建了一百多间茅屋,其中有白云亭、炼丹洞、注易亭、修真亭、朝玄坛和集神阁等。每次在白云亭准备同宾客们观赏山禽野兽时,郭休都会用棒槌敲击一块铁片子,发出清脆洪亮的声音,山中鸟兽听到这个声音就会聚集在亭子下面,这块铁片子被称为"唤铁"。

## ·敲冰煮茗·

逸人王休,居太白山下,日与僧道异人往还。每至冬时,取溪冰,敲其晶莹者煮建茗①,共宾客饮之。

### 译 文

隐士王休,居住在太白山下,常与一些僧人、道士和奇异人士交往。每当冬天时,他就会去溪流里取冰,然后敲掉外层,只留下晶莹的冰芯用来煮建溪产的茶叶,与宾客们一同品茗。

---

① 建茗:福建建溪产的茶叶,天下名茶,有着悠久的御贡历史。

## ·物外之游·

王休高尚，不亲势利，常与名僧数人，或跨驴，或骑牛，寻访山水，自谓结"物外之游"。

### 译文

王休为人高洁，不喜欢结交王公与富豪，经常与几位名僧一同出游。他们有时骑驴，有时骑马，寻山问水，自称是结伴"物外之游"。

## ·花上金铃·

天宝初，宁王日侍[1]。好声乐，风流蕴藉，诸王弗如也。至春时，于后园中纫红丝为绳，密缀金铃，系于花梢之上。每有乌鹊翔集，则令园吏制铃索以惊之，盖惜花之故也。诸宫皆效之。

### 译文

天宝初年，宁王日日陪侍在皇帝身边。宁王喜好音乐，为人风流温雅，其他诸位王爷都不如他。到春天时，宁王在后花园里，将红丝搓捻成绳子，然后绑上许多金铃铛，把它们系在花梢上面。每当有乌鸦、喜鹊飞来的时候，宁王就命令管理园子的人摇动串着铃铛的绳索去吓唬它们，这是宁王爱惜花朵的缘故。后来其他宫里的人都效仿这招。

---

[1] 日侍：每天陪侍在左右，引申为受到宠爱。

## 盆池①鱼

明皇以李林甫为相,后因召张九龄问可否。九龄曰:"宰相之职,四海具瞻。若任人不当,则国受其殃。只如林甫为相,然宠擢出宸衷,臣恐他日之后,祸延宗社。"帝意不悦。忽一日,帝曲宴近臣于禁苑中,帝指示于九龄、林甫曰:"槛前盆池中所养鱼数头,鲜活可爱。"林甫曰:"赖陛下恩波所养。"九龄曰:"盆池之鱼,犹陛下任人,他但能装景致,助儿女之戏尔。"帝甚不悦。时人皆美九龄之忠直。

译 文

唐明皇任命李林甫为宰相,后来有事召见张九龄,顺便问他这个任命如何。张九龄说:"宰相的职位,全天下都看着,如果任人不当,那么国家就会遭受其害。李林甫被任命为宰相,所受荣宠显然是出自圣上的心意,但我怕日后生出祸端,危及国家社稷。"唐明皇听后愀然不乐。

又有一日,唐明皇在宫中举办宴席招待近臣,指引着张九龄和李林甫说:"你们看栏杆前的盆池里养了几条鱼,都长得鲜活可爱。"李林甫说:"这是仰赖了陛下的恩荣才养得这么好。"张九龄说:"盆池里的鱼,就如同陛下任命的人一样,只能用来装点景致,助长小孩子间的玩笑嬉乐而已。"听闻此言,唐明皇非常不开心。

---

① 盆池:将盆子埋在地下,灌水而成的人造水池。

当时的人都赞美张九龄的忠义耿直。

## ·看花马·

长安侠少，每至春时，结朋联党，各置矮马，饰以锦鞯金鞍，并辔于花树下往来。使仆从执酒皿而随之，遇好围时，驻马而饮。

**译　文**

长安的豪侠少年们，每到春天的时候，就会呼朋唤友齐聚在一起，各自置办好矮马，装饰上锦缎做的马鞍垫和镶金的马鞍，在花树下并排往来骑乘。他们让仆人带着酒具跟在后面，遇到秀丽的花园就停下马，喝上一番。

## ·香肌暖手·

岐王少惑女色，每至冬寒手冷，不近于火，惟于妙妓怀中揣其肌肤，称为"暖手"，常日如是。

**译　文**

岐王少年时痴迷于女色，每到冬季天寒时节，即使手冷也不烤火取暖，而是揣进妙龄女妓的怀中捂热，称之为"暖手"，日常都是如此。

· 花裀 ·

学士许慎选,放旷不拘小节,多与亲友结宴于花圃中,未尝具帷幄、设坐具,使童仆辈聚落花铺于坐下。慎选曰:"吾自有花裀,何消坐具。"

译　文

学士许慎选,为人旷达不拘小节。他常常同亲朋好友在花圃中开设宴席,但从不准备帐幕和坐垫,而是让童仆们收集落花铺在坐的地方。许慎选说:"我自有落花垫子,何必还需要坐垫。"

· 醉舆 ·

申王每醉,即使宫妓将锦彩结一兜子,令宫妓辈抬舁归寝室。本宫呼曰"醉舆"。

译　文

申王每次醉酒,都让宫妓用彩色锦缎做成一个兜子,然后命她们抬着自己回卧室。宫里人称呼这是"醉舆"。

· 妓围 ·

申王每至冬月,有风雪苦寒之际,使宫妓密围于坐侧,以御寒气。自呼为"妓围"。

译　文

申王每到冬季,遇上刮风下雪、天寒地冻的时候,就让许多宫妓围坐在自己身边,挡住寒气。他自己称这个叫作"妓围"。

【看花马】

每至春时，结朋联党，各置矮马，饰以锦鞯金鞍，并辔于花树下往来。

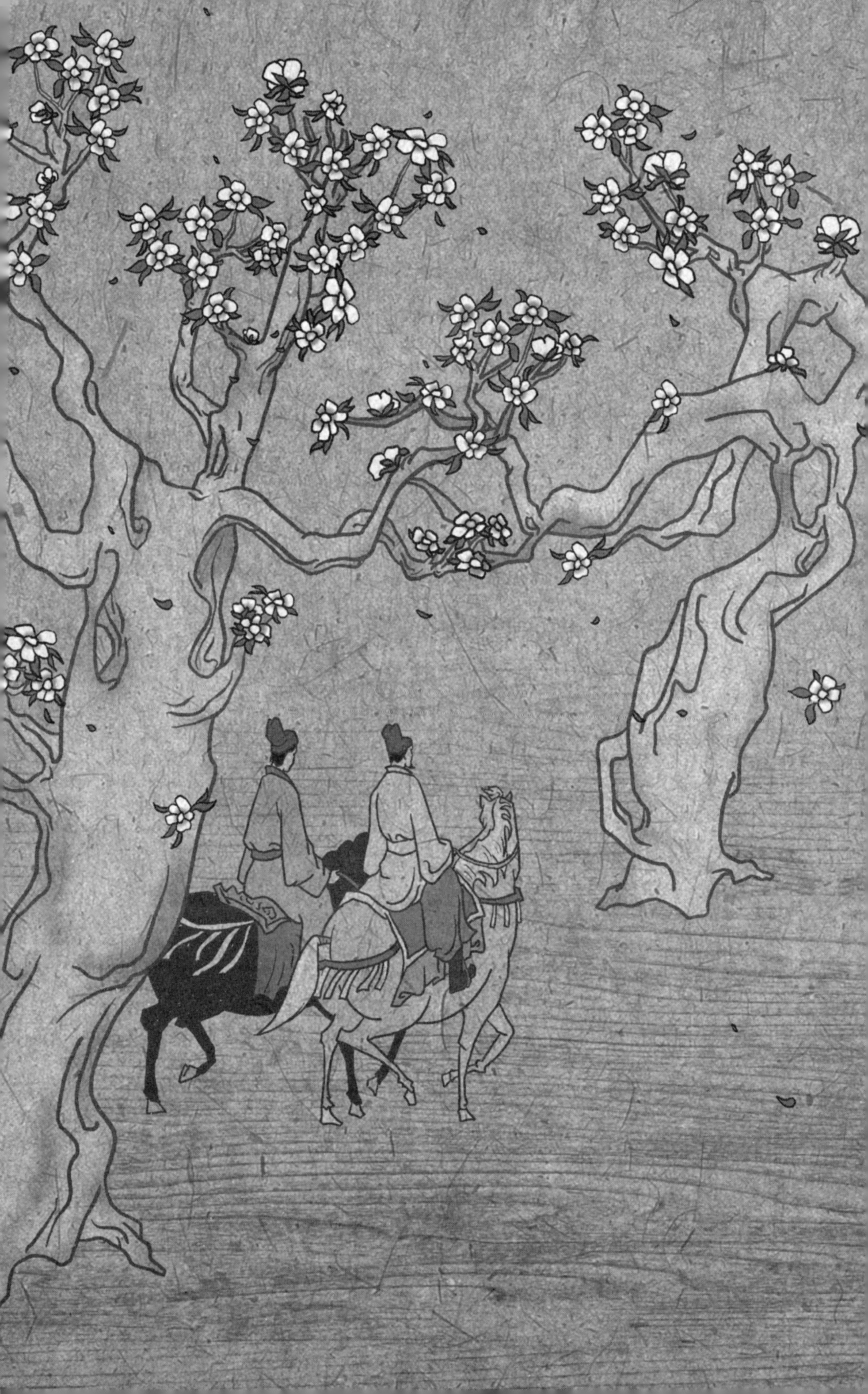

## ·风流薮泽①·

长安有平康坊,妓女所居之地。京都侠少萃集于此,兼每年新进士以红笺名纸②,游谒其中。时人谓此坊为"风流薮泽"。

### 译　文

长安城的平康坊,是妓女居住的地方。京城的豪侠少年们常喜欢聚集在这里,而且每年的新进士,也都会用红笺纸写上名字,交游谒见这里的名妓。当时人说这个坊是"风流薮泽"。

## ·依冰山·

杨国忠权倾天下,四方之士争诣其门。进士张彖者,陕州人也,力学有大名,志气高大,未尝干谒权贵。或有劝彖令修谒国忠,可图显荣。彖曰:"尔辈以谓右相之势,倚靠如泰山,以吾所见乃冰山也。或皎日大明之际,则此山当误人尔。"后果如其言,时人美张生见几。后年张生及第,释褐③授华阴尉。时县令、太守俱非其人,多行不法。张生有吏道,勤于政事,每申举之日,则太守、令尹抑而不从。张生曰:"大丈夫有凌霄直上之志,而拘于

---

① 薮(sǒu)泽:也称作"渊薮",比喻人或东西聚集的地方。
② 红笺名纸:写着姓名的红笺纸,作用相当于名片。
③ 释褐:脱去粗布衣服,比喻开始做官。

下位，若立身于矮屋中，使人撞头不得。"遂拂衣长往，归遁于嵩山。

译　文

杨国忠权倾天下，四方的士人都争相拜谒到他的门下。进士张彖，陕州人，学习刻苦有名气，很有志向和气节，从未低头折腰事权贵。有人劝说张彖去巴结杨国忠，可以得到富贵前程。张彖说："你们说攀附上杨右相的权势，就如同倚靠上了泰山，我看那是冰山而已。哪天太阳高照之时，这座冰山是要牵连人的。"后来果然如他所说。当时有人称赞张彖能见微知著。

之后几年，张彖进士及第，被授予华阴县尉一职。当时的县令和太守都跟他不是一路人，经常有不法行为。张彖为官有道，勤于政事，但每到向上面举荐的日子，他就会被太守和县令打压。张彖说："大丈夫应当有凌云盖世的志向，现在被人打压，处在他们下面，就像是站在低矮的屋子里，让人抬不起头。"于是甩袖离开，去嵩山隐居了。

· 禽拥行车 ·

李元纮，开元初年为好畤令，赋役平允，不严而治，大有政声。迁润州司马，发离百里，士民号泣遮路，乌鹊之类，飞拥行车。有诏褒美之。

译　文

李元纮开元初年担任好畤县令，任内赋役安排公平，治理手段不严厉，却把县境管理得很好，政绩卓著。他升官任润州司马的时候，已经出发走了一百里路，好畤的民众还挡着道路号哭，乌鸦和喜鹊之类的小鸟都围绕着李元纮的马车飞翔。朝廷为此下发诏书褒奖他。

## ·镜影成相字·

宋璟未第时，因于日中览镜，镜影忽成"相"字。璟因此自负，遂修相业，后如其志。

**译　文**

宋璟还没有考上功名的时候，有一日中午照镜子，镜子里的影像忽然变成了一个"相"字。宋璟因此信心倍增，更加努力读书，学习为政的方法，后来果然达成了他的志向。

## ·知更雀·

裴耀卿勤于王政，夜看案牍，昼决狱讼。常养一雀，每夜至初更时有声，至五更则急鸣，耀卿呼为"知更雀"。又于厅前有一大桐树，至晓则有群鸟翔集，以此为出厅之候，故呼为"报晓鸟"。时人美焉。

**译　文**

裴耀卿勤于政事，晚上看文件，白天判案子。曾经养了一只雀鸟，每天晚上到初更时就会叫，到了五更则鸣叫得更加急切。裴耀卿称呼它为"知更雀"。官厅前面还有一棵大桐树，到拂晓时分就会有一群鸟飞到树上。裴耀卿以此为走出官厅的征候，所以称呼它们为"报晓鸟"。当时的人都赞美裴耀卿为官勤勉。

## ·颠饮·

长安进士郑愚、刘参、郭保衡、王冲、张道隐等十数辈,不拘礼节,旁若无人。每春时,选妖妓三五人,乘小犊车,诣名园曲沼,藉草裸形,去其巾帽,叫笑喧呼,自谓之"颠饮"。

### 译 文

长安的进士郑愚、刘参、郭保衡、王冲和张道隐等十几人,常常不拘礼节,旁若无人。每年春季时节,他们会挑选三五名妖艳的女妓,乘着小牛车,去往名园或者曲池,坐在草垫上,脱去衣衫帽子,赤身裸体,喧笑呼喊,自称为"颠饮"。

## ·选婿窗·

李林甫有女六人,各有姿色,雨露之家[①],求之不允。林甫厅事壁间有一小窗,饰以杂宝,幔以绛纱。常日使六女坐于窗中,每有贵家子弟入谒,林甫即使女于窗中自选可意者事之。

### 译 文

李林甫有六个女儿,都很有姿色,官宦人家来求亲,均被他拒绝。李林甫在客厅的墙壁上开了一间小窗,装饰了各种珠宝,罩上红纱。每当有权贵家子弟上门拜访,李林甫就让女儿们坐在

---

① 雨露之家:指沐浴皇帝恩泽的世家,即官宦人家。

窗后面挑选，有自己中意的人便嫁给他。

## ·四方神事·

姚元崇为宰相，忧国如家，爱民如子，未尝私于喜怒，惟以忠孝为意。四方之民，皆画元崇之真，神事焉，求之有福。

### 译　文

姚元崇担任宰相，忧心国家大事如同忧心自家的私事，爱护民众如同爱护自己的儿子，从不因为自己的好恶而偏袒，只以忠诚孝顺为办事准则。天下的民众都供奉有姚元崇的画像，像拜神像一样向画像祈福。

## ·立有祸福·

卢奂为陕州刺史，严毅之声，闻于关内。玄宗幸京师，次陕城，顿知奂有神政，御笔赞于厅事曰："专城之重，分陕之雄。仁虽惠爱，性实谦冲。亦既利物，存乎匪躬。斯为国宝，不坠家声。"寻除兵部侍郎。陕州之民多有淫祀者，州之士民相语曰："不须赛神明，不必求巫祝。尔莫犯卢公，立便有祸福。"

### 译　文

卢奂担任陕州刺史时，严厉忠毅的名声传到了关内地区。唐玄宗回都城的时候，在陕州城停留，了解到卢奂的政绩，便在官厅里亲笔写下褒扬的话语："这里是重要的城池，雄踞着分陕的要地。镇守这里的卢奂,既有仁义,也有惠爱,性格谦虚。他做事考虑万物的利益,忠心耿耿,舍生忘死。他是国家的宝器,没有玷污家族的名声。"不久之后,卢奂被任命为兵部侍郎。

陕州的民众大多迷信,喜欢到处拜邪神。州城里的人相互传话说:"不需要多拜神,也不必求巫师。只要你没有触犯卢公的政令即可,否则立刻就会有祸福降临。"

· 射团 ·

宫中每到端午节,造粉团、角黍,贮于金盘中。以小角造弓子,纤妙可爱。架箭射盘中粉团,中者得食。盖粉团滑腻而难射也。都中盛于此戏。

译 义

每年端午节,皇宫里都会制作糯米粉团子和粽子,放在金盘上。再用小角做成弹弓,惟妙惟肖,纤细可爱。然后架上箭,射盘子里的糯米粉团子,射中的就能吃到团子。因为糯米粉团子又滑又腻,所以很难射中。都城里也盛行这个游戏。

· 探官 ·

都中每至正月十五日造面茧①,以官位帖子,卜官位高下。或赌筵宴,以为戏笑。

---

① 面茧:有馅的馒头。

### 译　文

每年的正月十五，都城里的人家都会制作有馅的馒头，在馅里藏着官位帖子，用来卜算今后官位的高低。有的人则用来作为宴席间赌博的游戏，以博一笑。

### ·撤去灯烛·

苏颋与李乂对掌文诰，玄宗顾念之深也。八月十五夜，于禁中直宿，诸学士玩月，备文酒之宴。时长天无云，月色如昼。苏曰："清光可爱，何用灯烛？"遂使撤去。

### 译　文

苏颋和李乂一起掌管文书诰令，唐玄宗非常眷顾他们。八月十五的晚上，他们在宫里值班，各位学士准备了诗文酒宴，一起赏月。当时的夜空中没有一片云，月色照耀如同白昼。苏颋说："月光可爱，何必还用蜡烛？"于是命人撤走蜡烛。

### ·富窟·

王元宝，都中巨豪也。常以金银叠为屋壁，上以红泥泥之。于宅中置一礼贤室，以沉檀为轩槛，以碔砆①甃地面，以锦文石为柱础，又以铜线穿钱，甃于后园花径中，贵其泥雨不滑也。四方宾客，所至如归。故时人呼为"王家富窟"。

---

① 碔（wǔ）砆（fū）：像玉的石头。

译　文

王元宝是都城里的巨富。他常用金银叠成房屋的墙壁，涂抹上红泥。他在宅子里安置了一间礼贤室，用沉香檀木做栏杆，用像玉一样的石头铺装地面，用锦文石做梁柱的础石，还把成串的铜钱穿上线，砌在后花园的小路上，因为这样泥路面在下雨时就不会滑脚。四方的宾客，来他这里都如同回家一样自在。所以当时人称呼他的住宅为"王家富窟"。

· 梦笔头生花 ·

李太白少时，梦所用之笔头上生花。后天才赡逸，名闻天下。

译　文

李太白少年时，梦见所用的笔头生出了鲜花。后来果然才情丰赡俊逸，天下闻名。

· 郡神迎路 ·

张开为荆州刺史，至郡界，风雨瞑晦，不辨面目，惟闻空中有殿喝之声。相次云中，有衣紫披甲胄者十数人。开问其故，对曰："某荆州内外所主之神，久仰使君令名，故相率迎引。"到任谒庙后，各致祭谢，及建饰庙貌。自此政誉尤善也。

译　文

张开受任荆州刺史，刚到荆州地界，天色阴暗，风雨大作，

【郡神迎路】

惟闻空中有殿喝之声。相次云中，有衣紫披甲胄者。

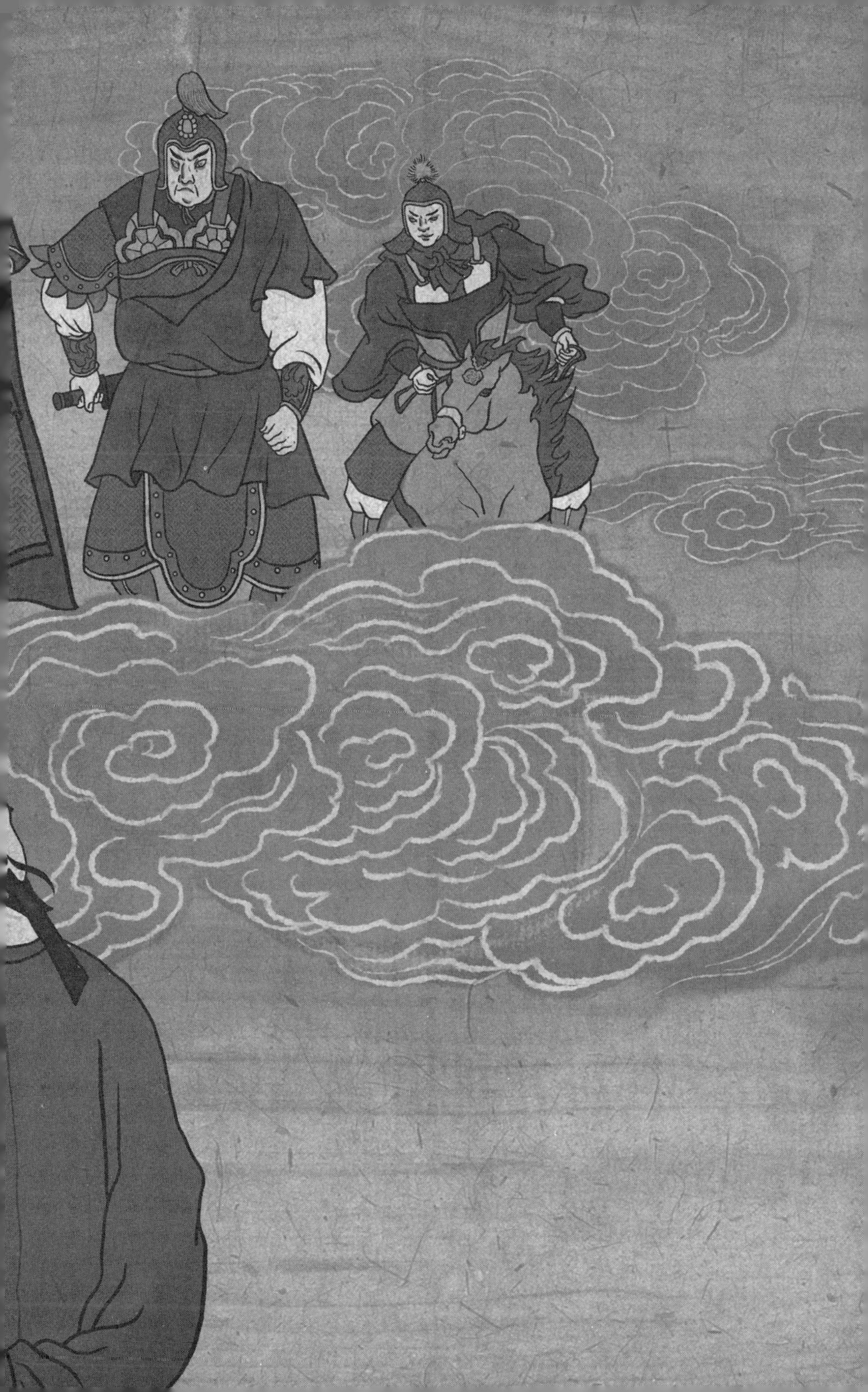

看不清对面人的面貌,只听得见空中传来呵道让路的声音。云中依次出现十几名穿着紫衣、披着甲胄的人。张开问他们缘何至此,他们回答说:"我们是荆州内外各处的神,久闻刺史大名,特地一起来迎请您上任。"张开到任后,拜谒各处神庙,并祭祀致谢,整修祠庙。从此他的政绩声誉变得更好了。

## ·县妖破胆·

李杲迁洛阳令,严刑峻法,民吏畏服。县之积弊,杲尽革之。逾月之中,县务清简。时有进士刘兼,赴举上都,舍于村邸,至夜中,闻户外街衢中有数人相语曰:"李令今古正人也。吾辈见其行事威猛,令人破胆,此中不可久居。宜迁于他邑,可求血食①也。"兼讶其事,遂启门视之,寂无影响,方知乃邑之妖神也。兼遂书赞一首于村邸之壁,云:"狡吏畏威,县妖破胆。好录政声,闻于御览。"后明皇旌其能,赐金百两及章服焉。

译 文

李杲出任洛阳县令,严刑峻法,民众和官吏都因畏惧而服从。累年的县政弊端,都被李杲全部革除。一个月后,县里的政务变得清晰简便。当时有进士刘兼前往都城赶考,住在洛阳县乡村旅舍里。到了半夜,他听到窗外的大街上几声人语道:"李县令是正直的人。我们见他做事威严刚猛,令人吓破胆,这里不能长住了。最好搬到别的县里去,才能享受祭品。"刘兼十分惊讶

---

① 血食:祭品。

于他们说的话，立刻开门去看，街上却了无身影，寂静无声，这才知道是该县的妖神们。于是，刘兼在旅舍墙上写了首赞诗，道："狡吏畏威，县妖破胆。好录政声，闻于御览。"后来唐明皇褒奖李昪的能力，赏赐了黄金百两和礼服。

### ·泥金帖子·

新进士才及第，以泥金书帖子附家书中，用报登科之喜。至文宗朝，遂寝削此仪也。

译　文

新科进士刚及第时，用泥金书写名帖，附在家信中寄回，用于传报登科的喜事。到了唐文宗时，这个风俗就消失了。

### ·喜信·

新进士每及第，以泥金书帖子，附于家书中。至乡曲姻戚，例以声乐相庆，谓之"喜信"也。

译　文

每届新科进士及第，用泥金书写名帖，附在家信中寄回。信送到家乡，亲朋好友按例举办宴会庆贺，称之为"喜信"。

### ·向火乞儿·

张九龄见朝之文武僚属趋附杨国忠，争求富贵，惟九龄未尝及门，杨甚衔之。九龄尝与识者议曰："今时之朝彦，皆是向火乞儿，一旦火尽灰冷，暖气何在？当冻尸裂体，弃骨于沟壑中，祸不远矣。"果然，因禄山之乱，附炎者皆罪累，族灭不可胜数。九龄之先见，信夫神智博达也。"向火"，言附炎也。

译　文

张九龄眼见满朝文武官僚趋附于杨国忠，争相求取富贵，却不为所动，未尝拜谒杨国忠，杨国忠对此甚为记恨。张九龄曾经与有识之士说："当今朝廷里的才俊，都是向火要饭的乞丐，哪天火灭灰冷，暖气又在哪里呢？那时他们的尸体都会被冻裂了，被丢弃在沟壑里。这场大祸不远了。"后来果然如此，因为安禄山叛乱，攀附杨国忠的人都被连累判罪，其中被灭族的数不胜数。张九龄有先见之明，确实是神妙聪明、博学通达。"向火"，意思是趋炎附势。

## · 结棚避暑 ·

长安富家子刘逸、李闲、卫旷，家世巨豪，而好接待四方之士，疏财重义，有难必救，真慷慨之士，人皆归仰焉。每至暑伏中，各于林亭内植画柱，以锦绮结为凉棚，设坐具，召长安名妓间坐，递相延请，为避暑之会。时人无不爱羡也。

译　文

长安富家子弟刘逸、李闲和卫旷，都是几代积累的巨富。他们喜好接待天下名士，轻财重义，有人遇难必定出手相救，是真正的慷慨之士，众人都很仰慕他们。每到夏天，他们各自在林子里建造雕梁画栋的亭子，用锦罗绸缎搭建凉棚，安放坐具，招揽长安的名妓们前来作陪，轮流宴请，举办避暑的宴会。当时的人没有不羡慕的。

## ·游盖飘青云·

长安春时，盛于游赏，园林树木无间地。故学士苏颋应制云："飞埃结红雾，游盖飘青云。"帝览之，嘉赏焉，遂以御花亲插颋之巾上。时人荣之。

译　文

长安的春季，流行游玩赏花，园林树丛里面，摩肩接踵，没有空地。学士苏颋曾应皇帝之命作诗："飞埃结红雾，游盖飘青云。"皇帝看后，嘉奖赏赐苏颋，亲手摘了一朵花插在他的帽巾上。当时人都认为这是莫大的荣耀。

## ·精神顿生·

明皇每朝政有阙，则虚怀纳谏，大开士路。早朝百辟趋班，帝见张九龄风威秀整，异于众僚，谓左右曰："朕每见九龄，使我精神顿生。"

译　文

唐明皇每次碰到朝政有缺失的时候，都会谦虚纳谏，广泛招揽名士。早朝时，百官上朝就位，唐明皇看见张九龄风姿威严，秀丽整洁，与其他官僚迥然有异，对左右说："朕每次见到九龄，都能精神抖擞。"

## ·口案·

张九龄累历刑狱之司，无所不察。每有公事，赴本司行勘，胥吏辈未敢讯劾，先取则于九龄。因于前面分曲直，口撰案卷，囚无轻重，咸乐其罪。时人谓之"张公口案"。

### 译文

张九龄多次出任刑狱方面的官职，没有什么是他察觉不了的。每次有案件送到衙门进行审问，官吏们不敢先审，都先听张九龄的意见。他当着囚犯的面分清是非曲直，直接口述案卷详情。囚犯无论是被判罚为轻罪还是重罪，全都表示乐于认罪。当时的人称之为"张公口案"。


## ·逐恶如驱蚊蚋·

袁光庭，累典名藩，皆有异政。明皇谓宰辅曰："袁光庭性逐恶，如扇驱蚊蚋。"

### 译文

袁光庭多次担任名城大郡的主管官员，而且都做得很好。唐明皇对宰相说："袁光庭本性疾恶如仇，他去驱除邪恶，就如同用扇子驱赶蚊子那般自然。"

### ·吹火照书·

苏颋,少不得父意,常与仆夫杂处,而好学不倦。每欲读书,又患无灯烛,常于马厩灶中,旋吹火光,照书诵焉。其苦学如此,后至相位。

译 文

苏颋小时候不被父亲喜爱,常同仆人们在一起,但却好学不倦。他每当想读书,又苦于没有灯烛时,常跑到马厩的炉灶旁,一边吹亮灶里的火花,一边照着读书。他就是这样勤学苦读,后来当上宰相的。

### ·金牌断酒·

安禄山受帝眷爱,常与妃子同食,无所不至。帝恐外人以酒毒之,遂赐金牌子系于臂上。每有王公召宴,欲沃以巨觥,禄山即以牌示之,云:"准敕断酒。"

译 文

安禄山深受皇帝的眷宠,常常能与杨贵妃一同吃饭,圣恩可谓是无所不至了。皇帝怕外面人灌酒坑害他,于是赐了一面金牌,系在他的手臂上。每当有王公召安禄山参加宴席,用大酒杯灌他的时候,安禄山就亮出金牌给他们看,说:"诏命允许不喝酒。"

【金牌断酒】

每有王公召宴,欲沃以巨觥,禄山即以牌示之,云:『准敕断酒。』

## ·文阵雄帅·

张九龄常览苏颋文卷,谓同僚曰:"苏生之俊赡无敌,真文阵之雄帅也!"

译 文

张九龄曾经览阅苏颋的文卷,对同僚说:"苏生的文笔华美无敌,真是文坛中的统帅啊!"

## ·射飞毛·

羽林将刘洪,喜骑射,常对御①,使人于风中掷鹅毛,洪连箭射之,无有不中。帝赏叹厚赐焉。

译 文

羽林将刘洪,喜欢骑射,曾经在皇帝赐宴上,让人向空中抛掷鹅毛,自己连射数箭,没有不中的。皇帝惊叹刘洪的箭法,赏赐丰厚。

## ·肉阵·

杨国忠于冬月,常选婢妾肥大者,行列于前,令遮风,盖藉人之气相暖,故谓之"肉阵"。

译 文

杨国忠在冬天,常挑选长得胖的婢妾,让她们排在自己前面,遮挡寒风。这是借人身上的气息来暖和自己,所以被称为

---

① 对御:皇帝赐宴。

【射飞毛】

羽林将刘洪,喜骑射,常对御,使人于风中掷鹅毛,洪连箭射之,无有不中。

"肉阵"。

### ·油幕·

长安贵家子弟每至春时，游宴供帐于园圃中，随行载以油幕，或遇阴雨，以幕覆之，尽欢而归。

译文

长安富贵人家的子弟，每到春天时节，会游玩各处的园林，在里面搭上帐子，举办宴席。随行的车马装载着油幕布，如果遇到阴雨天，就张开幕布遮雨，照样可以继续宴饮，尽兴而归。

### ·斗花·

长安士女于春时斗花，戴插以奇花多者为胜。皆用千金市名花，植于庭苑中，以备春时之斗也。

译文

长安的男女会在春天时斗花。他们在身上、头上插满鲜花，以奇花异草多的为胜。因此，他们全都不惜重金购买名贵花朵，种在庭院里，为春天斗花做准备。

### ·裙幄·

长安士女游春野步，遇名花则设席藉草，以红裙递相插挂，以为宴幄。其奢逸如此也。

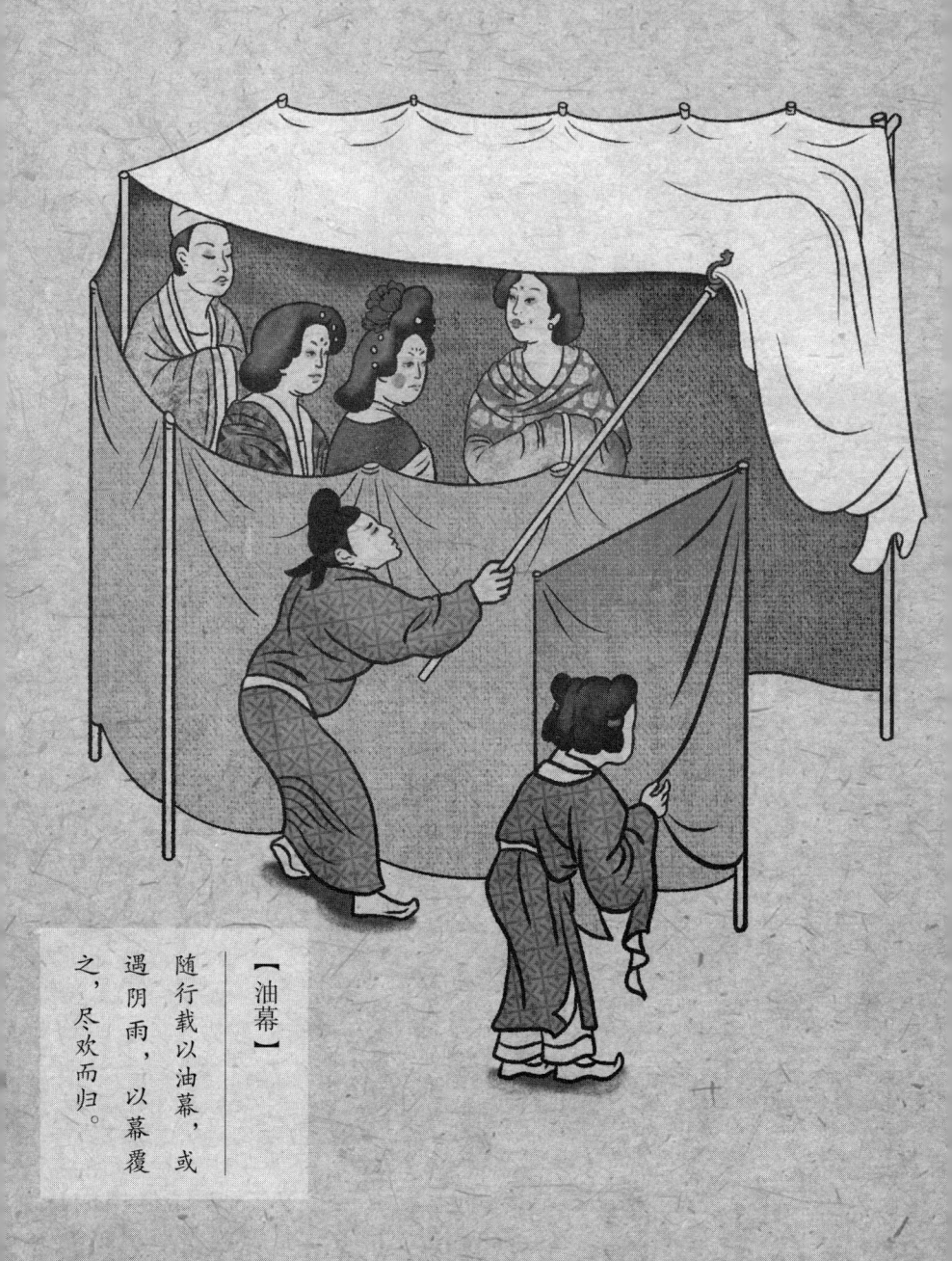

【油幕】

随行载以油幕,或遇阴雨,以幕覆之,尽欢而归。

译　文

长安的仕女，如果春游散步时遇到有名贵花朵，便在草地上设下座席，依次挂起红裙，作为宴会的帷幄。她们奢侈闲逸的风气就是到了这种地步。

## ·文帅·

明皇常谓侍臣曰："张九龄文章自有唐名公皆弗如也，朕终身师之，不得其一二，此人真文场之元帅也！"

译　文

唐明皇常对侍臣说："张九龄的文章是我唐以来诸位名公都比不上的，朕终身学习，也不能得到其一二分的真传，他真的是文场元帅啊！"

## ·金函·

明皇忧勤国政，谏无不从。或有章疏规讽，则探其理道优长者，贮于金函中，日置座右，时取读之，未尝懈怠也。

译　文

唐明皇勤勉国政，对谏言没有不听从的。如果有人上疏规劝讽喻，他就选择其中说理说得最好的奏疏，藏在黄金制作的盒子里，时刻放在座位右边，不时拿出来读一读，从不懈怠。

## ·楼车载乐·

杨国忠子弟,恃后族之贵,极于奢侈。每游春之际,以大车结彩帛为楼,载女乐数十人,自私第声乐前引出,游园苑中,长安豪民、贵族皆效之。

**译 文**

杨国忠家的子弟凭借贵妃得宠,十分奢侈。每到春天郊游之际,他们会在大车上用彩帛搭成小楼,载着数十名女乐人出行。她们从杨家府邸出发时就开始在前方演奏高歌,直至要去游玩的园林。长安的富户和贵族都竞相效仿。

## ·金鸡障·

明皇每宴,使禄山坐于御侧,以金鸡障隔之。

**译 文**

唐明皇每次举办宴会,都会让安禄山坐在御座旁边,只用以金鸡为饰的屏障隔开。

## ·千炬烛围·

杨国忠子弟,每至上元夜,各有千炬红烛,围于左右。

**译 文**

杨国忠的子弟,每到上元夜,都会各自用上千枝红蜡烛围在身边。

· 有脚阳春 ·

宋璟爱民恤物，朝野归美。时人咸谓璟为"有脚阳春"，言所至之处，如阳春煦物也。

译　文

宋璟爱护民众，体恤万物，朝野上下都称赞他。当时的人说宋璟是"有脚阳春"。这句话的意思是说他每到一个地方，就如同阳春的太阳和煦地照耀着万物。

· 粲花之论 ·

李白有天才俊逸之誉，与人谈论，皆成句读，如春葩丽藻，粲于齿牙之下。时人号曰："李白粲花之论。"

译　文

李白有天生之才，英俊洒脱，超群拔俗。他与人谈论时，说的每一句话都能成为美文好诗，就如同美丽的春花仙草从齿牙中迸发出来。当时的人誉之为："李白粲花之论。"

· 醉圣 ·

李白嗜酒，不拘小节，然沉酣中所撰文章，未尝错误。而与不醉之人相对议事，皆不出太白所见。时人号为"醉圣"。

译　文

李白喜欢喝酒，不拘小节，然而他沉醉时所写的文章，从没

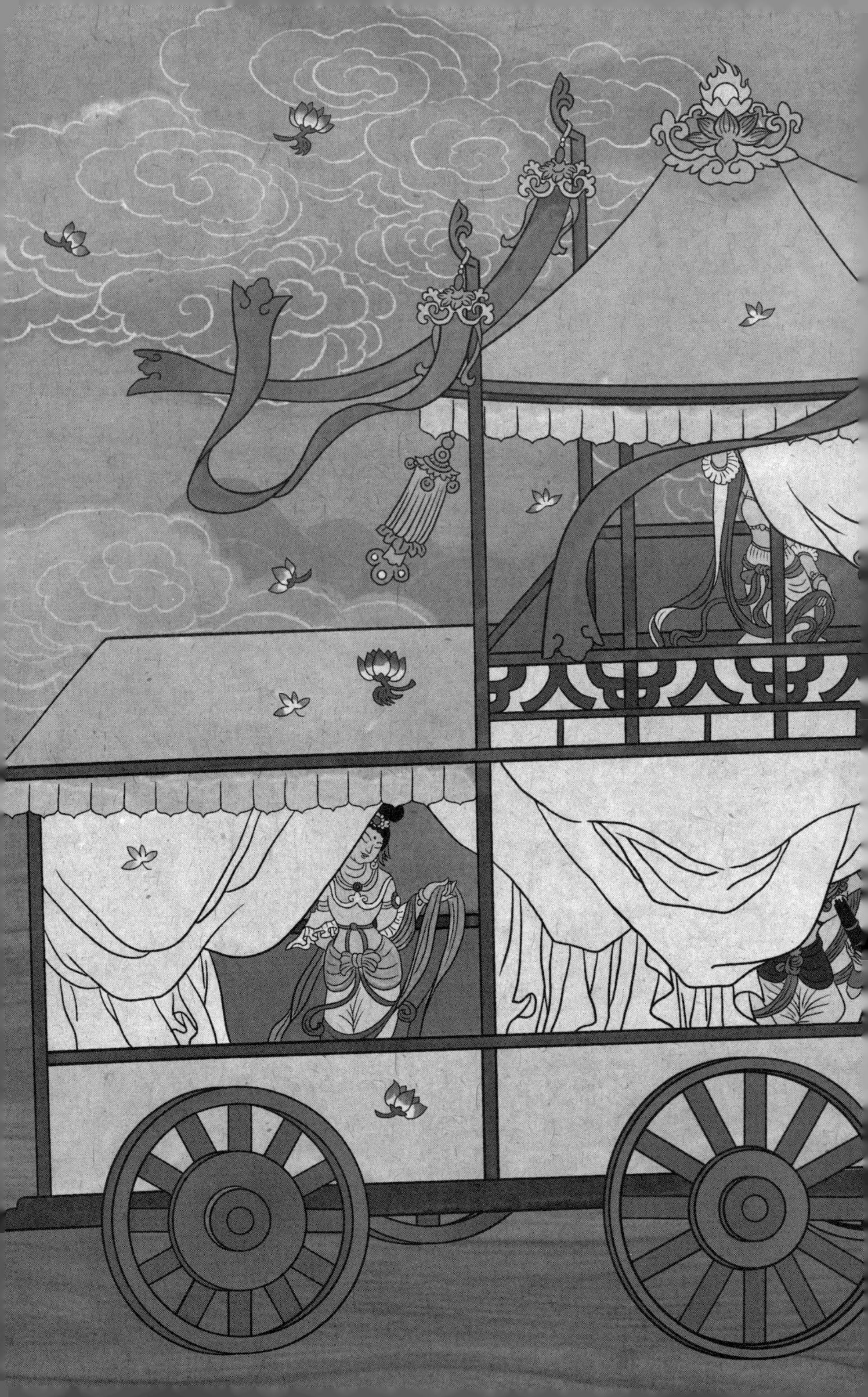

【楼车载乐】

每游春之际,以大车结彩帛为楼,载女乐数十人,自私第声乐前引出。

有出现错误。而且同没有喝酒的人议事时,对方的见识都超不过他。当时的人号之为"醉圣"。

### · 走丸之辩 ·

张九龄善谈论,每与宾客议论经旨,滔滔不竭,如下坂走丸①也。时人服其俊辩。

译 文

张九龄擅长辩论,每次同宾客谈论经典文献的意旨时,都滔滔不绝,如同圆丸在下坡路滚动一样顺畅。当时的人都佩服他的辩才。

### · 嚼麝之谈 ·

宁王骄贵,极于奢侈,每与宾客议论,先含嚼沉麝,方启口发谈,香气喷于席上。

译 文

宁王骄横显贵,极为奢侈,每次与宾客谈事时,都会先口含并咀嚼沉麝,而后才开口说话,其香气会喷溢在座席之间。

---

① 下坂走丸:意为弹丸从斜坡上滚下。形容顺势而下,无所阻挡。出自汉代荀悦《汉纪·高祖纪一》中,蒯通为范阳令游说武信君之语。

## · 任人如市瓜 ·

明皇召诸学士宴于便殿，因酒酣，顾谓李白曰："我朝与天后之朝何如？"白曰："天后朝政出多门，国由奸幸，任人之道，如小儿市瓜，不择香味，惟拣肥大者。我朝任人如淘沙取金，剖石采玉，皆得其精粹。"明皇笑曰："学士过有所饰。"

译 文

唐明皇召集众位学士到便殿参加宴席，酒醉后，回头看李白说："我朝与天后朝相比怎么样？"李白说："天后当权时，朝政不统一，国家被奸佞小人掌控，任用官员的原则就像是小孩买瓜，不顾香气口味，只管选择大的。我朝任用官员像是在水里淘沙找金子，像是剖开石头找白玉，都是取其最精华的部分。"唐明皇笑着说："学士说得有些夸张了。"

## · 雪刺满头 ·

宋璟《求致仕表》云："臣窃禄簪裳，备员廊庙。霜毫生颔，雪刺满头。求退归耕，养惰岩穴。乐生尧世，死荷圣恩。"

译 文

宋璟在他的《求致仕表》里说："微臣盗用官服俸禄，聊且在朝廷之中凑数当差，已经很多年了。如今白霜爬上脸颊，满头白发如玉雪。请求能退归乡里，耕田为生，在洞穴中散养全身的懒惰。我很开心能生活在这如尧舜治下般的盛世，至死都身受皇恩。"

## ·忍字·

光禄卿王守和,未尝与人有争,尝于几案间大书"忍"字,至于帏幌之属。非时引对①,问曰:"卿名守和,已知不争,好书'忍'字,尤见用心。"奏曰:"臣闻坚而必刚,刚则必折,万事之中,'忍'字为上。"帝曰:"善。"赐帛以旌之。

译　文

光禄卿王守和,从来没有与人争执过,曾经在几案上书写了一个大大的"忍"字,还把"忍"字绣在了室内的帷幔上。唐明皇特地召他问答:"爱卿的名字叫守和,已知道是不要争执的意思,又喜欢写'忍'字,可见是特别用心了。"张守和回奏说:"微臣听说坚硬必然刚烈,刚烈则必然容易折断,在万事的应对中,应以'忍'字为上。"唐明皇很同意这番话,赏赐了帛缎嘉奖他。

## ·竹义·

太液池岸有竹数十丛,牙笋未尝相离,密密如栽也。帝因与诸王闲步于竹间,帝谓诸王曰:"人世父子兄弟,尚有离心离意,此竹宗本不相疏。人有怀二心,生离间之意,睹此可以为鉴。"诸亲王皆唯唯,帝呼为"竹义"。

---

① 引对:皇帝召见官员进行问答。

译 文

太液池岸边有数十丛竹林，每年新生的竹笋从没有远离过成年老竹，所以竹林非常密集。皇帝与诸位王爷在林间散步，对诸王说："人世间的父子兄弟，尚有离心离德的，这竹子的主干和分枝却还不肯相离。如果有人生出二心，怀有离间的心思，就来看看这竹子，引以为鉴。"众位亲王都恭敬应答，皇帝呼之为"竹义"。

## ·美人呵笔·

李白于便殿对明皇撰诏诰。时十月大寒，冻笔莫能书字。帝敕宫嫔十人侍于李白左右，令执牙笔呵之，遂取而书其诏。其受圣眷如此。

译 文

李白在便殿为唐明皇写诏诰。当时是十月的大冷天，毛笔被冻住不能写字。皇帝敕令十名宫嫔侍奉在李白左右，让她们对笔哈气，待笔温热后让李白取笔写诏书。李白受皇帝眷宠就是到了这种地步。

# 美人

### ·蜂蝶相随·

都中名姬楚莲香者，国色无双，时贵门子弟争相诣之。莲香每出处之间，则蜂蝶相随，盖慕其香也。

译 文

都城里有位名媛叫楚莲香，她的容颜国色天香，当世无双，当时的豪门子弟都争相去拜访她。楚莲香每每出门或静坐的时候，都会有蜜蜂和蝴蝶相随，大概是倾慕她身上散发出的香气吧。

### ·随蝶所幸·

开元末，明皇每至春时，旦暮宴于宫中，使妃嫔辈争插艳花。帝亲捉粉蝶放之，随蝶所止幸之。后因杨妃专宠，遂不复此戏也。

译 文

开元末年，唐明皇每到春天时，都会在宫里日夜宴饮，让嫔妃们争相插上鲜花。唐明皇帝会亲自捉只粉色的蝴蝶，再放了它，看蝴蝶停在哪位嫔妃的鲜花上，就宠幸这位嫔妃。后来因为唐明皇只宠幸杨贵妃，就不再举办这种游戏了。

· 助娇花 ·

御苑新有千叶桃花。帝亲折一枝，插于妃子宝冠[①]上，曰："此个花尤能助娇态也。"

译　文

御花园里有千叶桃花。皇帝亲自折了一枝，插在妃子镶满珠宝的头冠上面，说："这朵花特别能映衬你的娇柔仪态。"

· 眼色媚人 ·

念奴者，有姿色，善歌唱，未尝一日离帝左右。每执板[②]当席顾眄，帝谓妃子曰："此女妖丽，眼色媚人。"每啭声歌喉，则声出于朝霞之上，虽钟鼓笙竽嘈杂而莫能遏。宫妓中帝之钟爱也。

译　文

念奴这个人，长得很有姿色，擅长唱歌，不曾有一日离开过皇帝身边。每当她负责宴席时，双眼就四顾巡视。皇帝对妃子说："这个女人长得妖艳美丽，眼色很媚人。"每当她引吭高歌

---

① 宝冠：镶满珠宝的头冠。
② 执板：大臣觐见皇帝商谈事情时所拿的笏板，引申为在皇帝身边做事。

时，声音能传到朝霞之上，即使钟、鼓、笙、竽等乐器一同演奏，也不能盖过她的歌喉。在众多宫妓之中，皇帝最钟爱她。

### · 戏掷金钱 ·

内庭嫔妃，每至春时，各于禁中结伴三人至五人，掷金钱为戏。盖孤闷无所遣也。

译文

宫里的嫔妃们，每到春天时节，就在宫里约上三到五人相伴，玩掷金钱的游戏。大概是因为孤独烦闷的情绪无处消遣吧。

### · 蛛丝卜巧 ·

帝与贵妃，每至七月七日夜，在华清宫游宴。时宫女辈陈瓜花酒馔，列于庭中，求恩于牵牛、织女星也。又各捉蜘蛛于小合中，至晓开视，蛛网稀密，以为得巧之候。密者言巧多，稀者言巧少。民间亦效之。

译文

每年七月七日夜晚，皇帝与贵妃都会在华清宫里举办宴席。那时的宫女们摆放好瓜果花酒，将其陈列在庭院里，向牵牛星与织女星祈求恩泽。她们还要各自去抓蜘蛛，放在小盒子里。等到天亮时打开来看，以蜘蛛网的稀疏和繁密作为得巧的征候。织得密的视作得巧多，织得疏的视作得巧少。民间也多效仿这种乞巧的方法。

## 被底鸳鸯

五月五日，明皇避暑游兴庆池，与妃子昼寝于水殿中。宫嫔辈凭栏倚槛①，争看雌雄二㶉鶒②戏于水中。帝时拥贵妃于绡帐内，谓宫嫔曰："尔等爱水中㶉鶒，争如我被底鸳鸯？"

译 文

五月五日，唐明皇为了避暑，去兴庆池游览，白天与杨贵妃睡在水殿里。宫嫔们倚靠在栏杆上，争相观看两只雌雄㶉鶒在水中嬉戏。这时唐明皇在轻纱帐里抱着贵妃，对宫嫔们说："你们喜欢看的水中㶉鶒，怎么比得上我被子底下的鸳鸯？"

## 半仙之戏

天宝宫中至寒食节，竞竖秋千，令宫嫔辈戏笑以为宴乐。帝呼为"半仙之戏"。都中士民，因而呼之。

译 文

天宝年间，宫中每到寒食节，就竖起秋千，令宫嫔们嬉笑玩乐，作为宴席间的游戏。皇帝称之为"半仙之戏"。都城里的居民也随着用这个叫法。

---

① 槛：栏杆。
② 㶉(xī)鶒(chì)：一种水鸟，像鸳鸯，但体型更大，多数为紫色，喜欢雌雄结伴游水。

【被底鸳鸯】

宫嫔辈凭栏倚槛,争看雌雄二鸂鶒戏于水中。

## ·冰箸·

冬至日大雪，至午雪霁，有晴色。因寒，所结檐溜皆为冰条。妃子使侍儿敲下二条看玩。帝自晚朝视政回，问妃子曰："所玩何物耶？"妃子笑而答曰："妾所玩者，冰箸也。"帝谓左右曰："妃子聪慧，比象可爱也。"

译 文

冬至那天下大雪，到中午雪停，天空才放晴。因为寒冷，屋檐下的滴水结成了冰条。妃子让侍从敲下两根冰条把玩。皇帝处理完朝政，从晚朝回来，问妃子说："在把玩什么东西？"妃子笑着回答说："我把玩的是冰筷子。"皇帝对左右说："妃子聪明智慧，这个比喻很可爱。"

## ·鸡声断爱·

长安名妓刘国容，有姿色，能吟诗，与进士郭昭述相爱，他人莫敢窥也。后昭述释褐，授天长簿，遂与国容相别。诘旦①赴任，行至咸阳，国容使一女仆驰矮驹赍短书云："欢寝方浓，恨鸡声之断爱；恩怜未洽，叹马足以无情。使我劳心，因君减食；再期后会，以结齐眉。"长安子弟多诵讽焉。

---

① 诘旦：清晨。

译　文

长安名妓刘国容,长得很漂亮,会吟诗,与进士郭昭述相爱,别人不敢窥视她。后来郭昭述被授予天长主簿一职,与刘国容离别。郭昭述清晨出发赴任,刚到咸阳,刘国容派遣的一名女仆便骑着矮马送来书信,说:"两人睡得正深时,可恨鸡鸣打断了欢爱;浓情尚未满足,感叹马足远行无情。你的离去使我心神相念,为你茶饭不思;期望后会有期,能举案齐眉。"很多长安子弟传诵这封信。

· 红冰 ·

杨贵妃初承恩召,与父母相别,泣涕登车。时天寒,泪结为红冰。

译　文

杨贵妃刚接到召她入宫的诏书时,与父母告别,哭着上车。当时天寒地冻,杨贵妃流下的眼泪结成了红色的冰。

· 投钱赌寝 ·

明皇未得妃子,宫中嫔妃辈,投金钱赌侍帝寝,以亲者为胜。召入妃子,遂罢此戏。

译　文

唐明皇没有得到杨贵妃前,宫中的嫔妃们会下注打赌皇帝去谁那里安寝,以侍寝的人为赢家。自从召杨贵妃进宫后,这种游戏就停止了。

·泪妆·

宫中嫔妃辈,施素粉于两颊,相号为"泪妆"。识者以为不祥,后有禄山之乱。

译　文

宫中的嫔妃们在两颊上涂抹白粉,相互号称为"泪妆"。有识之士认为这是不祥之兆,后来爆发了安禄山叛乱。

·解语花·

明皇秋八月,太液池有千叶白莲数枝盛开。帝与贵戚宴赏焉,左右皆叹羡。久之,帝指贵妃,示于左右曰:"争如我解语花?"

译　文

唐明皇时的某年秋八月,太液池里的千叶白莲盛开了好几枝。皇帝与贵戚们一同赏花宴饮,身边的人都惊叹这美景。过了一会儿,皇帝指着贵妃对左右说:"这些又怎么比得上我的解语花?"

·乞巧楼·

宫中以锦结成楼殿,高百尺,上可以胜数十人。陈以瓜果酒炙,设坐具以祀牛、女二星。嫔妃各以九孔针、五

【乞巧楼】

结成楼殿，高百尺，上可以胜数十人。陈以瓜果酒炙，设坐具以祀牛、女二星。

色线，向月穿之，过者为得巧之候。动清商之曲①，宴乐达旦。士民之家皆效之。

译　文

七夕时节宫里会用锦缎扎成楼殿，高达百尺，可以承受数十人。楼里摆放着瓜果酒肉，安放了坐具，用来祭祀牵牛、织女两位星君。嫔妃们拿着九孔针和五色线，对着月亮穿线，能穿过去的就表示乞巧成功。当夜还要弹奏清商乐曲，通宵宴饮。平民家庭也竞相效仿这个风俗。

## ·吸花露·

贵妃每宿酒初消，多苦肺热。尝凌晨独游后苑，傍花树，以手举枝，口吸花露，藉其露液润于肺也。

译　文

贵妃每次宿醉之后，常苦于肺里发热。她曾经在凌晨时独自游览后花园，倚在花树旁，用手举着树枝，吸吮花露，借露水润肺。

## ·含玉兼津·

贵妃素有肉体，至夏苦热，常有肺渴，每日含一玉鱼儿于口中。盖藉其凉津沃肺也。

---

① 清商之曲：两种解释，一种指悲秋曲调，一种指汉魏流传下来的乐府曲调。

译　文

贵妃向来体胖，一到夏季就害怕天热，常常觉得肺部干渴，需每天含一只玉鱼儿在嘴里。大概是借玉的清凉来润肺。

· 红汗 ·

贵妃每至夏月，常衣轻绡，使侍儿交扇鼓风，犹不解其热。每有汗出，红腻而多香，或拭之于巾帕之上，其色如桃红也。

译　文

贵妃每到夏季，穿着轻薄丝衣，让侍从交替扇扇子，仍然不能缓解热气。每每出汗，流出的汗水均红腻而有香味，擦在手帕上，颜色如同桃红一般。

· 歌直千金 ·

宫妓永新者，善歌，最受明皇宠爱。每对御奏歌，则丝竹之声莫能遏。帝尝谓左右曰："此女歌直千金。"

译　文

宫妓永新，擅长唱歌，深受唐明皇宠爱。每次唐明皇设宴，她演唱时，任何乐器都盖不过她的歌声。唐明皇曾经对左右说："这个女子的歌喉价值千金。"

· 隔障歌 ·

宁王宫有乐妓宠姐者，美姿色，善讴唱。每宴外客，其诸妓女尽在目前，惟宠姐客莫能见。饮及半酣，词客李太白恃醉戏曰："白久闻王有宠姐善歌，今酒肴醉饱，群公宴倦，王何吝此女示于众！"王笑谓左右曰："设七宝花障。"召宠姐于障后歌之。白起谢曰："虽不许见面，闻其声亦幸矣。"

译　文

宁王宫里有位乐妓，名叫宠姐，很有姿色，擅长唱歌。宁王每次宴请外面的宾客，都会让所有的女妓们出来宴客，只有宠姐从不让客人见到。有一次，众人喝到半醉，诗人李太白借着醉意对宁王开玩笑说道："李白久闻王爷宫中的宠姐擅长唱歌，今天酒足饭饱，大家都有些倦怠无聊了，王爷为何还如此小气，不让此女和我们一见呢？"宁王笑着对左右说道："放上七宝花障子。"然后命宠姐在障子后面一展歌喉。李白起身赔罪道："虽然不许见一面，但听到歌声也是十足幸运了。"

## 灵兽（禽）

### ·传书鸽·

张九龄少年时家养群鸽，每与亲知书信往来，只以书系鸽足上，依所寄之处飞往投之。九龄目之为"飞奴"。时人无不爱讶。

**译文**

张九龄年少时，在家里养了群鸽子。每当要与亲友通信时，就把书信系在鸽子脚上，鸽子便会飞到所要寄送的地方。张九龄视之为"飞奴"。当时的人没有不喜爱、惊叹的。

### ·鹦鹉告事·

长安城中有豪民杨崇义者，家富数世，服玩之属，僭于王公。崇义妻刘氏，有国色，与邻舍儿李弇私通，情甚于夫，遂有意欲害崇义。忽一日，醉归寝于室中，刘氏与李弇同谋而害之，埋于枯井中。其时仆妾辈并无所觉，惟有鹦鹉一只在堂前架上。洎杀崇义之后，其妻却令童仆四散寻觅其夫，遂经府陈词，言其夫不归，窃虑为人所害。府县官吏日夜捕贼，涉疑之人及童仆辈，经拷捶者百数人，莫究其弊。后来县官等再诣崇义家检校，其架上鹦鹉忽然声屈。县官遂取于臂上，因问其故。鹦鹉曰："杀家主者，刘氏、李弇也。"官吏等遂执缚刘氏，及捕李弇下狱，备招情款。府尹具事案奏闻，明皇叹讶久之。其刘氏、李弇依刑处死，封鹦鹉为"绿衣使者"，付后宫养喂。张说后为《绿衣使者传》，好事者传之。

译　文

长安城中有位富豪杨崇义，家中几世都是巨富，日常用具与珍玩等物品的规制都已经超越了王公贵族之家。崇义的妻子刘氏，长得国色天香，与邻家少年李弇私通，对李弇的爱慕甚至超过了对丈夫的感情，于是就起了杀害杨崇义的心思。

有一天，杨崇义喝醉归家，睡在卧室中。刘氏和李弇便合谋将他杀了，并把尸体埋在了一口枯井里。当时家里的仆人们都没有发现这件事，只有一只鹦鹉站在厅堂前的架子上看到全过程。等杀了杨崇义之后，刘氏命令仆人们四处寻找丈夫，还到官府里报官说她的丈夫没有回家，怕是被人杀了。府县的官吏们日夜破案，凡是与此有嫌疑的人与家中仆人们都被抓去拷打上刑，总共刑讯了上百人，都没能破案。后来县官等人再去杨崇义家搜查线索，在架子上的鹦鹉忽然发声叫冤。县官把鹦鹉放在手臂上，问它为何喊冤。鹦鹉说："杀主人的是刘氏、李弇。"于是，官吏们立刻绑住了刘氏，并抓捕了李弇，一同关进监狱，他们随即就交代了全部罪行。

长安府尹将这起案件上奏朝廷。唐明皇知道后感叹惊讶了许久，将刘氏和李弇依法判处死刑，封那只鹦鹉为"绿衣使者"，交付后宫喂养。张说后来写了《绿衣使者传》，被好事的人争相传颂。

### ·梦玉莺投怀·

张说母梦有一玉莺，自东南飞来，投入怀中，而有孕，生说，果为宰相，其至贵之祥也。

译　文

张说的母亲梦到一只玉莺从东南方飞过来，投进她的怀里。她醒后就怀孕了，并生下了张说。后来张说果然成为宰相，这是应验了富贵来临的祥瑞之兆啊。

### ·金笼蟋蟀·

每至秋时，宫中妃妾辈皆以小金笼捉蟋蟀，闭于笼中，置之枕函畔，夜听其声。庶民之家，皆效之也。

译　文

每当到秋天时，宫里的妃子们都会用小金笼子捉蟋蟀。她们把蟋蟀关在笼子里，放在枕边，晚上就听它的叫声。平民人家也都效仿这种做法。

### ·金衣公子·

明皇每于禁苑中见黄莺，常呼之为"金衣公子"。

译　文

唐明皇每次在御花园中看见黄莺，往往称呼它们为"金衣公子"。

### ·山猿报时·

商山隐士高太素，累征不起，在山中构道院二十余间。太素起居清心亭下，皆茂林秀竹，奇花异卉。每至一时，即有猿一枚，诣亭前鞠躬而啼，不易其候。太素因目之为"报时猿"。其性度有如此。

译　文

商山的隐士高太素，被朝廷多次征召都不愿意出来做官，在山里建了有二十多间房子的道院。高太素平常起居在其中的清心亭里，周围的景致都是修竹茂林、奇花异树。每到一个时辰，便会有一只猿猴跑到亭子前面鞠躬嚎啼，从来没有差误。高太素因此视这只猿猴为"报时猴"。他的性格风度就是如此。

### ·传书燕·

长安豪民郭行先，有女子绍兰，适巨商任宗。为贾于湘中，数年不归，复音书不达。绍兰目睹堂中有双燕戏于梁间，兰长吁而语于燕曰："我闻燕子自海东来，往复必径由于湘中。我婿离家不归数岁，蔑有音耗，生死存亡弗可知也。欲凭尔附书，投于我婿。"言讫泪下。燕子飞鸣上下，似有所诺。兰复问曰："尔若相允，当泊我怀中。"燕遂飞于膝上。兰遂吟诗一首云:"我婿去重湖,临窗泣血书。殷勤凭燕翼,寄与薄情夫。"兰遂小书其字,系于足上,燕遂飞鸣而去。任宗时在荆州,忽见一燕飞鸣于头上。宗讶视之,燕遂泊于肩上,见有一小封书系在足上。宗解而视之,乃妻所寄之诗。宗感而泣下,燕复飞鸣而去。宗次年归,首出诗示兰。后文士张说传其事,而好事者写之。

### 译 文

长安的富豪郭行先,有个女儿叫绍兰,嫁给了富商任宗。任宗前往湘中做生意,几年都没有回来,而且书信往来也断绝了。郭绍兰看着堂前的两只燕子在屋梁上嬉戏,长叹口气对燕子说:"我听说燕子从海东飞来,往返途中必然经过湘中。我的夫婿已经离家多年没有回来,也没有任何音信,是生是死都不知道。我想请你送信给我夫婿。"说完,眼泪都流下来了。燕子听后上下翻飞,鸣啼不停,似乎是在应答。郭绍兰又问:"你如果同意,就飞到我怀里。"燕子于是飞到她的膝上。郭绍兰立刻吟了一首诗:"我婿去重湖,临窗泣血书。殷勤凭燕翼,寄与薄情夫。"她用小字写好,系在燕子的腿上。燕子即刻鸣啼飞走。

任宗当时在荆州,忽然见到一只燕子飞到他头上,不停地鸣啼。任宗很惊讶地看着,等燕子落到他的肩膀上时,发现有一小封书信系在燕子腿上。任宗解开后一看,原来是妻子寄来的诗。他读后感动得流下泪来,燕子随即又鸣啼着飞走了。次年,任宗回到长安,拿出那封信给郭绍兰看。

后来,文士张说传诵了这件事,有好事者记录了下来。

## 猧子①乱局

一日,明皇与亲王棋,令贺怀智独奏琵琶,妃子立于局前观之。上欲输次,妃子将康国猧子放之,令于局上乱其输赢。上甚悦焉。

译 文

一天,唐明皇和亲王下棋,命贺怀智单独演奏琵琶,杨贵妃站在棋局前观棋。唐明皇快要输棋的时候,杨贵妃放出康国小狗搅乱棋盘,遂分不出输赢。唐明皇非常开心。

## 决云儿

申王有高丽赤鹰,岐王有北山黄鹘,上甚爱之。每弋猎,必置之于驾前。帝曰之为"决云儿"。

译 文

申王有高丽赤鹰,岐王有北山黄鹘,皇帝非常喜爱。每次打猎,必定把两只猛禽放在御驾前面。皇帝称之为"决云儿"。

## 灵鹊报喜

时人之家闻鹊声者,皆为喜兆,故谓"灵鹊报喜"。

译 文

当时人家听到喜鹊叫声,都认为是喜兆,所以称之为"灵鹊报喜"。

---

① 猧(wō)子:小狗。

# 异宝

### ·玉有太平字·

开元元年,内中因雨过,地润微裂,至夜有光。宿卫者记其处所,晓乃奏之。上令凿其地,得宝玉一片,如拍板样,上有古篆"天下太平"字。百僚称贺,收之内库。

### 译　文

开元元年,皇宫里的地面因为下雨变得湿润,有些地方还微微裂开。到了晚上,裂缝中放出光芒。值守夜班的侍卫记下发光的位置,在天亮后向上级报告了这件事。皇上下令凿开发光的地方,得到一块形状如同拍板的宝玉,上面刻有古篆体"天下太平"四个字。于是,百官们都为这起祥瑞事件向皇上道贺,这块宝玉也被收藏进了内库。

【玉有太平字】

得宝玉一片，如拍板样，上有古篆『天下太平』字。

## ·七宝山座·

明皇于勤政楼,以七宝装成山座,高七尺。召诸学士讲议经旨及时务,胜者得升焉。惟张九龄论辩风生,升此座,余人不可阶也。时论美之。

译 文

唐明皇在勤政楼用黄金、白银和琉璃等七种宝物装饰成一把山形宝座,高达七尺。每次召集学士们探讨学问或国家大事时,优胜者就可以坐上这把宝座。但是只有张九龄雄辩过人,谈笑风生,能坐上这把宝座,其他人都没有机会坐上去。当时人们谈论起这件事,都传之为美谈。

## ·记事珠·

开元中,张说为宰相。有人惠说二珠,绀色有光,名曰"记事珠"。或有阙忘之事,则以手持弄此珠,便觉心神开悟,事无巨细,涣然明晓,一无所忘。说秘而至宝也。

译 文

开元年间,张说担任宰相。有人送了他两颗宝珠,颜色红中带青,名叫"记事珠"。张说有时忘了什么事情,就在手中把玩宝珠,便会觉得心神清明,顿然开悟,无论事情大小,任何细节,都明明白白,一点儿不会遗漏。张说把宝珠当作至宝,秘密收藏着。

【七宝山座】

以七宝装成山座,高七尺。召诸学士讲议经旨及时务,胜者得升焉。

## ·七宝砚炉·

内库中有七宝砚炉一所,曲尽其巧。每至冬寒砚冻,置于炉上,砚冰自消,不劳置火。冬月①帝常用之。

译文

内库里有一个七宝砚炉,极为精妙。每当冬天寒冷,砚台里的墨汁被冻住的时候,把砚台放到这个炉子上面,砚台里的冰霜就会自己消解掉,不需要再生火解冻。冬天时,皇帝经常使用这个七宝砚炉。

## ·自暖杯·

内库有一酒杯,青色而有纹,如乱丝,其薄如纸,于杯足上有缕金字,名曰"自暖杯"。上令取酒注之,温温然有气,相次如沸汤,遂收于内藏。

译文

内库有一只酒杯,青色,有杂乱的丝状纹理,杯壁薄得像纸一样,杯脚上有镂金刻字,名叫"自暖杯"。皇上令人倒酒在里面,先是有暖气冒出,接着就像沸水一样翻腾,于是将酒杯收进内库珍藏起来。

---

① 冬月:指冬季,也指农历十一月。

【自暖杯】

上令取酒注之,温温然有气,相次如沸汤。

## ·辟寒犀·

开元二年冬至，交趾国进犀一株，色黄如金。使者请以金盘置于殿中，温温然有暖气袭人。上问其故，使者对曰："此辟寒犀也，顷自隋文帝时，本国曾进一株，直至今日。"上甚悦，厚赐之。

### 译文

开元二年冬至，交趾国进贡一支犀牛角，颜色如同黄金。使者请求用金盘装着盛放在大殿中间，之后像是有暖气散发在人周围。皇上问他原因，使者回答说："这是辟寒犀的角。以前隋文帝时，我国曾经进贡过一支，直到今天。"皇上很高兴，丰厚地赏赐了使者。

## ·瑞炭·

西凉国进炭百条，各长尺余。其炭青色坚硬如铁，名之曰"瑞炭"。烧于炉中，无焰而有光。每条可烧十日，其热气迫人而不可近也。

### 译文

西凉国进贡了一百条炭，每条都长达一尺多。这种炭是青色的，像铁一样坚硬，名字叫作"瑞炭"。把它放在炉子里烧，不会生出火焰，但会发出光。每一条都可以烧十天，散发出的热气逼得人不能靠近。

【辟寒犀】

交趾国进犀一株,色黄如金。使者请以金盘置于殿中,温温然有暖气袭人。

## ·花妖·

初,有木芍药①,植于沉香亭前。其花一日忽开,一枝两头,朝则深红,午则深碧,暮则深黄,夜则粉白。昼夜之内,香艳各异。帝谓左右曰:"此花木之妖,不足讶也。"

译 文

当初,有枝木芍药被种在了沉香亭前面。有一天木芍药忽然开出了花,在一根枝上结出了两朵。花朵早上是深红色,中午是深绿色,到了傍晚则变成深黄色,夜里则是粉白色。一个昼夜之内,颜色变幻各异,香气逼人。皇帝对左右说:"这是花木成妖了,没什么值得惊讶的。"

## ·游仙枕·

龟兹国进奉枕一枚,其色如玛瑙,温温如玉。其制作甚朴素。若枕之,则十洲三岛②、四海五湖,尽在梦中所见。帝因立名为"游仙枕"。后赐与杨国忠。

译 文

龟兹国进贡了一个枕头,颜色如同玛瑙,柔和得如同暖玉一般。形状也非常古朴。如果枕着它睡觉,那么就会在梦中见到十洲三岛和五湖四海。皇帝因此将其命名为"游仙枕",后来把它赐给了杨国忠。

---

① 木芍药:花名。
② 十洲三岛:指神仙居住的地方。

## ·妖烛·

宁王好声色。有人献烛百炬，似腊而腻，似脂而硬，不知何物所造也。每至夜筵，宾妓间坐，酒酣作狂，其烛则昏昏然如物所掩；罢则复明矣。莫测其怪也。

**译文**

宁王喜好歌舞和美色。有人向他进献了一百支灯烛，质地看上去像蜡而又很油腻，像油脂而又很坚硬，不知道是什么材料制造的。每到举办夜宴的时候，宾客与女妓们间隔相坐，喝到酒酣狂舞时，这个灯烛的烛火就会暗淡下去，如同被东西遮住；要是人们停止饮酒作乐，烛火又会再次亮起来。没有人能推测出这个奇怪现象出现的原因。

## ·馋鱼灯·

南中有鱼，肉少而脂多。彼中人取鱼脂炼为油，或将照纺缉机杼，则暗而不明；或使照筵宴，造饮食，则分外光明。时人号为"馋鱼灯"。

**译文**

南方有一种鱼，肉很少，油脂很多。那里的人捕这种鱼提炼油脂制成灯烛，如果用来照明织机纺布，则暗淡不亮；如果用来照明宴席，或者照明厨房以烹饪饮食，则特别的明亮。当时人称它为"馋鱼灯"。

【游仙枕】

若枕之,则十洲三岛、四海五湖,尽在梦中所见。

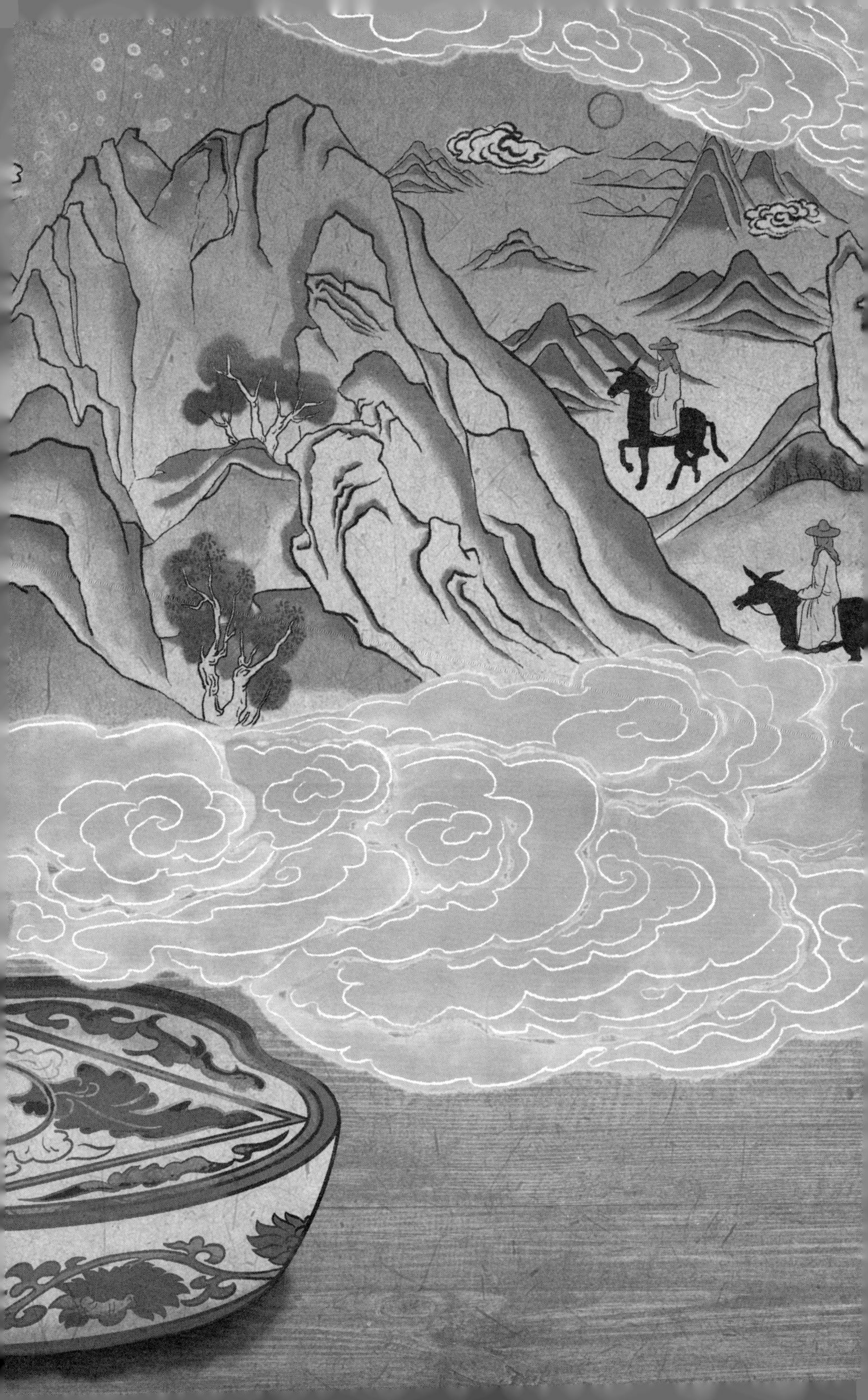

## ·照病镜·

叶法善有一铁镜,鉴物如水。人每有疾病,以镜照之,尽见脏腑中所滞之物。后以药疗之,竟至痊瘥。

**译文**

叶法善有一面铁镜子,它所照出的东西就像水中之物一样清澈可见。每当有人生病,用这面镜子照病人,就能完全看清身体里面的病根,然后对症下药,最终便能痊愈。

## ·助情花香·

明皇正宠妃子,不视朝政。安禄山初承圣眷,因进助情花香百粒,大小如粳米而色红。每当寝处之际,则含香一粒,助情发兴,筋力不倦。帝秘之曰:"此亦汉之'慎恤胶'①也。"

**译文**

唐明皇因为宠幸杨贵妃而不理朝政。安禄山刚得到唐明皇宠眷的时候,借机进献了一百粒助情花香,这些花香大小如同粳米,颜色为红色。每当睡觉之前,就含一粒花香,能助发性情,使人精力旺盛。皇帝隐秘地说:"这东西也跟汉代的'慎恤胶'一样。"

---

① 慎恤胶:汉代的一种发情药。

【照病镜】

人每有疾病，以镜照之，尽见脏腑中所滞之物。

## ·警恶刀·

贵妃父杨玄琰,少时尝有一刀,每出入于道途间,多佩此刀。或前有恶兽、盗贼,则所佩之刀铿然有声,似警于人也。玄琰宝之。

### 译 文

杨贵妃的父亲杨玄琰在年少时曾有一把刀,每次出门行路,大多会佩带它。如果前方有野兽或盗贼出没,那么佩带的这把刀就会发出响亮的声音,好像是向人发出警示。杨玄琰很珍视这把刀。

## ·烛奴·

申王亦务奢侈,盖时使之然。每夜宫中与诸王、贵妃聚宴,以龙檀木雕成烛跋童子,衣以绿衣袍,系之束带,使执画烛列立于宴席之侧,目为"烛奴"。诸官贵戚之家,皆效之。

### 译 文

申王也很讲求奢侈,这大概是当时风气造成的。每当夜里他在宫中与诸位王爷和贵妃于宴席上聚饮的时候,就会拿出用龙檀木雕刻成的童子形状的蜡烛底座,并给童子像穿上绿色衣袍,系上腰带,让童子像手持绘有画饰的蜡烛,立于宴席旁边,视之为"烛奴"。诸位官员贵戚家里也都相仿这种做法。

【烛奴】衣以绿衣袍,系之束带,使执画烛列立于宴席之侧,目为"烛奴"。

## ·醒醉草·

兴庆池南岸有草数丛，叶紫而心殷。有一人醉过于草傍，不觉失于酒态。后有醉者，摘草嗅之，立然醒悟。故目为"醒醉草"。

**译文**

兴庆池南岸有几丛野草，叶子是紫色而草芯是黑红色。有一个人喝醉酒路过草丛旁边，不觉间就没了醉酒的神态。后来有喝醉的人摘下这种草闻了闻气味，立刻就醒了酒。所以，这种草被视为"醒醉草"。

## ·销恨花·

明皇于禁苑中，初有千叶桃盛开。帝与贵妃日逐宴于树下。帝曰："不独萱草忘忧①，此花亦能销恨。"

**译文**

当初，在御花园中千叶桃花盛开的时节，唐明皇每天都和杨贵妃在树下宴饮。唐明皇说："不只是萱草可以忘忧，这些桃花也能销去遗恨。"

---

① 萱草忘忧：汉代解释《诗经》的著作《毛传》，将《诗经·伯兮》中的"焉得谖（萱）草，言树之背"一句，解释为"谖（萱）草令人忘忧"。因此，萱草又称为"忘忧草"。

· 移春槛 ·

杨国忠子弟，每春至之时，求名花异木，植于槛中。以板为底，以木为轮，使人牵之自转。所至之处，槛在目前，而便即叹赏，目之为"移春槛"。

译 文

杨国忠家的子弟们，每当春天到来的时节，就会到处寻求名花奇树，把它们种在栅栏里面。下面用木板做成底板，再安装好木轮，让人牵着到处走动。无论到哪里游玩，栅栏都在眼前，可以即刻欣赏，这种做法被人视为"移春槛"。

· 冰山避暑 ·

杨氏子弟，每至伏中，取大冰，使匠琢为山，周围于宴席间。座客虽酒酣而各有寒色，亦有挟纩者。其骄贵如此也。

译 文

杨家的子弟，每到夏天，就取出大冰块，让工匠雕琢成山的样子，放在宴席的周围。席间的宾客们即使喝到酒酣之处，仍然会面露寒色，甚至还有人披着棉衣。他们就是骄横显贵到这般地步。

· 床畔香童 ·

元宝好宾客，务于华侈，器玩服用，僭于王公，而四方之士尽归而仰焉。常于寝帐床前，雕矮童二人，捧七宝博山炉[1]，自暝焚香彻晓。其骄贵如此。

译　文

王元宝喜欢宴请宾客，务求奢华，使用的器具和珍玩都不合礼法地超越了王公贵族，天下名士也因仰慕他而纷至沓来。他在床前的帷幕下雕刻两座矮童子像，捧着七宝博山炉，从黄昏开始焚香，一直到天亮。他的骄横显贵就是到了这个地步。

## ·龙皮扇·

元宝家有一皮扇子，制作甚质。每暑月宴客，即以此扇子置于坐前，使新水洒之，则飒然风生。巡酒之间，客有寒色，遂命撤去。明皇亦尝差中使去取看，爱而不受。帝曰："此龙皮扇子也。"

译　文

王元宝家有一面皮扇子，质地朴素。每当夏天宴请宾客时，就把这面扇子放在座位前，洒上水，扇子就会飒飒作响，刮起风。几杯酒后，如果客人觉得寒冷，王元宝便命人撤掉扇子。唐明皇也曾经派宫中使者前去拿来观赏，非常喜欢但没有收下。唐明皇说："这是龙皮扇子。"

---

[1] 博山炉：汉晋时代的薰香器具。

【龙皮扇】

每暑月宴客,即以此扇子置于坐前,使新水洒之,则飒然风生。

### · 醒酒花 ·

明皇与贵妃幸华清宫，因宿酒初醒，凭妃子肩，同看木芍药。上亲折一枝与妃子，递嗅其艳。帝曰："不惟萱草忘忧，此花香艳，尤能醒酒。"

译　文

唐明皇与杨贵妃去华清宫，宿酒初醒时，靠在妃子的肩上一同看木芍药。唐明皇亲手折了一枝递给杨贵妃，轮流闻着花香。唐明皇说道："不只是萱草能使人忘忧，这花香艳，也能醒酒。"

### · 夜明杖 ·

隐士郭休，有一拄杖，色如朱染，叩之则有声。每出处遇夜，则此杖有光，可照十步之内。登危陟险，未尝足失，则杖之力焉。

译　文

隐士郭休有一根拐杖，颜色如同朱砂染过的样子，敲叩它会发出声音。每次外出遇到夜间时分，这根拐杖就会放出光芒，可以照射十步之内的距离。郭休登高涉险从没有失足，就是仰仗了这根拐杖之力。

### · 相风旌 ·

五王宫中，各于庭中竖长杆，挂五色旌于杆头。旌之四垂，缀以小金铃。有声，即使侍从者视旌之所向，可以知四方之风候也。

译 文

五位王爷的宫中庭院里，各自竖着长杆，杆顶挂着五色的旌旗，旌旗的四角系着小金铃。如果发出声音，王爷就命侍从去察看旌旗飘动的方向，就可以知道哪里起风了。

· 占雨石 ·

学士苏颋有一锦纹花石，镂为笔架，置于砚席间。每天欲雨，即此石架津出如汗，逡巡而雨。颋以此常为雨候，固无差矣。

译 文

学士苏颋有一块锦纹花石，被雕刻成笔架，放在桌上。每当要下雨时，这座石笔架会像流汗一样渗出水，不久便会下雨。苏颋常常用这个现象判断是否会下雨，从没有出错。

· 占风铎 ·

岐王宫中，于竹林内悬碎玉片子。每夜闻玉片子相触之声，即知有风，号为"占风铎"。

译 文

岐王宫中的竹林里，悬挂着碎玉片子。每天晚上听到玉片相撞的声音，就知道起风了，这些玉片被称为"占风铎"。

【占雨石】

每天欲雨,即此石架津出如汗,逡巡而雨。

## ·灯婢·

宁王宫中,每夜于帐前罗列木雕矮婢。饰以彩绘,各执华灯,自昏达旦。故目之为"灯婢"。

**译 文**

宁王的宫里,每天晚上在帐子前面摆放着木头雕刻的矮婢像。矮婢像装饰着多彩的纹饰,拿着华美的灯具,点燃烛火,从黄昏一直照到天亮。因此这些矮婢像被视为"灯婢"。

## ·凤炭·

杨国忠家,以炭屑用蜜捏塑成双凤,至冬月则燃于炉中。及先以白檀木铺于炉底,余灰不可参杂也。

**译 文**

杨国忠家里用木炭屑和着蜂蜜,捏成双凤的形象,到了冬天就放在炉子里燃烧。燃烧前把白檀木铺在炉子底部,其他灰烬就不会掺杂进去。

## ·百枝灯树·

韩国夫人置百枝灯树,高八十尺,竖之高山。上元夜点之,百里皆见,光明夺月色也。

**译 文**

韩国夫人定制了百枝灯树,高达八十尺,将其竖立在高山上。在上元夜点亮这棵树,百里范围内都能见到,光亮甚至盖过了月色。

【百枝灯树】

高八十尺,竖之高山。上元夜点之,百里皆见,光明夺月色也。

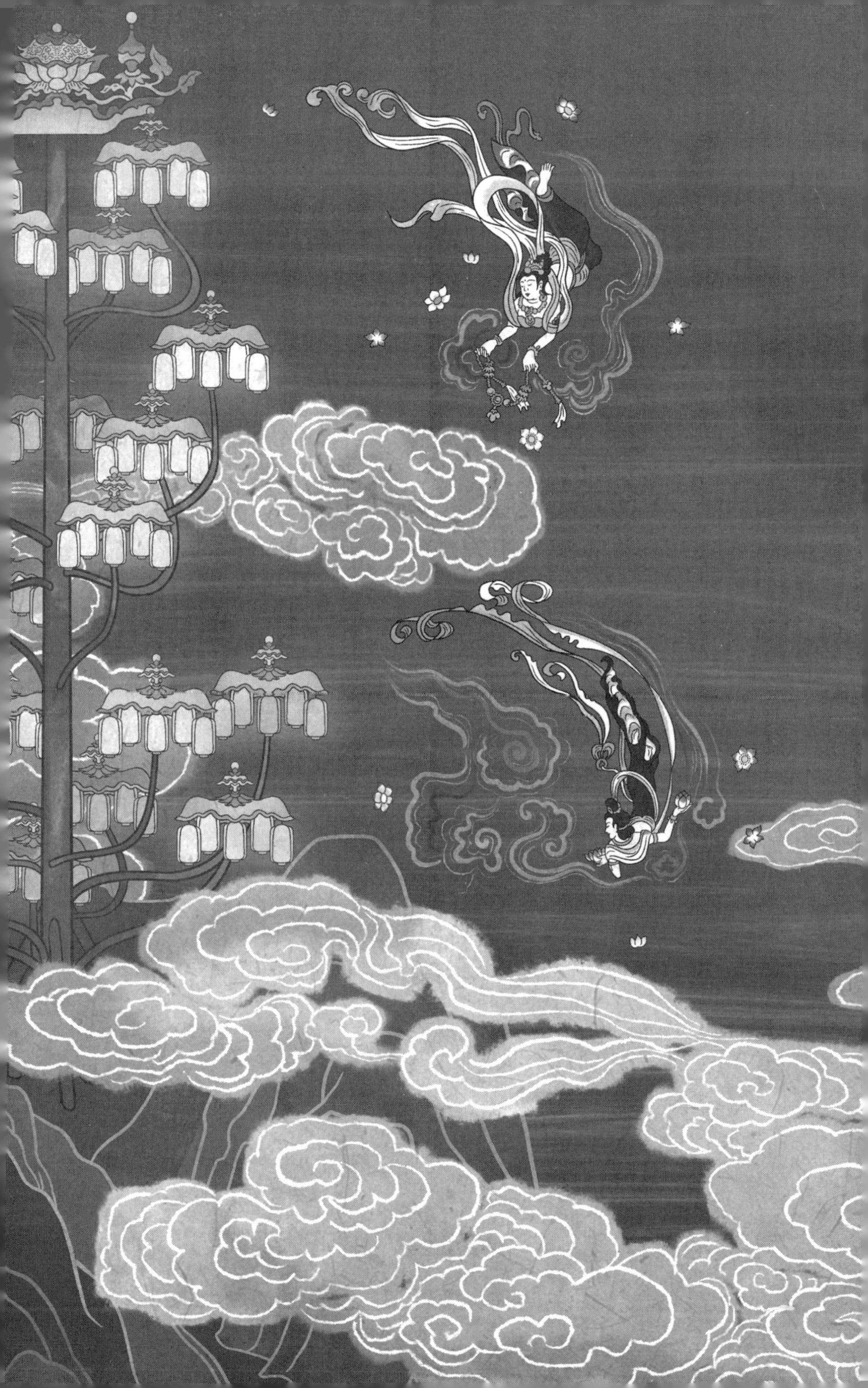

## ·锦雁·

奉御汤中,以文瑶密石,中央有玉莲,汤泉涌以成池,又缝锦绣为凫雁于水中。帝与贵妃施钑镂小舟,戏玩于其间。宫中退水,出于金沟,其中珠缨宝络流出街渠,贫民日有所得焉。

译 文

御用的浴池,用彩玉和碎石铺底,中央有玉制的莲花,温泉涌出汇聚成池。还用锦绣缝制成野鸭和大雁,放在浴池中。皇帝与贵妃坐着镶嵌金银、镂刻花纹的小船,在池中嬉戏玩乐。御池排放的废水从金沟流出去,池中的珠宝也随着废水流到都城的道路沟渠上,贫民每天都能捡到一些。

## ·夜明枕·

虢国夫人有夜明枕,设于堂中,光照一室,不假灯烛。

译 文

虢国夫人有一只夜明枕,放在厅堂中间,能照亮全屋,不需要再用灯烛。

## ·暖玉鞍·

岐王有玉鞍一面,每至冬月则用之。虽天气严寒,则在此鞍上坐,如温火之气。

【夜明枕】

虢国夫人有夜明枕,设于堂中,光照一室,不假灯烛。

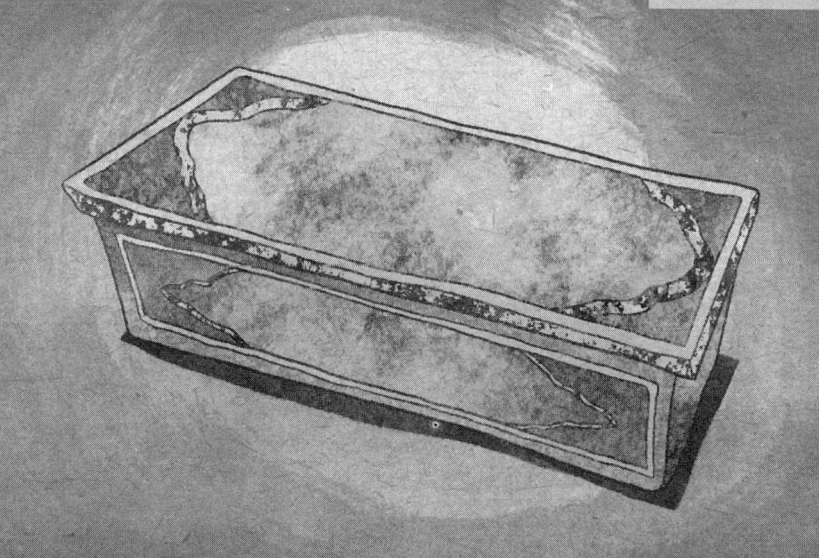

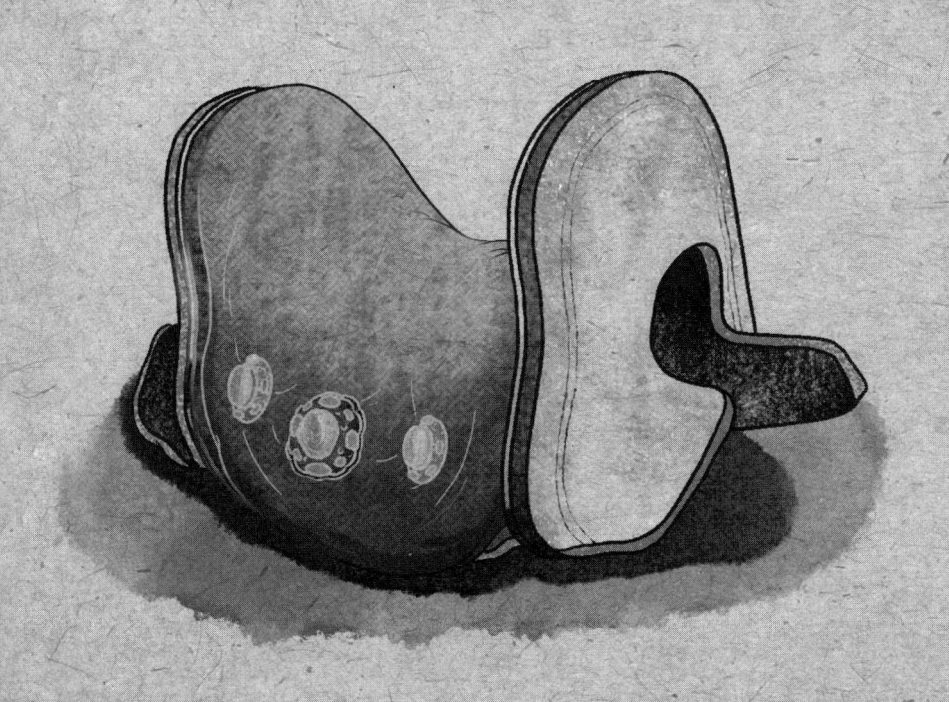

【暖玉鞍】

虽天气严寒,则在此鞍上坐,如温火之气。

译　文

岐王有一面玉制的马鞍，每到冬天就拿出来使用。即使天气严寒，只要坐在这面马鞍上，就会有温热的暖气从中冒出。

## ·百宝栏·

时杨国忠因贵妃专宠，上赐以木芍药数本，植于家。国忠以百宝妆饰栏楯，虽帝宫之内，不可及也。

译　文

杨国忠因为杨贵妃得宠，得到皇上赏赐的数枝木芍药，将其种在家里。杨国忠用许多珠宝装饰花圃栏杆，即使皇宫中的也不如他家的华丽。

## ·四香阁·

国忠又用沉香为阁，檀香为栏，以麝香、乳香筛土和为泥饰壁。每于春时，木芍药盛开之际，聚宾友于此阁上赏花焉。禁中沉香之亭，远不侔此壮丽也。

译　文

杨国忠又用沉香木建造楼阁，用檀香木制作栏杆，把麝香、乳香混在土里细细筛选，再和成泥，粉刷楼阁的墙壁。每到春天木芍药盛开的时候，他就聚集亲朋好友在楼阁里共同赏花。即使皇宫中的沉香亭，也远远不如这座楼阁壮丽。

# 俗尘

## ·惭颜厚如甲·

进士杨光远,惟多矫饰,不识忌讳。游谒王公之门,干索权豪之族,未尝自足。稍有不从,便多诽谤,常遭有势挞辱,略无改悔。时人多鄙之,皆云:"杨光远惭颜,厚如十重铁甲也。"

**译 文**

进士杨光远,为人非常虚伪下作,不知道分寸。他拜谒王公贵族时,或者向权贵豪族索求利益时,从来都不知足。如果对方稍微有些不满足他,便会传播谣言诽谤这些豪门,因此也常常被鞭打侮辱,但却一点都不悔改。所以,当时很多人都鄙视他,说道:"杨光远的脸皮有十件铁盔甲加起来那么厚。"

· 梦中有孕 ·

杨国忠出使于江浙，其妻思念至深，荏苒成疾。忽昼梦与国忠交，因而有孕，后生男名"朏"。洎至国忠使归，其妻具述梦中之事。国忠曰："此盖夫妻相念，情感所致。"时人无不讥诮也。

译 文

杨国忠出使江浙时，妻子非常思念他，时间久了竟然生了病。某日白天，他妻子忽然梦到与杨国忠交合，并且怀上了孩子，后来生下一个男孩，取名"朏"。等杨国忠办完事情回来，妻子跟他讲述了梦中的事情。杨国忠说："这大概是夫妻相思急切，情感深厚所导致的。"当时的人没有不嘲笑他的。

· 枯松再生 ·

明皇遭禄山之乱，銮舆西幸，禁中枯松复生，枝叶葱蒨，宛若新植者。后肃宗平内难，重兴唐祚。枯松再生，祥不诬矣。

译 文

唐明皇遭遇安禄山叛乱，成功逃往蜀地后，宫里枯萎的松树再次发芽，枝叶郁郁葱葱，宛若是新种的一样。之后唐肃宗平定了叛乱，复兴唐朝。枯松再生果然是祥瑞之兆，这句话不假啊。

## ·刀枪自鸣·

武库中刀枪自鸣,识者以为不祥之兆。后果有禄山之乱、大驾西幸之应也。

译　文

武库里的刀枪自己发出了声音,有识之士认为这是不祥之兆。后来果然有安禄山叛乱、皇帝西逃的印证。

## ·言刑·

张燕公说,有宰辅之才,而多诡诈,复贪财贿。时人亦多之,亦污之。每中书①议事,及众僚巡厅,或有所忤,立便叱骂,为众所嫌。故朝彦相谓曰:"张公之言,毒于极刑。"言好面辱人也。

译　文

燕国公张说,有担任宰相的才能,但是性格诡谲狡诈,又贪财受贿。当时的人既赞赏他,也批评他。每次他在中书省讨论政事,以及和同僚巡查官厅的时候,如果有人忤逆了他,那人立刻就会被当众叱骂,所以众人都很嫌恶张说。因此朝中的士人们相互交流说:"张公的言语,比死刑还毒辣。"这句话的意思是说他喜欢当面侮辱人。

---

① 中书:即中书省,唐朝的三省之一,负责起草诏书。

· 销魂桥 ·

长安东灞陵有桥,来迎去送,皆至此桥,为离别之地。故人呼之为"销魂桥"。

译　文

长安城东面的灞陵有座桥,城里迎来送往的人都以此桥为界,这是个离别的地方。所以人们称呼它为"销魂桥"。

· 歇马杯 ·

长安自昭应县至都门,官道左右,村店之民,当大路市酒,量钱数多少饮之。亦有施者,与行人解之。故路人号为"歇马杯"。

译　文

长安城内,从昭应县到都城门的官道两侧,常有当地村民在此卖酒,他们根据行人给的钱的数量来决定他可以喝多少。也有免费送给行人解渴的。所以路人都称在此处饮酒为"歇马杯"。

· 索斗鸡 ·

李林甫为性狠狡,不得士心。每有所行之事,多不协群议,而面无和气。国人谓:"林甫精神刚戾,常如索斗鸡。"

译　文

李林甫性格狠辣狡诈,不得人心。他每次要处理什么政事时,大多不能调和百官的意见,还会在脸上显露出不和之气。国人都说："李林甫这人性格倔强固执，横蛮暴戾，就如同要寻衅争斗的公鸡。"

### ·击鉴救月·

长安城中，每月蚀时，士女即取鉴向月击之，满郭如是。盖云救月蚀也。

译　文

长安城里，每当发生月食的时候，女子就取出铜镜对着月亮敲击，全城都是这样。这大概是为了救月亮吧。

### ·肉腰刀·

李林甫妒贤嫉能，不协群议，每奏御之际，多所陷人。众谓林甫为"肉腰刀"。又云林甫尝以甘言诱人之过，谮于上前。时人皆言："林甫甘言如蜜。"朝中相谓曰："李公虽面有笑容，而肚中铸剑也。"人日憎怨，异口同音。

译　文

李林甫嫉妒贤能，不能调和百官的意见，每次向皇帝上奏时，常常构陷别人。众人说李林甫是"肉腰刀"，还说李林甫曾经用甜言蜜语诱导对方犯错，然后在皇上面前污蔑此人。当时的人都说："李林甫的甜言如同蜂蜜。"朝中的人相互说道："李公虽然面带笑容，而肚子里则藏着剑。"众人都日益憎恨怨怒李林甫，对他的评价异口同声。

## ·长汤十六所·

华清宫中除供奉两汤外,而别更有长汤十六所,嫔御之类浴焉。

译　文

华清宫除了两处御用浴池外,还有别的浴池共十六处,供嫔妃们沐浴。

## ·探春·

都人士女,每至正月半后,各乘车跨马,供帐于园圃,或郊野中,为探春之宴。

译　文

都城里的男女,每到正月的后半月,就会各自骑马乘车,去园林或郊野游玩,举办探春的宴席。

## ·冰兽赠王公·

杨国忠子弟以奸媚结识朝士。每至伏日,取坚冰,令工人镂为凤兽之形,或饰以金环彩带,置之雕盘中,送与王公大臣。惟张九龄不受此惠。

译　文

杨国忠家的子弟以诡诈谄媚的方式结交朝中的官员。每到夏天,他们取出坚冰,命工匠雕刻成凤凰或神兽的形状,然后用金环彩带装饰,放在刻绘精美花纹的盘中,送给王公大臣们。只有张九龄不接受这种恩惠。

## ·醉语·

李林甫每与同僚议及公直之事,则如痴醉之人,未尝问答。或语及阿徇①之事,则响应如流。张曲江②常谓宾客曰:"李林甫议事,如醉汉脑语也,不足可言。"

译 文

李林甫每次与同僚探讨公事的时候,都像喝醉的蠢人,不能应答。有人说到阿谀奉承的事情,则立刻响应,对答如流。张曲江曾对宾客说:"李林甫议论事情,像是醉汉说话,不值得与之交谈。"

## ·风流阵·

明皇与贵妃,每至酒酣,使妃子统宫妓百余人,帝统小中贵百余人,排两阵于掖庭中,目为"风流阵"。以霞帔锦被张之为旗帜,攻击相斗,败者罚之巨觥,以戏笑。时议以为不祥之兆,后果有禄山兵乱。天意人事,不偶然也。

译 文

唐明皇与杨贵妃每次酒醉时,就让贵妃统率宫妓一百多人,

---

① 阿徇(xùn):迎合曲从。
② 张曲江:即张九龄,曲江(今广东韶关)人。

自己统率小太监一百多人,排成两列阵势交战,称之为"风流阵"。他们把霞帔和锦被张开作为旗帜,互相攻击,输的一方每人罚喝一大杯酒,以此作为嬉笑玩乐的游戏。当时有议论说这是不祥之兆,后来果然有安禄山叛乱。所以说所谓的上天旨意和人间诸事,都不是偶然发生的。

· 望月台 ·

玄宗八月十五日夜,与贵妃临太液池,凭栏望月不尽。帝意不快,遂敕令左右:"于池西岸,别筑百尺高台,与吾妃子来年望月。"后经禄山之乱,不复置焉,惟有基址而已。

译 文

八月十五的夜里,唐玄宗与杨贵妃去太液池,一起倚靠着栏杆赏月,但不太尽兴。唐玄宗有些不快,于是对左右下敕令:"在太液池西岸再建一座高百尺的高台,明年我要与贵妃再来赏月。"后来因为安禄山叛乱,没有建成,空留下基址而已。

大唐传载

# 序

书云:"不有博弈者乎?犹贤乎已。"斯圣人疾夫饱食而怠惰之深也。又曰:"吾不试,故艺。"试,用也。夫艺者,不独总多能,第以其无用于代,而穷愁时有所述耳。八年夏,南行极岭峤,暇日泷舟,传其所闻而载之,故曰《传载》。虽小说,或有可观,览之而嗢而笑焉。

译 文

《论语》这本书中说:"不有博弈者乎?犹贤乎已。"这是圣人厌恶那些饱食又终日怠惰得什么事都不做的人。还说:"吾不试,故艺。""试"是指仕途,为国出力。"艺"不单是指多才多艺,而是说因为没有进入仕途,学习些才艺用于替代,在穷困潦倒时有所寄托。八年夏,我去南方,到了五岭地区,空闲时泛舟河上,记录了些听到的传闻,所以叫作《传载》。虽然是小文章,但或许也有值得一看的地方,读后或随声附和,或一笑了之。

# 帝王术

❶开元东封①，有太原人于伯陇者，年一百二十八岁，精爽不昧，其子已卒，两孙随之，各年七八十矣，自北乘诣阙引见，上劳之，老人无拜礼。伯陇曰："臣神尧皇帝之臣也。荏苒岁月，得至今日，复事郎君，臣之幸矣。郎君明圣，功成封岳。不以昏老，千里而来。"上笑而悯之，乃赐紫袍、牙笏，及优恤有加。伯陇自言隋仁寿年生，说大业末事，了然可见。

译　文

开元年间，皇上在泰山举行封禅大典。有一位太原人叫于伯陇，已经一百二十八岁了，依旧精神矍铄，他的儿子已经逝世，两个孙子跟着他，各都七八十岁，从北面赶到御驾前朝见皇上。皇上慰劳他，让老人不要行跪拜礼。于伯陇说："臣是神尧皇帝的臣子，岁月荏苒，到今天又侍奉圣上，是臣的幸运。圣上明睿

---

① 东封：即封禅大典，指古代帝王在泰山举行祭告天地的礼仪。

仁圣，功业已成，为此举行封禅大典。所以臣不以年老昏聩为托词，特地从千里之外前来效命。"皇上笑笑，复又怜悯他，赏赐了老人紫袍、牙笏，并且给了许多抚恤。于伯陇说自己是隋朝仁寿年间出生，讲起大业末年的事，清楚可见。

❷洛东龙门香山寺上方，则天时名"望春宫"。则天常御石楼坐朝，文武百执事，班于外而朝焉。

译　文

洛阳龙门东山山腰香山寺的上方，修建有武则天时所称的"望春宫"。武则天常在石楼临朝听政，文武百官按官位次序排在外面上朝。

❸德宗问李汧公勉："人云卢杞是奸邪，何也？"勉曰："人皆知之，陛下独不知，此所以为奸邪也。"

译　文

唐德宗问汧国公李勉："人们都说卢杞是奸邪小人，是为什么啊？"李勉说："众人都知道他是奸邪小人，而只有陛下不知道，所以他是奸邪小人。"

❹太宗将征辽，卫公病不能从。帝使执政已下起之，不起。帝曰："吾知之矣。"明日驾临其第，执手与别。靖曰："老臣宜从，但犬马之疾①，日月增甚，恐死于道路，仰累陛下。"帝抚其背曰："勉之！昔司马仲达非

---

① 犬马之疾：对自己患病的谦称。

不老病，竟能自强，立勋魏室。"靖叩头曰："请舆病行。"至相州疾笃，不能进。

译文

唐太宗准备攻打辽东，卫国公李靖患病不能跟随一起去。唐太宗派宰相以下百官去请他，但他不肯动身。唐太宗说："我知道了。"第二天，亲自去李靖府中，握着他的手告别。李靖说："老臣本该跟随陛下前去，但无奈身患重病，一天天地加重，怕死在路上，拖累了陛下。"唐太宗拍抚着他的背说："您要加油啊！过去司马仲达也不是没有衰老和病痛，但最后还是能自强不息，为魏国王室立功。"李靖叩头说道："请允许我抱病登车，跟随大军出发。"走到相州，李靖病势沉重，不能再随从部队前行。

❺驻跸之役，高丽与靺鞨合军四十里，太宗有惧色。江夏王进曰："高丽倾国以拒王师，平壤之守必弱，请假臣精卒五千，覆其本根，则千万之众，不战而降。"帝不能用。

译文

唐太宗亲征高丽之战，高丽与靺鞨合兵，军营绵延四十里，唐太宗为此面露惧色。江夏王进言说："高丽倾全国之力抗拒王师，平壤的守卫必定削弱，请借臣五千精兵，直捣他们老巢，那么即使千万的军队，也会不战而降。"唐太宗没有采纳这条计策。

❻天宝中,天下无事,选六宫风流艳态者,名"花鸟使",主宴。

译 文

天宝年间,天下太平,朝廷下令选拔六宫中气质艳美的女子,取名为"花鸟使",负责宴会。

❼玄宗幸蜀,天厩八骏,其七尽毙于栈道,惟一云骓存焉。德宗幸梁,亦充御焉。

译 文

唐玄宗逃到蜀地,御用马厩里八匹骏马中的七匹死在了栈道上,只有名为云骓的那匹活了下来。后来唐德宗逃往梁州时,这匹马还拉着御驾。

## 公卿事

❶ 杜河南兼，常聚书至万卷，每卷后必有自题云："清俸①写来手自校，汝曹读之知圣道，坠之鬻之为不孝。"

**译　文**

河南尹杜兼，曾经藏书达万卷，每卷后面必要亲自题写一句，说："我花俸禄请来写手抄书，亲自校对，你们读了要懂圣贤之道，丢了或卖了家中藏书都是不孝。"

❷ 阳道州城之为朝士也，家苦贫，常以木枕布衾质钱数万，人争取之。

**译　文**

道州刺史阳城是朝廷官员，家中贫困，曾用木枕头和粗布被子来典当，要价数万钱，当时的人竞相出钱争抢他典当的物品。

---

① 清俸：官员的俸禄。

❸ 苏州开元寺东有陆氏世居，门临河涘，有巨石块立焉。乃吴陆绩为郁林郡守，罢秩，泛海而归，不载宝货，舟轻，用此石重之，人号"郁林石"。陆氏自绩及裔孙国朝太子少保兖公，犹保其居。今子孙渐削，其居十不存一焉。

译　文

苏州开元寺东边是陆氏世代居住的大宅子，正门紧挨着河边，立着一块大石头。这是三国时吴国陆绩在郁林太守任上被罢官，渡海回来时，因为没有装载财货珍宝，导致船身太轻，而用来压仓的石头，人们因此称之为"郁林石"。陆氏从陆绩到我朝太子少保陆兖公，都还能保存这套宅子。现在他们家的子孙越来越稀少，宅子连十分之一都没能留存下来。

❹ 李忠公之为相也，政事堂有会食之床。吏人相传，移之则宰臣罢，不迁者五十年。公曰："朝夕论道之所，岂可使朽蠹之物，秽而不除。俗言拘忌，何足听也！以此获免，余之愿焉。"命撤而焚，其下铲去聚壤十四畚。议者称正焉。

译　文

李忠公当宰相时，政事堂有一张吃饭用的矮桌。官吏们相传，如果移动这张桌子的话，宰相就会被罢免，因此五十年都没有移动过它。李忠公说："每天从早到晚谈论国家大事的地方，怎么能放任朽烂的东西玷污，而且还不清除。谣传的禁忌有什么值得听的！如果因此被罢官，我也心甘情愿。"于是，命人把桌子撤走并烧毁，桌下面铲出来的积灰有十四畚箕。议论这事的人都称颂李忠公刚正。

❺ 杜太保宣简公，大历中，有故人遗黄金百两。后三十年为淮南节度使，其子投公，取其黄金还，缄封如故。

译 文

大历年间，有朋友送了太保杜宣简公百两黄金。三十年后，杜公任淮南节度使，朋友的儿子前来投靠，杜公取出黄金归还，封口还是当年的原样。

❻ 赵郡三祖，元和中，每房一人，同时为相，皆第三。即司徒吉甫、司空绛、华州刺史藩。

译 文

赵郡李氏有三祖房，在元和年间，这三房支系各出了一个人，同时被拜为宰相，而且在各自房支中都排行第三。即司徒李吉甫、司空李绛、华州刺史李藩。

❼ 天宝中，有书生旅次宋州。时李汧公勉，少年贫苦，与书生同店。而不旬日，书生疾作，遂至不救。临绝语公曰："某家住洪州，将于北都求官，于此得疾且死，其命也。"因出囊金百两付公，曰："某之仆使无知有此者，足下为我毕死事，余金奉之。"李公许为办事。及毕，密置金于墓中而同葬焉。后数年，公尉开封，书生兄弟赍洪州牒来，果然寻生行止，至宋州，知李为主丧事，专诣开封，诘金之所。公请假至墓所，出金以付之焉。

## 译　文

天宝年间，有位书生在旅途中经过宋州。当时汧国公李勉年纪轻，生活又贫苦，与这位书生住在同一家旅店。不到十天，书生患病，并且到了难以救治的地步。临终前，他对李公说："我家住洪州，本来是要去北都求官，在此处得病将死，是我的命运。"于是拿出行囊里的百两黄金交给李公，说："我的仆人不知道我有这些黄金，请足下为我主持葬礼，剩下的黄金都送给您。"李公答应为他举办葬礼。等葬礼结束，李公把黄金秘密放进书生墓中，与棺木葬在一起。

几年后，李公任开封尉，书生的兄弟带着洪州的公牒前来寻人，到了宋州，得知是李公为其安排葬礼后，又专门到开封找到李公，追问黄金在哪里。李公请假到了书生墓地，挖出黄金交给了来人。

❽　韦献公夏卿有知人之鉴，人不知也。因退朝于街中，逢再从弟①执谊，从弟②渠牟、丹。三人皆第二十四，并为郎官，簇马良久。献公曰："今日逢三二十四郎。"辄欲题目之。语执谊曰："汝必为宰相，善保其末耳。"语渠牟曰："弟当别奉主上恩而速贵，为公卿。"语丹曰："三人之中，弟最长远，而位极旄钺。"后竟如其言。

译　文

献公韦夏卿有知人之明，但没有人知道。一次退朝后，

---

① 再从弟：同一个曾祖父（祖父的父亲），但不是同一个祖父的堂弟。
② 从弟：堂弟。

在街上碰见再从弟韦执谊、从弟韦渠牟和韦丹，三人都排行第二十四，同样担任郎官，四人驻马许久。韦献公说："今天碰到三个二十四郎。"就想对他们品评一番。他对韦执谊说："你必会成为宰相，好好地守护晚节。"对韦渠牟说："弟弟你另有侍奉皇上的恩赏，会迅速富贵，成为公卿。"对韦丹说："三个人里面，弟弟你的前途最长远，将掌握最高的军权。"后来竟真如他所言。

❾　杜亚为淮南，竞渡、采莲、龙舟、锦缆、绣帆之戏，费金数千万。于頔为襄州，点山灯，一上油二千石。李昌夔为荆南，打猎、大修、妆饰。其妻独孤氏亦出女队二千人，皆着红紫锦绣袄子及锦鞍鞯。此三府亦因而空耗。

译　文

杜亚任淮南节度使，举行竞渡、采莲、龙舟、锦缆、绣帆等游戏表演，耗费钱财数千万。于頔任山南东道节度使，点山灯以供玩赏，一次添油需两千石。李昌夔任荆南节度使，喜好打猎、大修宫殿、妆饰美女。他的妻子也蓄养了一支两千人的女子队伍，都穿着红紫色锦绣袄子，使用锦织的马鞍垫。这三位将帅也因此空耗了军资。

❿　汝南袁德师，故给事①高之子。尝于东都买得娄师德故园地，起书楼。洛人语曰："昔日娄师德园，今乃袁德师楼。"

---

①　给事：给事中省称，掌驳正政令之违失。

译　文

汝南袁德师，是已故给事中袁高的儿子。他曾在东都买到娄师德旧花园的那块地，建起读书楼。洛阳人说："昔日娄师德园，今乃袁德师楼。"

❶❶　弘农杨氏居东都者，承四太尉之后。世传黄雀所衔玉环①，至天宝为杨国忠所夺。今不知所在。

译　文

居住在东都的弘农杨氏，是杨家四位太尉的后人。世间传说他们家所藏的黄雀衔来的玉环，在天宝年间被杨国忠夺走。如今不知流落去了哪里。

❶❷　张守珪，陕州平陆人，自幽州入觐。过本县，见令李杭，申桑梓之礼②。见陕尉裴冕，桎梏令众。冕呼张公曰："困危之中，岂能相救？"至灵宝，便奏充州判官。冕后至宰相。

译　文

张守珪，陕州平陆人，从幽州进京朝见天子。路过故乡时，去拜见县令李杭，行桑梓之礼。途中见到陕州尉裴冕正被铐着手脚示众。裴冕高呼张公，说："我陷于危难之中，怎能不救？"

---

① 黄雀所衔玉环：传说在汉代时，弘农郡人杨宝救了一只受伤的黄雀，而黄雀乃西王母使者。后来他在梦中见到黄衣童子送他四枚玉环报恩，并说杨宝子孙会像玉环一样高洁，位极人臣。此后其子孙四代皆官至太尉，弘农杨氏也被称为"四世太尉"。
② 桑梓之礼：乡里的长幼之礼，区别于官场的上下之礼。

张守珪到灵宝，便上奏推举裴冕担任州判官。后来裴冕官至宰相。

⑬ 徐尚书晦，沈吏部传师。徐公嗜酒，沈公善养。杨东川嗣复尝云："徐家肺，沈家脾，真安稳耶！"

译　文

礼部尚书徐晦、吏部尚书沈传师各有所好。徐公嗜酒，沈公会吃。剑南东川节度使杨嗣复曾经说："徐家的肺，沈家的脾，真是安稳啊！"

⑭ 元和中，郎吏数人省中纵酒，语平生各爱尚及憎怕者。或言爱图画及博奕，或怕妄与佞。工部员外汝南周愿独云："爱宣州观察使，怕大虫。"

译　文

元和年间，几名郎官小吏在尚书省喝酒，聊及各自平生喜爱什么东西和害怕什么东西。有人说喜爱画图和下棋，有的人说害怕不安分和谄媚。只有工部员外郎，汝南人周愿说："喜爱宣州观察使，害怕老虎。"

⑮ 卢中丞迈有宝琴四，各直数十万，有寒玉、石磬、响泉、和志之号。

译　文

中丞卢迈有四面宝琴，各价值数十万，分别叫作寒玉、石磬、响泉、和志。

❶❻ 李河南素替杜公兼。时韩吏部愈为河南令，除职方员外，归朝。问前后之政如何，对曰："将兼来比素①。"

译　文

李素接替杜兼任河南少尹。当时韩愈由河南令改任职方员外郎，回到朝廷。人们问前后官员治理政事如何，韩愈回答说："将兼来比素（李素不如杜兼）。"

❶❼ 李相国程执政时，严薯、严休皆在南省。有万年令阙，人多属之。李公云："二严不如薯。"

译　文

李程担任宰相时，严薯、严休都在尚书省任职。当时万年县令一职空缺，很多人都想得到这个职位。李程说："严休不如严薯。"

❶❽ 郑滁州旴，于曲江见令史②醉池岸，云："更一转即入流矣③。"

译　文

滁州刺史郑旴，在曲江见到一名令史醉卧在湖边，便说道："再转一圈就入流了。"

---

① 将兼来比素：这里化用汉乐府诗《上山采蘼芜》中"将缣来比素，新人不如故"一句，意为后者不如前者。
② 令史：中央低级事务员。
③ 更一转即入流矣："入流"原意为从无品级职官升为九品之内的有品级职官，此处为一语双关，既指再翻一个身就会滚入河流之中，也指令使再升一级就是入流之官。

**❶⓽** 李镇恶,即赵公峤之父,选授梓州郪县令。与友人书云:"州带子号,县带妻名,由来不属老夫,并是妇儿官职。"

**译　文**

李镇恶是赵国公李峤的父亲,曾被选为梓州郪县县令。他在给朋友的书信中说:"为官之地,州名带有儿子的名号('梓'谐音'子'),县名带有妻子的名号('郪'谐音'妻'),这官职从来不属于老夫,是夫人、儿子的官职。"

**❷⓪** 刘巨麟,开元中为广州刺史,弟仲丘为丽政殿学士,兄弟友爱。有罗浮道者为巨麟合丹剂,将分半以遗仲丘。命刀中破之,分铢无差焉。

**译　文**

刘巨麟在开元年间担任广州刺史,弟弟刘仲丘是丽政殿学士,两兄弟情感深厚。罗浮山道士为刘巨麟炼制丹药,炼好后刘巨麟将丹药分为两半,送给刘仲丘一份。他命人用刀从丹药正中间剖开,两份重量相等,没有丝毫差错。

**❷①** 萧功曹颖士、赵员外骥,开元中同居兴敬里肄业,共一靴,久而见东郭之迹[①]。赵曰:"可谓驶于道路

---

[①] 东郭之迹:《史记》载汉朝东郭先生由于贫困穿着破鞋子在雪地中行走,用于形容穷困潦倒。

矣。"萧曰:"无乃禄在其中①。"

译　文

开元年间,功曹萧颖士和员外郎赵骥曾一同住在兴敬里修习课业,两人合穿一双靴子,时间久了,靴子都破了。赵骥说:"我们穿这双靴子可谓是双脚直接走在地上了(鞋底磨破脱落之意)。"萧颖士说:"那岂不是俸禄也都在里面了。"

㉒　苏州洞庭,杭州兴德寺,房太尉琯云:"不游兴德、洞庭,未见山水。"

译　文

苏州洞庭山和杭州兴德寺风景秀美,太尉房琯说过:"不游览兴德寺与洞庭山,等于没有见过山水风景。"

㉓　寿安县有喷玉泉、石溪,皆山水之胜绝也。贞元中,李宾客词为县令,乃划翳荟,开径隧,人方闻而异焉。太和初,博陵崔蒙为主簿,标堠于道周,人方造而游焉。

译　文

寿安县有喷玉泉和石溪,都是山水绝胜。贞元年间,太子宾客李词担任县令,命人砍伐草木、开辟道路以便游玩,这才有人听说了这几处风景,并认为是绝佳之处。太和初年,博陵人崔蒙担任寿安县主簿,沿途设立路标加以指引,才开始有人前去游览。

---

① 禄在其中:出自《论语·为政》的"子张学干禄",即子张向孔子学习如何为官,原文有"言寡尤,行寡悔,禄在其中矣"句。此处借用"禄"与上文"路"谐音,意指获得官位俸禄,是两人为自己打气之语。

❷❹ 颜太师鲁公，刻名于石，或置之高山之上，或沉之大洲之底，而云："安知不陵谷之变耶！"

译　文

太子太师颜鲁公，将名字刻在石头上，有的安放在高山之上，有的沉到海岛的水底。他说："怎么知道高山深谷不会变化呢！"

❷❺ 独孤常州及，末年尤嗜鼓琴，得眼疾，不理，意欲专听也。

译　文

常州刺史独孤及，晚年特别喜欢弹琴，得了眼病也不治疗，为的是能用耳朵专心听取音调变化。

❷❻ 曲阜县先圣庙前有数株古柏，亦传千余岁，其大十围。潘华为兖州，军食贫穷，无以结四方之信。华遂命伐之，裁为简册，刻为器皿，以行饷云。

译　文

曲阜县先圣庙前有几棵古柏，已经一千多年了，有十人合抱那么粗。潘华担任兖州刺史，因为军队粮秣匮乏，没有办法结交四方势力。他于是命人砍伐这几棵柏树，制作成简册和器皿，用来发放行军的薪饷。

❷❼ 张文贞公，第某女嫁卢氏，尝为舅卢公求官。候公朝下而问焉，公不语，但指支床龟而示之。女拜而归

室，告其夫曰："舅得詹事矣①。"

译　文

张文贞公的某位女儿嫁到卢家，曾为公公求官。女儿等着张文贞公下朝，问他如何。张公不回答，只是指着支床的龟壳给她看。女儿行礼回家，告诉丈夫："公公得到了詹事的官职。"

❷❽　李右丞虞，年二十九为尚书右丞，至五十九又为尚书右丞。

译　文

右丞李虞，二十九岁时担任过尚书右丞，五十九岁时又担任了尚书右丞。

❷❾　元和十五年，辛丘度、丘纾、杜元颖同时为遗补。令史分直，故事但举其姓，曰："辛、丘、杜当人。"

译　文

元和十五年，辛丘度、丘纾、杜元颖三人一同受任拾遗和补阙的官职。令史在为他们排列觐见顺序时，按照惯例只报姓氏，所以呼作："辛、丘、杜可以进来了。"

❸⓿　开元中，进士唱第于尚书省。其策试者，并集于都堂，唱其第于尚书省。有落去者语："两两三三戴帽子，日暮但候吟一声，长安竹帛皆枯死。"

---

① 得詹事矣：古代以龟壳等物占卜问事，"占事"和"詹事"谐音，故谓"得詹事矣"。

译　文

开元年间，在尚书省宣布考中进士的名次。参加策试的人，都集中在都堂，等候公布名次。有落榜的人说："两两三三戴帽子，日暮但候吟一声，长安竹帛皆枯死。"

**㉛**　开元中，吏部侍郎被宁王宪嘱亲故十人官。遂诣王请见，云："十人之中有商量去者乎？"王云："九人皆不可矣，一人某者听公。"吏部归，九人皆超资好官，独某者当时出。云："据其书判，自合得官；缘嘱宁王，且放冬集①。"

译　文

开元年间，宁王李宪对吏部侍郎打招呼，让其给十名亲友安排官职。吏部侍郎去拜见宁王，说："这十个人当中有可以商量减去的人吗？"宁王说："九个人都不可以，只有某人听你安排。"吏部侍郎回去后，给其中九个人都安排了非常好的官职，只有某人被当场淘汰。（吏部侍郎）说道："根据履历判定，（你）应当得到官职；不过根据宁王的嘱托，暂且放到冬集再安排。"

**㉜**　永和中，有判太常寺行事礼官祭圜丘，至时不到。云："太常大寺，实曰伽蓝；圜丘小僧，不合无礼。"

译　文

永和年间，曾判罚太常寺行事礼官在祭祀圜丘时，没有按时

---

① 冬集：唐朝规定官员任期结束后，在冬季到京城参加评定选拔。

到达一事。判罚时说："太常大寺，实际上被叫作寺庙；祭祀圜丘乃寺中小僧之责，不该如此无礼。"

❸❸ 高平徐弘毅为弹侍御史，创一知班官：令自宣政门检朝官之失仪者，到台司举而罚焉。有公卿大僚令问之曰："未到班行之中，何必拾人细事？"弘毅报之曰："为我谢公卿。所以然者，以恶其无礼于其君。"

译　文

高平人徐弘毅任弹侍御史时，设知班官一职：命令知班官从宣政门位置开始，督查上朝官员中失仪的人，而后到宰辅大臣那里公布并加以处罚。有公卿大臣派人问他说："还没有到上朝排列位次的地方，何必把人管得这么细？"徐弘毅回答道："为我向公卿谢罪。之所以这样，就是厌恶他们对自己的君主无礼。"

❸❹ 裴仆射①遵庆，二十入仕，裹折上巾子②，未尝随俗样。凡代之移易者五六，而公年九十所裹者，犹幼小时样。今巾子有"仆射样"。

译　文

仆射裴遵庆，二十岁踏上仕途，所裹的折上巾子式样独特，未曾跟风流俗。巾子式样的潮流风尚已经改变了五六次，而裴公九十岁时所裹的还是小时候的式样。今天的巾子式样中即有源自

---

① 仆射：唐代官职名，掌尚书省，官居宰相。
② 折上巾子：巾子是古代裹头发用的巾帕，用来作为帽子的内衬。折上巾子是其中一种样式。

裴公的"仆射样"。

**㉟** 韩太保皋之为御史中丞、京兆尹，常有所陈，必于紫宸对百僚而请，未尝诣便殿。上谓曰："我与卿言，于此不尽，可来延英，议及大政，多匡益之。"亲友咸谓公曰："自乾元以来，群臣启事，皆诣延英，方得详尽。公何独于外庭对众官以陈之，得无不慎密乎？"公曰："御史，天下之持平也，摧刚直枉惟在公，何在不可令人知之？奈何求请便殿，避人窃语，以私国家之法？且延英之置也，肃宗皇帝以苗晋卿年老艰步，故设之。后来得诣便殿，多以私自售，希旨求宠，干求相位，奈何以此为望哉？"

**译　文**

太保韩皋历任御史中丞、京兆尹，每次有事陈奏皇帝，必定在紫宸殿当着百官的面上奏请旨，未曾到便殿去私下拜见皇帝。皇帝对他说："我在大殿和你说得不详尽，你可以来延英殿一同讨论国家大政，对朕能有许多匡正补益之处。"亲友都对韩公说："从乾元年间以来，群臣启奏事情，都到延英殿，才能细说清楚。您为何单单要在外庭当着众位官员的面陈奏，恐怕不太谨慎保密吧？"韩公说："御史，是为天下主持公正的官职，挫败顽疾、改正错误都依靠司职之人，所以有什么事不可以让人知道？为何要请求去便殿面见圣上，避开人群，暗中密语，把国家法度当作私情？况且延英殿面圣是唐肃宗因为苗晋卿年纪大了腿脚不方便而设的。后来去便殿面圣的人，多数是心怀被提拔的希冀，去博取圣上的恩宠，汲汲于宰相之位，我又岂能和他们一样醉心于此？"

**㊱** 王河南维，或有人报云："公除右辖①。"王曰："吾居此官，虑被人呼为'不解作诗王右丞'。"

译　文

有人报信给河南人王维说："您被任命为右辖。"王维说："我如若担任这个官职，担心被人称作'不解作诗王右丞'。"

**㊲** 阳道州城，未尝有所蓄积，惟所服用不可阙者，客称其物可佳可爱，公辄喜，举而授之。有陈苌者，候其始请月俸，常往称其钱帛之美，月有获者。

译　文

道州刺史阳城，未曾有积蓄，即使是不可或缺的日常衣物和用品，只要有客人说它好或者喜欢，阳城就会很开心，拿去送给对方。有一个叫陈苌的人，专门等阳城刚领到当月俸禄的时候，去他那里称美刚发的钱帛的精美，由此每个月都能从阳城处有所收获。

**㊳** 韦中书处厚在开州也，常有李潼、崔冲二进士来谒，留连月余日。会有过客西川军将某，能相术，于席上言："李潼三日内有虎厄。"后三日，相君与诸客游山寺，自上方抵下方，日已暮矣。李先下，崔后来，冲大呼李云："待冲来！待冲来！"李闻"待冲来"声，谓虎至矣，颠蹶坠下山址，绝而复苏，数日方愈。及军将回，谓李曰："君厄过矣。"

---

① 右辖：右丞的别称，王维曾任尚书右丞。

## 译　文

中书侍郎韦处厚在开州时，李潼和崔冲两位进士前来拜谒，在此逗留了一个多月。其间正好有某位路过的西川军将领前来做客，这位将领会相术，在席间说李潼三日内会遭受和老虎有关的灾厄。三天后，韦处厚与诸位客人游览山中寺庙，从山上下来时，天色已晚。李潼先下去，崔冲跟在后面，冲着李潼大呼："待冲来！待冲来！"李潼听到"待冲来"的叫声，以为是大虫（即老虎）来了，惊慌间跌落到山下，晕过去后又复苏过来，过了几天才痊愈。等那名将领回来时，对李潼说："您的灾厄已经度过了。"

**㊴** 泾州将郝玼，自贞元末及元和中，数于泾州擒杀西虏，及筑临泾城，西戎畏之。赞普铸一金郝玼，号曰："有能得玼者，赐金玼焉。"

## 译　文

泾州的将领郝玼，从贞元末年到元和年间，多次在泾州击败吐蕃，并建造了临泾城，吐蕃很害怕他。吐蕃赞普为此铸造了一尊郝玼金身，并发布号令说："有能抓住郝玼的人，赏赐这尊金郝玼。"

**㊵** 窦参之作相也，用从父弟申为耳目，每除吏，先言于申，申告人，故谓窦给事为"喜鹊"。

## 译　文

窦参任宰相时，利用堂弟窦申为耳目，每次任命官吏，都先跟窦申说，再由窦申告诉别人，所以当时人称给事中窦申为"喜鹊"。

**㊶** 陕州平陆县，主簿厅事西序楣有隋房公、杜公仁寿九年十二月题："玄龄、如晦题处，房年二十三，杜年二十六。"今移在使府食堂之梁。

**译　文**

陕州平陆县的主簿厅，西屋的门楣上有房公和杜公在隋朝仁寿九年十二月题写的文字："玄龄、如晦题处，房年二十三，杜年二十六。"如今这块门楣被搬移到节度使府衙，用作府衙饭厅的横梁。

**㊷** 杨京兆凭兄弟三人，皆能文学，甚攻苦。或同赋一篇，共坐庭石，霜积襟袖，课成乃已。

**译　文**

京兆尹杨凭家三兄弟，都有文才，学习非常刻苦。有时他们一起坐在庭院的石头上，同写一个题目的文章，夜以继日，即使霜雪积满了衣袖也不顾，直到写完才起身离开。

**㊸** 李愿司空，兄弟九人，四有土地。愿为夏州、徐泗、凤翔、宣武、河中五节度。宪为江西观察、岭南节度。愬为唐邓、襄阳、徐泗、凤翔、泽潞、魏博六节度使。听为夏州、灵武、河东、郑滑、魏博、邠宁、凤翔七节度。一门登坛授钺无比焉。

**译　文**

司空李愿兄弟九人，其中四人是封疆大吏。李愿历任夏州、徐泗、凤翔、宣武、河中五地的节度使。李宪历任江西观察使、岭南节度使。李愬历任唐邓、襄阳、徐泗、凤翔、泽潞、魏博六地节度使。李听历任夏州、灵武、河东、郑滑、魏博、邠宁、凤翔七地节度使。一个家族里出了这么多武将，且都身居如此高的官位，是其他家族无法相比的。

❹❹ 于良史为张徐州建封从事，每自吟曰："出身三十年，发白衣仍碧。日暮倚朱门，从未染袍赤。"因为之奏章服焉。

**译　文**

于良史任徐州刺史张建封的从事，常常吟诗自嘲："出身三十年，发白衣仍碧。日暮倚朱门，从未染袍赤。"张建封于是上奏为他请求更高的官职。

❹❺ 汉中王瑀为太常卿，早起朝，闻永兴里人吹笛，问："是太常乐人否？"曰："然。"已后因阅乐而挞之，问曰："何得某日卧吹笛？"又见康昆仑[①]弹琵琶，云："琵声多，琶声少，亦未可弹五十四丝大弦也。"自下而上谓之琵，自上而下谓之琶。

**译　文**

汉中王李瑀任太常寺卿，早晨在上朝路上，听到永兴里有人吹笛，问道："是太常寺的乐人吗？"那人回说："是的。"后来，李瑀在检阅太常寺乐队时鞭打了这个人，问他："某天为何躺着吹笛子？"

---

① 康昆仑：唐代著名琵琶家，西域人。

李瑀又见到康昆仑弹琵琶,说:"琵声多了,琶声太少,你也不是能弹奏五十四丝大弦琴的人。"从下面往上弹叫作琵,从上面往下弹叫作琶。

**㊻** 裴延龄尝怒李京兆充,云:"近日兼放髭须白,犹向人前作背面。"

译 文

裴延龄曾经生京兆尹李充的气,写诗说他:"近日兼放髭须白,犹向人前作背面。"

**㊼** 王藻、王素,贞元初应举,名皆第十四。每诣通家,称王十四郎。或问曰:"藻也?素也?"

译 文

王藻和王素,贞元初年参加科举,两人名望相等,在家中都排行第十四。他们每次一同拜访世交亲友家时,下人都通报王十四郎前来。有人就问:"是王藻还是王素?"

**㊽** 常相衮为礼部,判杂文榜后云:"旭日登场,思非不锐;通宵绝笔,恨即有余。"所以杂文入选者,常不过百人。鲍祭酒防为礼部,帖经落人亦甚。时谓之"常杂鲍帖"[①]。

译 文

宰相常衮任礼部侍郎时,在评定完科举考试的杂文榜后,说:"考生们早晨进入考场,思绪并非不敏锐;写到凌晨才停

---

① 杂、帖:杂文和帖经都是唐代科举的考试内容。

笔，却仍留有遗憾。"因此当时通过杂文考试高中的，一般不超过百人。祭酒鲍防任礼部侍郎时，主持帖经考试，被淘汰的考生也非常多。当时的人称之为"常杂鲍帖"。

㊾ 左右常侍与给、谏同厨，厨人进鲜菌于给、谏，问云："莫毒否？"厨人答曰："常侍已尝了。"

译　文

左右散骑常侍与给事中、谏议大夫共用同一个厨房，厨师向给事中和谏议大夫进献新鲜菌菇，他们问："没有毒吧？"厨师回答说："常侍已经尝过了。"

㊿ 乾元中，太子左赞善大夫吕旬母张氏，年八十八。以旬久不归，愈思念之。忽觉左乳长，汁流出，顾谓孙鄠："汝父即来也。"不十日，旬遂至。

译　文

据传乾元年间，太子左赞善大夫吕旬八十八岁的母亲张氏，因为儿子很久没回家，日夜思念。有一天张氏忽然感觉自己的左乳胀痛，有乳汁流出来，她回头看着孙子吕鄠，对他说："你父亲快回来了。"不到十天，吕旬果然回来了。

51 开元、天宝之间，传家法者，崔沔之家学，崔均之家法。

译　文

开元和天宝年间，传下家学、家法的人家，有崔沔的家学和崔均的家法。

**㊄** 礼部刘尚书禹锡，与友人三年同处，其友人云："未尝见刘公说重话。"

译　文

礼部尚书刘禹锡，与朋友同住了三年，他的朋友说："从没见过刘公说重话。"

**㊅** 唐公临，性宽仁，多慈恕。欲吊丧，令家僮归取白衫。僮仆误持余衣，惧未敢进。临祭，公谓之曰："今日气逆，不宜哀泣，向取白衫且止之。"又令煮药，不精，潜觉其故，又谓曰："今日阴晦，不宜服药，可弃之。"终不扬其过也。

译　文

唐临性格宽厚仁义，遇事多讲究仁慈和宽恕。有次他准备去吊丧，命家仆回去取白衫。家仆误拿了别的衣服，害怕得没敢递给他。临到吊唁时，唐临察觉了，对家仆说："今日身体不舒服，不适合哀伤哭泣，之前让你回去拿的白衫就不用了。"又有一次，唐临命家仆煮药，家仆煮得不好，神情慌张，唐临暗中发现了其中的缘故，又对他说："今日天气阴沉，不适合喝药，可以倒了。"他就是如此行事，始终没有揭露仆人的过失。

**㊆** 徐大理宥，少为蒲州司法参军，为政宽仁。吏感其恩信，递相约曰："若犯徐司法杖，必斥罚。"终官不杖一人。

### 译　文

大理寺卿徐宥，年轻时任蒲州司法参军，为政宽和仁慈。手下官吏们感恩他的忠信，互相约定说："谁如果胆敢触犯律令，应受徐司法的杖刑，我们必定严惩。"不过徐宥到任期结束，都没有杖责过一个人。

**㊺** 颜鲁公真卿为监察御史，充河西、陇右军试覆屯交兵使。五原有冤狱，久不决，真卿立辨之。天久旱，及狱决乃雨。郡人呼为"御史雨"。

### 译　文

鲁郡公颜真卿任监察御史时，还担任河西、陇右军试覆屯交兵使。当时五原有冤狱，长期没有判决，颜真卿到任后立刻查明案情。当时五原郡干旱了很久，等到颜真卿判决了冤狱，就下起了雨。五原人称之为"御史雨"。

**㊻** 李希烈跋扈蔡州，时卢杞为相，奏颜鲁公往宣谕之，而谓颜曰："十三丈[①]此行出自圣意。"颜曰："公先中丞面上血，某亲舌舐之，乃忍以垂死之年饵于虎口。"杞闻之踣焉。卢即是御史中丞奕之子。

### 译　文

李希烈占据蔡州时，卢杞正担任宰相，他上奏让鲁郡公颜真卿前去招抚，并对颜真卿说："十三叔这次去蔡州是皇上的意思。"颜真卿说："你父亲先中丞卢公被贼人杀后，脸上的血是

---

① 十三丈：颜真卿在家中排行第十三，故有此称。

我亲自用舌头舔干净的，你竟忍心让我在这个将死的年纪去虎口。”卢杞听后跌倒在地。卢杞就是御史中丞卢奕的儿子。

(57) 南蛮清平官，犹国家之宰相也。元和中，有邓旁来庭，宰臣问之：“公名‘旁’，其何意乎？”对曰：“亦犹大朝之刘宗经矣。”

译 文

南蛮的清平官相当于唐朝的宰相。元和年间，南蛮的邓旁前来朝贡，宰相问他：“您的名字叫作‘旁’，有什么含义吗？”他回答说：“也就同天朝的刘宗经一样。”

(58) 苏户部弁、刘常侍伯刍，皆聚书至二万卷。

译 文

户部侍郎苏弁和左散骑常侍刘伯刍，都藏书达二万卷。

(59) 河南冯宿之三子，陶、韬、图兄弟，连年进士及第，连年登宏词科①，一时之盛，代无比焉。当太和初，冯氏进士及第者海内十人，而公家兄弟叔侄八人。

译 文

河南人冯宿有三个儿子，分别是冯陶、冯韬、冯图。他们兄弟接连进士及第，又连年登第宏词科，一时风光无限，没有人家比得上。在太和初年，冯氏家族进士及第的人有十位，其中冯宿家的兄弟叔侄便有八人。

---

① 宏词科：唐代科举中临时设置的考试项目。

**❻⓪** 李相国程为翰林学士,以阶砖日影为入候。公性懒,每入必逾八砖,故号为"八砖学士"焉。

译　文

宰相李程任翰林学士时,依据太阳照在官署前台阶石砖上影子的长度确定进署办公时间。李公个性懒散,每次等太阳影子超过第八级石砖时才进官署,所以号称"八砖学士"。

**❻①** 英公贵为仆射,其姊病,必亲为粥,火燃辄焚其髭。姊曰:"仆妾多矣,何为自苦?"勣曰:"岂无人耶?顾今姊年老,勣亦年老,虽欲久为姊粥,复可得乎?"

译　文

英国公李勣虽然贵为仆射,但在他姐姐生病时,还亲自熬粥,并因此被火烧掉了胡须。姐姐说:"有那么多仆人,何必还要辛苦自己?"李勣说:"哪里是因为没有人?只是觉得姐姐年纪大了,我也年纪大了,即使想长久地为姐姐熬粥,又还有什么机会呢?"

**❻②** 英公尝言:"我年十二三时为无赖贼,逢人则杀;十四五时为难当贼,有所不慊者杀之;十七八时为好贼,上阵杀人;年二十便为天下大将军,用兵以救人死。"

译　文

英国公李勣曾经说:"我十二三岁时是无赖贼,遇见人就杀;十四五岁时是难当贼,感到不畅快才杀人;十七八岁时是好贼,上阵打仗才杀人；二十岁时便成了大将军，用军队救人性命。"

**❻❸** 尉迟敬德性饶宽，而尤善避槊①。每军骑入阵，敌人刺之，终不能中，反夺其槊以刺敌人。海陵王元吉闻之不信，乃令去槊刃以试焉。敬德曰："饶王著刃，亦不畏伤。"元吉再三来刺，既不少中，而槊皆被夺去。元吉力敌十夫，大惭恨。太宗之御窦建德，谓尉迟公曰："寡人持弓箭，公把长枪，二人相副，虽百万众亦无奈。"乃与敬德驰至敌营，叩其军门，大呼曰："大唐秦王，能敌来与汝决！"追骑甚众，不敢御。

译文

尉迟敬德性格宽和，尤其善于避开槊的攻击。每当单枪匹马冲入敌阵时，敌人总是刺不中他，反而被他夺过槊刺了回去。海陵王李元吉听说后不相信，命令手下去掉槊的刃口，准备试验一下。尉迟敬德说："就算大王装上刃口，我也不怕会受伤。"李元吉持槊刺了尉迟敬德很多次，没有刺中一点，每次槊还都被他夺了过去。李元吉向来自诩气力可以抗衡十名壮士，此次败北令他非常羞愧遗憾。

唐太宗抵御窦建德时，对尉迟敬德说："我拿弓箭，你带长枪，我们二人相互配合，即使百万之众也拿我们没有办法。"于是二人骑马冲到敌营，敲打营门，大声呼喊道："大唐秦王来此，能相斗的出来，我与你对决。"出营追赶他们的骑兵很多，但都不敢近身与之搏杀。

---

① 槊：一种长矛。

**64** 窦建德之役，既阵未战。太宗见一少年骑骢马，铠甲鲜明，指谓尉迟公曰："彼所乘马，真良马也。"言之不已。敬德请取之。帝曰："轻敌者亡，脱以一马损公，非寡人愿。"敬德自料攻之万全，乃驰往，并擒少年而返，即王世充之兄子，伪代王琬。宇文士及在隋亦识之，是马实内厩①之良马也。帝欲旌其能，并以赐之。

**译　文**

攻打窦建德的那场仗，在双方军队已摆好阵型，但还没开战之时，发生了一件事：唐太宗在阵前见到一名少年骑着青白相间的马，穿着光亮的铠甲，便指着少年对尉迟敬德说道："他所骑的那匹马，真是好马。"夸个不停。尉迟敬德请命前去抓马。唐太宗说："轻敌的人会阵亡，要是因为一匹马而损失了你，不是我所愿。"尉迟敬德自己估量胜算有余，于是拍马前去，把那名少年也一并俘获了回来。所俘少年正是王世充哥哥的儿子，伪代王王琬。唐太宗属员宇文士及在隋朝为官时也认得这匹马，实是宫中的良马。唐太宗想要嘉奖尉迟敬德的才能，把马随同财物一并赐给了他。

**65** 韦献公夏卿，不经方镇，惟止于东都留守。辟吏八人，而路公隋、皇甫崖州镈，皆为宰相；张尚书贾、段给事平仲、卫大夫中行、李常侍翱、李谏议景俭、李湖南词，皆至显官。亦名知人矣。

---

① 内厩：宫中的马厩。

## 译　文

献公韦夏卿没有在地方方镇任职的经历,做官只做到了东都留守这一级。为官期间举荐任用的八名属吏中,路隋、崖州司户参军皇甫镈,都升任至宰相;兵部尚书张贾、给事中段平仲、大夫卫中行、常侍李翱、谏议大夫李景俭、湖南观察使李词,都当上了高官。韦夏卿也以有知人之明而闻名当世。

**❻❻** 李相国忠公,贞元十九年为饶州刺史。先是,郡城已连失四牧,故府废者七稔。公莅止后,命启钥而居之。郡吏以语怪坚请。公曰:"神实正直,正直则神避;妖不胜德,失德则妖兴。居之在人。"

## 译　文

宰相李忠公在贞元十九年任饶州刺史。早先,饶州已连续失去了四名刺史,所以府衙已经废弃七年。李忠公到任后,命人拿钥匙打开府衙,并住了进去。饶州的官吏们说了宅中妖异的事,坚持劝他搬走。李忠公说:"神其实是正直的,如果人正直的话神会回避;妖怪承受不住德,如果失德,那么妖怪就会兴风作浪。所以居住是否安稳在于人。"

# 国家政

**❶** 兴元元年十月戊辰，始诏中官窦文场监神策军①左厢兵马，马有麟为左神策大将军。神策监军将军之始也。

译文

兴元元年十月戊辰日，首次下诏任命宦官窦文场监神策军左厢兵马，马有麟任左神策大将军。这是神策军有监军和将军的开始。

**❷** 贞元十二年六月乙丑，始以窦文场为左神策护军中尉，霍仙鸣为右神策护军中尉。其日又以张尚进为神武中护军。左右辟仗使之始也。

译文

贞元十二年六月乙丑日，首次任命窦文场为左神策护军中尉，霍仙鸣为右神策护军中尉。当天，还任命张尚进为神武中护

---

① 神策军：唐朝禁军，分为左右两军。

军。左右神策军的辟仗使从此时开始设置。

❸ 建中初,关播为给事中,以诸司甲库皆是胥吏掌,为弊颇多,播议用士人①掌之。

译 文

建中初年,关播任给事中,他认为各衙门仓库都是小吏掌管,引发了许多欺上瞒下的弊政,建议改为士人掌管。

❹ 贞元中,张茂宗所尚义章公主,赠郑国公主,谥为庄穆。韦宥所尚故唐安公主,赠韩国公主,谥为贞穆。所司择日册命。国朝已来,公主即有追封者,未有加谥者。公主追谥,自此始也。

译 文

贞元年间,张茂宗所娶的义章公主,被追赠为郑国公主,谥号庄穆。韦宥所娶的唐安公主,被追赠为韩国公主,谥号贞穆。有关衙门选择吉日颁发册命。我朝开国以来,公主有被追封的,但还没有被追加谥号的。公主被追加谥号,从这时开始。

❺ 贞元中,禁未仕不得乘大马。有人言于执政:"大马甚多,货不得举,人不得骑,当尽为河北节制所得耳。"

译 文

贞元年间,禁止没有官职的人骑大马。有人对宰相说:"大

---

① 士人:泛指读书人。

马有很多,不让背货,不让人骑,就都被河北节度使们收去了。"

❻ 高祖之制:凡出将,赐旌节专征,行军有大总管之号也,镇军有大都督之号。

译文

唐高祖定下的制度:凡是将领出征,赐旌节,授予自主征伐的权力,野战部队的将领有大总管称号,镇守部队的将领有大都督称号。

❼ 玄宗之初,为节度大使、节度之号。凡皇太子、亲王统军,中有元帅府之制。宰相遥领①节度使,自牛仙客始也。

译 文

唐玄宗初年,设置节度大使和节度使的称号。凡是皇太子或亲王统军,军中会设立元帅府的体制。宰相遥领节度使,是从牛仙客开始的。

❽ 开元九年,命宗正寺官僚,并以宗子为之。

译 文

开元九年,任命宗正寺的官僚,并以宗室子弟担任。

❾ 唐制:男子始生为黄,四岁为小,十六为中,二十为丁,六十为老。

---

① 遥领:意为只担任官职,但不亲自前去任职的情况。

译　文

唐朝制度：男子刚出生叫作黄，四岁叫作小，十六岁叫作中，二十岁叫作丁，六十岁叫作老。

❿　赋役之制有四：一曰租，二曰税，三曰役，四曰徭。凡丁，岁输粟二石。凡调，随乡土所产，绢、绫、䌷各二丈，布加五分之一，麻三斤。凡役，岁二旬，闰加二日。

译　文

赋役制度有四种：第一种叫作租，第二种叫作税，第三种叫作役，第四种叫作徭。所有的丁男，每年缴纳粟米二石。所有的调，根据乡土特产，缴纳绢、绫、䌷各二丈，如缴布，要加五分之一，如缴麻，需缴纳三斤。所有的役，每年服劳役二十天，闰年加两天。

⓫　至德元年三月，方以侍御史文叔清为宣谕使，许人纳钱授官及明经出身。

译　文

至德元年三月，任命侍御史文叔清为宣谕使，允许普通人捐钱买官、获得明经科出身。

⓬　至德二年，敕以僧及道士入钱，自度有差。

译　文

至德二年，敕令僧人和道士捐钱，自愿选择认捐数额。

**⓭** 乾元元年七月，铸钱使第五琦奏请铸乾元钱，每贯重二十斤，一文当五十。宝应元年以盗铸日甚，物价腾贵，咸称非便。减重轮钱①，以一当三十。

译文

乾元元年七月，铸钱使第五琦上奏，请求开始铸造乾元钱，每贯钱重二十斤，一文钱可兑换开元通宝五十文。宝应元年因为偷铸假钱的情况严重，导致物价上涨，民间都说乾元钱使用不方便。朝廷因此削减重轮乾元钱，至此乾元钱一文可兑换开元通宝三十文。

**⓮** 乾元二年，御史中丞元载为江淮五道租庸使，高户定数征钱，谓之"白著榷酤"。

译　文

乾元二年，御史中丞元载担任江淮五道租庸使，对高门大户定额征税，称之为"白著榷酤"。

**⓯** 至德元年，敕天下州县量定酤酒，随月纳税。建中二年，更加青苗。大历中，初税每亩十文。三年加五文。敕以御史大夫充使，其后割归度支。

译　文

至德元年，敕令全国州县裁定卖酒税，按月纳税。建中二年，又加了青苗税。大历年初，青苗税税额为每亩征收十文。大历三年，每亩加收五文。同时敕令御史大夫担任收税使，之后这

---

① 重轮钱：古代钱币样式，指外围有两重突出部分的钱币。

一职责又划归度支部。

**❶⓺** 郑公审,开元中为殿中侍御史、充馆驿使,令每传舍①立辰堠,自公始也。

译　文

郑公审在开元年间任殿中侍御史,并担任馆驿使,命令每处传舍设立标记道路里程的土坛,(传舍处设土坛)就是从郑公开始的。

**❶⓻** 沙堤起天宝三年,因萧京兆炅奉请于要路筑甬道,以通车骑,而覆沙其上。

译　文

天宝三年,京兆尹萧炅请求在重要道路上铺设砖石,以方便车辆和马匹通行,又在道路上面覆盖了一层沙土,因此被称之为沙堤。

**❶⓼** 唐皎,贞观中为吏部。先时选集,四时随到即补。皎始请以冬时大集,终季春而毕。至今行之。

译　文

唐皎在贞观年间任吏部侍郎。早先选拔官员,一年四季随到随补。唐皎上奏请求在冬季举行大选拔,到季春结束。这个制度延续至今天。

---

① 传舍:古代供行人休息住宿的地方。

**❾ 借商**：建中二年，京师及江淮借商钱物。

**译　文**

借商：建中二年，朝廷在京城及江淮地区向商人借取钱财宝物。

**⓴ 省官**：建中三年，天下州县各省一官。乾元四年，敕下注额内官。元和六年，又减州县官。

**译　文**

省官：建中三年，敕令全国州县各减省一个官职。乾元四年，敕令减少内官编制。元和六年，又敕令减省州县官职。

**㉑ 除陌**：建中四年，敕天下州县，市买交关，每贯五十文纳官。

**译　文**

除陌：建中四年，敕令全国州县，对境内商贸交通往来征税，每贯货物收取五十文的税金。

**㉒ 间架**：建中四年，户部侍郎赵赞奏：天下州县，屋宇间架①，率算钱有差。

**译　文**

间架：建中四年，户部侍郎赵赞上奏：请下令全国各地州县，根据建筑数量、面积，对境内房屋估算价值收税。

---

① 间架：房屋建筑的结构。

# 玄异谈

**❶** 费县西漏泽者，漫十数里，岁时雨降，即泛滥自满，蒲鱼之利，人实赖焉。至白露应即前后，一夕即一空如扫焉，信殊异也。

**译　文**

费县西面的漏泽，湖面有十多里宽，每当降雨时，就会泛滥溢出，（此时）可以收获水草和鱼虾，周围人的生计都依赖这片湖泊。而到白露节气前后，只需一个晚上，水就退得无影无踪，一扫而空，这种现象着实很奇异。

**❷** 有士人平生好吃爊牛头，一日忽梦其物故，拘至地府酆都狱，有牛头阿旁。其人了无畏惮，仍以手抚阿旁云："只者头子，大堪爊食。"阿旁笑而放回。

**译　文**

有个读书人平生喜欢吃煮牛头，一天忽然梦见自己死了，被拘到地府酆都的狱中，由牛头阿旁看管。那读书人一点都不害怕和忌惮,仍然用手抚摸阿旁,说:"这只牛头煮起来吃一定很美味。"阿旁笑着把他放回阳间。

❸ 陆鸿渐嗜茶,撰《茶经》三卷,行于代。常见鬻茶邸烧瓦瓷为其形貌,置于灶釜上左右,为茶神。有交易则茶祭之,无则以釜汤沃之。

译 文

陆鸿渐喜欢喝茶,撰写有《茶经》三卷,流行于当代。集市上的卖茶铺子常见到绘有他的形象的烧制而成的瓦瓷,放在锅灶旁边,当作茶神供奉。如果有生意,就用茶加以祭祀;如果没生意,就用热水浇。

❹ 豆卢署少年旅于衢州,梦老人云:"君后二十年为牧兹郡。"已果为衢州。于所梦之地立"征梦亭"①。

译 文

豆卢署年少时在衢州游历,梦到一老者对他说:"您二十年后当治理此郡。"后来他果然担任衢州刺史。豆卢署为此在当年做梦的地方建了一座"征梦亭"。

❺ 白宾客居易云:"忠州有荔枝一株,槐一株。自忠之南更无槐,自忠之北更无荔枝。"

译 文

太子宾客白居易说:"忠州有一株荔枝,一株槐树。从忠州

---

① 征梦亭:亭名的意思是梦中的事应验了。

往南再也没有槐树,从忠州往北再也没有荔枝。"

❻ 贾至常侍平生毁佛,尝假寐厅事,忽见一牛首阿旁,长不满尺,携小锅而燃薪于床前。公惊起而讯之,对曰:"所谓镬汤者,罪其毁佛人。"公曰:"小鬼何足畏耶!"遂伸足床下,其汤沸,忽染于足,涌然而上,未几烘烂而卒。

**译 文**

右散骑常侍贾至一向反对佛教,曾经在府署小憩,忽然看见一个牛首阿旁进来,高不过一尺,带着小锅在床前烧柴煮水。贾公吃惊地起身并讯问他在做什么。牛首回答道:"这就是十八层地狱中的烹煮之刑,用来惩罚不敬佛的人。"贾公说:"你这小鬼有什么可怕的!"于是伸脚把锅踢入床下,牛首锅中的热水很烫,一下子就伤到了贾公的脚,而后烫伤往身上腾涌漫延,不久他就浑身溃烂而死。

❼ 乌江有项羽系乌骓树,历千余年尚郁茂。建中年中,县令张勤厌宾客观游,令伐却。至今兹地独不生草。

**译 文**

乌江边上有当年项羽系乌骓马的树,历经一千多年还是葱郁茂盛。建中年间,县令张勤厌烦游客来此游览聒噪,命人伐树毁景。到今天此地还寸草不生。

❽ 萧功曹颖士,尝出灞桥,道左逢一老人,眉发皓白,状骨甚奇古,萧甚异之。老人瞻顾,萧因问之。老人

云："公似吾亡友耳。"萧固请言之，老人曰："吾与鄱阳王恢善，君甚类之。"乃颖士六代祖。萧问其所来，不应而去。

译　文

功曹萧颖士曾经路过灞桥，在路边遇到一位老人，眉毛和头发都已皓白如雪，样貌、风骨非常的奇特古朴，萧颖士为此十分惊奇诧异。老人仔细地打量着他，萧颖士于是问他看什么。老人说："您很像我逝去的朋友。"萧颖士执意请他说下去，老人说："我与梁朝的鄱阳王萧恢有交情，您很像他。"那是萧颖士的六世祖。萧颖士问老人从哪里来，他没有回答就离开了。

❾　洛阳金谷，去城二十五里。晋石崇依金谷为园苑，高台飞阁，余址隐嶙。独有一皂荚树甚大，至今郁茂。

译　文

金谷距离洛阳城二十五里。晋朝石崇在金谷建造园林，里面有高峻的楼台和凌空的阁道，现在只残存下突兀的遗址。唯有一棵皂荚树特别巨大，到如今还葱郁茂盛。

❿　润州金坛县，大历中北人为主簿，以竹筒赍蝎十余枚，置于厅事之柳树，后遂孳育至百余枚。为土气所蒸，而不能螫人。南民不识，呼为"主簿虫"。

译　文

大历年间有位北方人在润州金坛县担任主簿，他用竹筒装了十几只蝎子，放在衙署的柳树下面，后来繁衍生息到一百多只。蝎子由于被土里的气息所影响，变得不能螫人。南方人不认识这种虫子，称其为"主簿虫"。

❶❶　昆山县遗尺潭，本大历中村女为皇太子元妃，遗玉尺化为龙，至今遂成潭。

译　文

传闻大历年间昆山县村中有女子被选为皇太子元妃，后来她遗失的玉尺化为龙，形成了今天昆山县的遗尺潭。

❶❷　天宝中，乐章名多以边地为名，若《凉州》《甘州》《伊州》之类是焉。其曲遍繁声，名入"破"。后其地尽为西番所没。"破"，其兆矣。

译　文

天宝年间的乐曲多以边境地带为名，像《凉州》《甘州》《伊州》之类就是这样。这些曲子声音繁杂，曲名前常加以"破"字。后来这些地方全被西番占领。"破"，是被割占的征兆啊。

❶❸　韩太保皋，生知音律，尝观客弹琴为《止息》。乃叹曰："妙哉，嵇生之音也！为是曲也，其当魏晋之际乎？《止息》与《广陵散》同出而异名也。其音主商[1]，商为秋声，天将肃杀，草木摇落，其岁之晏乎？此所以为魏之季也。慢其商弦，与宫同音，是臣夺其君之位乎？此所以知司马氏之将篡也。广陵，维扬之地。散者，流亡

---

[1]　商：中国古代音律，音色悲怆。

之谓也；杨者，武帝后之姓也。言杨后与其父骏之倾覆晋祚也。《止息》者，晋虽兴，终止息于此。其音哀愤而噍杀，操蹙而憯痛，永嘉之乱，其应乎此。叔夜撰此，将贻后代知音，且避晋祸，托之鬼神。史氏非知味者，安得不传其谬也欤！"

译　文

太保韩皋，生来就懂音律，曾经听客人弹《止息》。他感叹道："奇妙啊！这是嵇康的音乐！创作这首曲子，是在魏晋改朝换代的时候吗？《止息》和《广陵散》是同一个主题，不同的名字罢了。它的音律主要是商调，商调是秋声，上天将要进入肃杀的时节，草木的叶子纷纷凋零，是一年将要结束的时候吗？这是因为魏朝行将覆亡。放慢这个商调，与宫调同一个音阶，是代表臣子要夺取君主的皇位吗？这是因为知道司马氏将要篡位。广陵是叫作维扬的地方。'散'是流亡的意思，'杨'是晋武帝皇后的姓氏。《广陵散》是说杨皇后和她父亲杨骏会导致晋朝倾覆的意思。《止息》，是指晋朝虽然建立，但也终将结束在这里。这首曲子的音调悲哀愤懑，声音急促，局促而又悲痛，应验了永嘉之乱。叔夜谱写这首曲子，是为了留给后代懂得音律的人，让他们避开西晋末年的祸乱，只是假托鬼神而已。修史的是不懂音律的人，哪里能不误传呢！"

**❹** 韩太保皋常言：《洪范》五福，独不言"贵"者，贵近于高危。福之自至犹儆动，奈何枉道邀之。

译　文

太保韩皋曾经说：《洪范》里提到五福，独独不说"贵"，是因为贵近乎高迥而危险。即使福是自己降临的，也使人谨慎不安，更何况还要违背正道去请福呢。

⑮ 李西平晟之为将军也，尝谒桑道茂。云："将军异日为京兆尹，慎少杀人。"西平曰："武夫岂有京兆尹望乎？"后兴元收复，西平兼京兆。时道茂在俘囚中，当断之际，告西平曰："公忘少杀人之言乎？"西平释之。

**译　文**

西平郡王李晟担任将军时，曾经拜谒桑道茂。桑道茂说："将军您他日会成为京兆尹，务必少杀人。"李晟说："我一介武夫哪有成为京兆尹的希望？"后来兴元年间李晟收复长安，兼任京兆尹。当时桑道茂身为俘虏，将被处决的时候，向李晟请求说："您忘记要少杀人的话了吗？"最终，李晟放了他。

⑯ 张秘书荐自筮，仕至秘书监，常带使职，三入蕃，竟殁于赤岭外。

**译　文**

秘书监张荐曾用蓍草为自己占卦，卦象显示官至秘书监，常常兼带出使的官职，三次进入西蕃之地，最后死于赤岭之外。

⑰ 韦崖州执谊，自幼不喜闻岭南州县。拜相日出外舍，见一州郡图，迟回不敢看，良久临起，误视，乃《崖州图》也，竟以贬终。

**译　文**

崖州司马韦执谊，从小不喜欢听到岭南的州县。任职宰相的那天，他见到一幅州郡地图，犹豫着不敢看。许久之后，他起身时不小心看了一眼，乃是《崖州图》，最终被贬到那里并死于当地。

**❶⑧** 苏给事岱，建中末为太常博士，遇朱泚乱，将赴行在①。夜行山谷，常有二烛前导，危险毕见。既过，烛然后灭。岂忠愤所感耶？

**译　文**

给事中苏岱，建中末年任太常博士，遭遇朱泚叛乱，准备前往皇帝所在的地方。夜间经过山谷，身前一直有两点烛光领路，危险的地方全都看得清清楚楚。走出山谷后，烛光才熄灭。这烛光难道不是被苏岱的忠义愤激所感化出来的吗？

**❶⑨** 李龟年、彭年、鹤年，兄弟三人，开元中皆有才学盛名。鹤年诗尤妙，唱《渭城》。彭年善舞。龟年善打羯鼓。玄宗问："卿打多少杖？"对曰："臣打五千杖讫。"上曰："汝殊未，我打却三竖柜也。"后数年，又闻打一竖柜，因赐一拂杖、羯鼓。后楒流传至建中三年，任使君又传一弟子。使君令取江陵漆盘底，泻水楒中，竟日不散，以其至平。又云：楒人鼓只在调竖慢，此楒一调之后，经月如初。今不知所存。

**译　文**

李龟年、李彭年和李鹤年三兄弟，在开元年间都有才艺卓绝的名声。李鹤年擅长咏唱诗歌，《渭城》尤其唱得好。李彭年擅

---

① 行在：皇帝所在的地方。

长跳舞。李龟年擅长演奏羯鼓。唐玄宗问李龟年："你打断了多少鼓棒？"李龟年回答说："我迄今已经打断五千根。"唐玄宗说："你还不是特别勤奋，我打断了三个竖柜的鼓棒。"过了几年，唐玄宗又听说李龟年新打断了一个竖柜的鼓棒，于是赏赐他一支拂杖和一面羯鼓。

后来御赐羯鼓的鼓棒几经流传，建中三年，又被任使君传给了一名弟子。任使君让弟子取出产自江陵的漆盘，对着鼓棒倒水进去，因为鼓棒极为平齐，里面的水一整天都不会流散。又有传闻说，鼓棒对于鼓来说功用只在于调整松紧，而用这个鼓棒调过一次后，即使过了一个月还像刚调整的一样。今天不知道保存在哪里。

❷⓿ 安邑县北门，县人云："有一蝎如琵琶大，每出来，不毒人。"人犹是恐其灵，闭之积年矣。

译 文

安邑县城筑有北门，该县的人说："那里有一只蝎子，像琵琶那么大，每次出来也不蜇人。"不过人们还是害怕它，所以北门关闭了很多年。

❷❶ 建中中，李希烈攻汴州，城未陷，用百姓妇女辎重以实壕堑，谓之"湿梢"[1]。

译 文

建中年间，李希烈进攻汴州，一直没能攻下，就把妇女百姓连同辎重一起拿去填实城壕，称之为"湿梢"。

---

[1] 湿梢：指活埋。

**㉒** 同州唐女寺，有盗帅董太宫之漆身[1]，后有盗者皆来拜祝，有至鸣足[2]者，今漆足皆口牙。

译　文

同州唐女寺有盗贼头领董太宫的漆身塑像，所以盗贼都来寺里参拜和祈愿，甚至还有来吻漆身塑像脚部的盗贼，如今漆脚上面满是牙印。

**㉓** 襄州汉皋庙，本为解珮于汉皋[3]之义，今为汉高祖，误也。

译　文

襄州的汉皋庙，本来是为纪念仙女在汉江岸边的汉皋山下解下玉佩送给郑交甫这件事，如今变为祭祀汉高祖的祠庙，这是弄错了。

**㉔** 河南广武山有流桂泉，史思明于其上立汉高庙。

译　文

河南广武山有流桂泉，史思明在其上建有汉高庙。

**㉕** 茅山下泊宫茅君[4]炼丹井，香洁不受触。曾有修宫工人获知，取水煮肉，良久不熟。

---

[1] 漆身：用漆涂抹尸体而制成的塑像。
[2] 鸣足：亲吻神像的脚。
[3] 解珮于汉皋：指郑交甫在汉水边汉皋山下遇到仙女并受赠玉佩的传说。
[4] 茅君：道教人物，为三兄弟，传闻在句容句曲山修道成仙。

译　文

茅山的下泊宫内有一口茅君炼丹井，井水清香圣洁，不受俗尘污染。曾经有一位修建宫观的工人听说之后，从井中取水煮肉，煮了很久都煮不熟。

㉖　宝历中，亳州云出圣水，服之愈宿疾，亦无一差者。自洛已来及江西数郡中人，争施金货、衣服以饮焉，获利千万，人转相惑。李赞皇德裕在浙西也，命于大市集人，置釜取其水，于市司①取猪肉五斤煮，云："若圣水也，肉当如故。"逡巡肉熟烂。自此人心稍定，妖者寻而败露。

译　文

宝历年间，传说亳州出现圣水，喝了以后能治疗百病，十分灵验。从洛阳乃至江西几个地方来的人，为了能喝到圣水，都争相捐献金钱宝物和衣服，管理圣水的人因此赚到上千万钱财。众口铄金，信者日众。当时，赞皇人李德裕任浙西观察使，他把当地人集中到集市，架上锅，取来圣水，又从市司那里取来五斤猪肉用圣水蒸煮，说："如果是圣水，猪肉应当久煮不变。"过了一会儿，猪肉就被煮烂了。从此，人心稍微安定，而假借圣水装神弄鬼的人也随即败露了。

㉗　朗州武陵山，有人换骨匣②。每年若大风雨望峭壁，即有新者。

---

① 市司：古代管理市场的官吏。
② 换骨匣：指流传在南方某些地区的悬棺葬，即将逝者的棺椁安放在悬崖峭壁上。

### 译 文

朗州武陵山，有人将棺椁安放在悬崖峭壁上。如果在每年大风大雨的时候望向峭壁，就会发现有新的棺椁出现。

❷❽ 泽州长平，即白起坑赵卒故地，开元中诏为"省冤谷"。至今天气长阴，有泉色赤，于其下立"丹井碑"。

### 译 文

泽州长平就是战国时期白起坑杀赵国士兵的地方，开元年间皇帝下诏命名为"省冤谷"。直到今天那里的天气都是长期阴云密布，泉水的颜色发红，在泉水下方竖立有"丹井碑"。

❷❾ 湖州德清县南前溪村，前朝教乐舞之地。今尚有数百家尽习音，江南声妓多自此出，所谓"舞出前溪"者也。

### 译 文

湖州德清县南面的前溪村是前朝教养歌舞人员的地方。如今还有数百户人家在此传习音乐，江南的歌妓多数是从这里出来的，有所谓"舞出前溪"的名声。

❸⓿ 终南山有湫池，本咸阳大洲，一夜忽飞去。所历皆暴雨，与鱼俱下，大者至四五尺，小者不可胜计。遂落终南山中峰，水浮数尺，纵广一里余，色如黛黑，云雨常自中出。焦旱祈祷，无不应焉。山僧采樵，时见群龙瀺灂其中。

### 译 文

终南山有处水潭，原来是咸阳那里的大岛，它一夜之间忽然飞到这里形成此景。这座岛所经过的地方全都下起暴雨，夹杂着鱼从空中落下，大的有四五尺，小的多到不可胜数。它最后落在了终南山的中峰，瀑布浮在空中数尺之高的地方，绵延一里多长，水色青黑，云雨常从这条瀑布中飘出来。大旱时（百姓）向瀑布求雨，无不灵验。山上僧人砍柴时，经常见到一群龙在潭中戏水。

**❸❶** 昭应庆山，长安中，从河朔飞来。夜过，闻雷声如疾风，土石乱下，直坠新丰西一村，百余家因山为坟。今于其上起持国寺。

译　文

昭应的庆山是在长安年间从河朔一带飞过来的。飞来的那天夜里，只听见如同疾风的雷声，土石纷乱地从空中落下，直接坠落在新丰西面的一个村子，那里的一百多户人家都在这座山上建坟。现今山上建了持国寺。

**❸❷** 魏齐公元忠，少时曾谒张憬藏，待之甚薄，就质通塞，亦不答。公大怒曰："仆不远千里，裹粮求见，非徒行也，意必谓明公有以见教，而含木舌，不尽勤勤之意何耶？且穷通贫贱，自属苍苍，何与公焉？"因拂衣而去，憬藏遽起言曰："君之相禄，正在怒中。后位极人臣。"

译　文

齐国公魏元忠年轻时曾去拜见张憬藏，对方接待他时非常冷淡，魏元忠向张憬藏问自己的前程时，对方也不回答。魏公大怒，说："我不远千里带着粮食前来求见，不是白来的，是希望先生能给我指明出路，但现在先生嘴里像是含着木头舌，一点都不肯动,是什么意思?况且富贵贫贱,自有定数,何必来问先生?"于是拂袖而去,张憬藏急忙起身说道:"您的官位俸禄,就是在这怒气之中。以后您会有极高的官位。"

**❸❸** 解县盐池①,当安史时,水忽淡,銮舆反正,复如故。

译 文

解县的盐池,在安史之乱的时候,湖水忽然变淡,等皇帝收复京城,又恢复如初。

**❸❹** 上都崇圣寺有徐贤妃妆殿,太宗曾召妃,久不至,怒之。因进诗曰:"朝来临镜台,妆罢暂徘徊。千金始一笑,一召讵能来?"

译 文

上都长安城的崇圣寺里有徐贤妃的梳妆殿,唐太宗曾经召见徐贤妃,但等了很久都没来,唐太宗很生气。徐贤妃于是敬献了一首诗:"朝来临镜台,妆罢暂徘徊。千金始一笑,一召讵能来?"

**❸❺** 薛汝丹家在南岳,常与一僧知闻。其僧每年以香炼顶供养佛,至八十余终。后岁余,有州民生一子,色貌绝殊,而顶甚香,十步之外,人皆慕之。生不食鱼肉,数岁出家,为南岳高行律师②焉。

---

① 解县盐池:即今山西运城的盐湖。
② 律师:秉持戒律修行的僧人。

## 译　文

薛汝丹家住南岳，常常和一名僧人交好。那名僧人每年都头顶香烛供奉佛祖，到八十多岁圆寂。一年多后，当地有家人生了一个儿子，长相特别俊美，头顶非常香，站在十步之外的人都能闻到。他生下来就不吃鱼肉等荤腥，几岁就出家，成为南岳的高僧大德。

**㊱** 至德初，当安史乱，河东大饥，忽然荒地十五里生豆谷，及扫却又复生，约得五六千石。其米甚圆细复美，人赖焉。

## 译　文

至德初年，正当安史之乱的时候，河东发生大饥荒，忽然有方圆十五里的荒地长出豆谷，采收完后又长出来，大约得到五六千石粮食。这种米非常圆细而且饱满，当地人仰赖它才活了下来。

**㊲** 泓师云："长安永宁坊东南是金盏地，安邑里西是玉盏地。"永宁为王太傅锷地，安邑为马北平燧地。后王、马皆进入官。王宅累赐韩令弘及史宪诚、李载义等，所谓"金盏破而复成也"。马燧宅为奉诚园，所谓"玉盏破而不完也"。

## 译　文

精通风水的高僧泓师说："长安永宁坊的东南面是金盏地，安邑里的西面是玉盏地。"永宁坊是太子太傅王锷的封地，安邑里是北平郡王马燧的封地。后来王锷和马燧两人的封地都被没收。王锷的宅子先后被赐予韩令弘和史宪诚、李载义等人，是所谓的"金盏破了而又恢复"。马燧的宅子后来被改为奉诚园，是所谓的"玉盏破了而不再完整"。

**38** 常相衮之在福建也，有僧某者善占色，言事若神。相国惜其僧老，命弟子就学其术。僧云："此事有天性，非可造次为传。某尝于相君左右见一人可教。"遍召，得小吏黄彻焉，相命就学。老僧遂于暗室中，置五色彩于架，令视之，曰："世人皆用眼力不尽，但熟看之。"旬后，依稀认其白者；后半载看五色即洞然而得矣。命之曰："以若暗中之视五彩，回之白昼占人。"因传其方诀，且言后代当无加也。李忠公吉甫云："黄彻之占，袁许之亚次也。"

译　文

宰相常衮在福建时，有一名僧人擅长占卜，他对事情的预测准得像是神明说的。常衮念在僧人年纪大了，命弟子跟着他学习相术。僧人说："这个事需要有天分，并非可以轻率传授。我曾经在宰相您身边见过一个人，可以教授给他。"于是常衮召集了身边所有的人让僧人看，最后认出了一个名叫黄彻的小吏，就命他去追随老僧学习。

老僧把黄彻带到一间暗室，在架子上放着五色彩缎，命他注视彩缎，说："世间的人都没有发挥出全部的眼力，你现在只需要仔细地去看这五色彩缎。"十天之后，黄彻能依稀看出其中的白色；半年后，能够清晰地看到五种色彩。老僧说："如果能在黑暗中看出五种色彩，回去就可以在白天为人占卜了。"于是传授他方法口诀,并说以后没有人能超过他。

忠懿公李吉甫说:"黄彻的占卜之术,只在袁天罡和许藏秘之下。"

**㊴** 永州龙兴寺,乃吴军司马蒙之故宅。僧怀素善草隶,尝浚井得"军司马印",文字不灭,雕刻如新。怀素每草书,用此为志。

译 文

永州龙兴寺是吴国军司马吕蒙的故居。僧人怀素擅长草书和隶书,曾经挖井得到"军司马印",印文没有磨灭,如同新雕刻上去的。怀素每次写草书,都盖这枚印。

**㊵** 沙门一行,开元中尝奏玄宗云:"陛下行幸万里,圣祚无疆。"故天宝中幸东都,庶盈万数。及上幸蜀,至万里桥,方悟焉[①]。

译 文

僧人一行,在开元年间曾上奏唐玄宗,说:"陛下出宫巡视万里,则福泽无疆。"所以在天宝年间唐玄宗多次巡视东都洛阳,乃是为了凑满万里的里程数。后来,等到唐玄宗逃到蜀地,路过万里桥,才明白一行说的话。

**㊶** 五台山北台下有青龙池,约二亩已来,佛经云禁

---

① 方悟焉:意为唐玄宗为避安史之乱退居蜀中,得以保全性命,而成都正有一座"万里桥",应了"行幸万里,圣祚无疆"之语。

五百毒龙之所。每至盛午，昏雾暂开，比丘及净行居士①方可一观。比丘尼及女子近，即雷电风雨，当时大作。如近池，必为毒气所吸，逡巡而没。

译　文

五台山的北台下面有青龙池，大约两亩多地，是佛经中所说监禁五百条毒龙的地方。每当正午，黑雾暂且散开时，和尚和净行居士才可以看到青龙池。尼姑和女子靠近的话，立刻电闪雷鸣，风雨大作。如果继续靠近青龙池，必定被毒气覆盖，刹那间就会死亡。

㊷ 李西台②文献公，避暑于青龙寺，梦戴白神人云："昔尹氏相宣王，致中兴，君男亦佐中兴之君，宜以'吉甫'名之。"

译　文

御史大夫文献公李栖筠在青龙寺避暑，梦见白发的神人说："过去尹氏担任周宣王的宰相，使周朝中兴，你的儿子也要辅佐中兴的帝王，适合取名'吉甫'。"

---

① 净行居士：佛教指未出家的修行人。
② 西台：唐代御史台的通称。

尚书故实

# 序

宾护①尚书河东张公,三相盛门,四朝雅望。博物自同于壮武②,多闻远迈于胥臣③。绰避难圃田,寓居佛庙,秩有同于锥印④,迹更甚于酒佣⑤。叨遂迎尘,每容侍话。凡聆征引,必异寻常。足广后生,可贻好事。遂纂集尤异者,兼杂以诙谐十数节,作《尚书故实》云耳。

译文

太子宾客张尚书是河东人,他们家族出了三个宰相,历经四朝皇帝的荣宠。他同壮武侯一样博闻强识,见闻远远超过胥臣。我在圃田避难,暂居佛庙之中,发奋读书如同苏秦,甚于东汉的李燮。承蒙张尚书厚义,迎送宾客时,容许我在旁作陪相谈。我在席间凡是听到异闻奇谈,必征引记录。这些故事足以留赠给后人用来广博见闻,也可供好事者赏玩。于是编选其中尤为奇异的,再加上十几则诙谐幽默故事,汇集为《尚书故实》。

---

① 宾户:太子宾客。
② 壮武:此处可能指汉朝壮武侯常惠,他随同苏武出使匈奴,一同被扣押在塞北多年,见闻广博。
③ 胥臣:晋文公重耳近臣,追随其流亡列国,以多闻著称。
④ 锥印:指战国时期苏秦锥刺股读书的典故。
⑤ 酒佣:指东汉大臣李燮。李燮的父亲、兄长因得罪权臣大将军梁冀,被下狱处死,李燮隐姓埋名逃难至徐州界内,在酒家做佣人,暗中勤奋学习,后被征召为官。

## 仙道

**1** 司马天师名承祯，字紫微，形状类陶隐居①。玄宗谓人曰："承祯，弘景后身也。"天降车，上有字曰"赐司马承祯"。尸解②去日，白鹤满庭，异香郁烈。承祯号白云先生，故人谓车为白云车。至文宗朝，并张骞海槎③同取入内。

译　文

司马天师名叫承祯，字紫微，外表像陶弘景。唐玄宗对人说："承祯是陶弘景的转世。"某日，上天降下一辆车，车上有"赐司马承祯"的字样。司马承祯尸解成仙那天，白鹤聚集在庭院之中，满院散发着奇异而又浓郁的香气。司马承祯号为白云先

---

① 陶隐居：即陶弘景，南北朝时期的道教学者，常年隐居于山中。
② 尸解：道教用语，指修道者逝世。
③ 张骞海槎：传说张骞曾乘坐木筏寻找黄河源头，泛游天河。张骞，汉朝人，开辟了连通西域的道路。这个传说形成于南北朝，不是真实的历史事件。槎，指木筏。

生，所以人们把那辆车叫作白云车。到唐文宗时，白云车和张骞渡海所用的木筏一同被收藏进大内。

❷ 卢元公好道，重方士。有王谷者，得黄白术①，变瓦砾泥土立成黄金。宾护时在相国大梁幕中，皆目睹之。谷一日死于淮阴，宾护见范阳公叙言，公曰："王十五兄不死。"后果有人于湘潭间见之，已变姓名矣。宾护既徙知广陵，常亦话于崔魏公。公因说他日有王修，能变竹叶为黄金，某所目击也。

译　文

卢元公喜好道术，重视方士。有个叫王谷的人，会黄白术，能把瓦砾泥土刹那间变成黄金。张宾护公在卢相国的大梁幕府里亲眼见过此事。王谷有天死在了淮阴，张宾护公与范阳公聊起此事。范阳公说："王十五兄不会死的。"后来果然有人在湘潭又看到了他，并且已经改了姓名。张宾护公后来改任广陵刺史，也跟崔魏公提到这件事。崔魏公说有个叫王修的人，能把竹叶变成黄金，这是自己亲眼所见。

❸ 进士卢融尝说，卢元公镇南海日，疽发于鬓，气息惙然。有一少年道士，直来床前谓相国曰："本师知尚书病疽，遣某将少膏药来，可便傅之。"相国宠姬韩氏，遂取膏药疾贴于疽上，至暮而较，数日平复。于仓皇之际，不知道士所来。及令勘中门至衙门十数重，并无出入

---

① 黄白术：道教所修习的炼丹之术。

处，方知其异也。盛膏小银合子，韩氏收得，后犹在。融即相国亲密，目验其事，因附于此。

译文

进士卢融曾经说，卢元公镇守南海的时候，鬓角生了毒疮，气息萎靡虚弱。有一名少年道士，径直走到床前，对卢相国说："我师父知道尚书您生了毒疮，派我带来少许膏药，可以马上敷上。"卢相国的宠姬韩氏于是接过膏药立刻贴在毒疮上，到了傍晚毒疮已经变小，几天后就痊愈了。因为当时过于慌忙，不知道士从哪里来。后来卢相国命人调查，发现当时从中门到衙门总共十几道门，并没有一人出入，才知道这道士是奇异之人。装膏药的小银盒子被韩氏收藏，后来还在。卢融是卢相国的亲属，这事是他亲眼所见，因此将之附录在这里。

❹  又说表弟卢某，一日碧空澄澈，仰见仙人乘鹤而过。别有数鹤飞在前后，适睹自一鹤背迁一鹤背，亦如人换马之状。

译文

张宾护公说他的表弟卢某，在一个碧空澄澈的日子，抬头看见天上有仙人驾鹤飞过。当时，还有其他几只鹤飞在前后，他正好目睹仙人从一只鹤的背上转到另一只鹤背上，就像人换马的样子。

❺  中书令河东公，开元中居相位。有张憬藏者，能言休咎。一日忽诣公，以一幅纸大书"台"字授公。公曰："余见居台司，此何意也？"后数日，贬官台州刺史。

译　文

中书令张河东公，开元年间担任宰相。有一个叫张憬藏的人，能预言祸福。一天突然来拜谒张河东公，送了一幅大写着"台"字的纸笺。张河东公说："我现在官居台司，这个'台'字又是什么意思？"几天后，他就被贬官为台州刺史。

❻　牛相公①僧孺镇襄州日，以久旱祈祷无应。有处士②不记名姓，众云"漦龙者"，公请致雨。处士曰："江汉间无龙，独一湫泊中有之，黑龙也。强驱逐，必虑为灾，难制。"公固命之。果有大雨，汉水泛涨，漂溺万户。处士惧罪，亦亡去。十年前，有人他处见犹在。

译　文

相公牛僧孺镇守襄州的时候，发生旱灾，向天祈雨也没有效果。当地有位处士，没人知道他的姓名，众人叫他"漦龙者"，牛僧孺请他求雨。处士说："长江和汉江没有龙，只有一处瀑布下的潭水里有一条，是黑龙。如果强行赶它下雨，担忧会出现灾祸，难以控制。"牛僧孺坚持命处士求雨。处士驱使黑龙后，果然大雨成灾，汉江泛滥，淹死民众达到万户。处士害怕被定罪逃走了。十年前，有人在别的地方还见过他。

❼　卢元公钧奉道，暇日与宾友话言，必及神仙之事。云：某有表弟韦卿材，大和中选授江淮县宰，赴任出

---

① 相公：此处为对宰相的尊称。
② 处士：富有才学，隐居不仕的人。

京日，亲朋相送，离灞浐时已曛暮矣。行一二十里外，觉道路渐异，非常日经过处。既而望中有灯烛荧煌之状，林木葱蒨，似非人间。顷之，有谒于马前者，如州县候吏①。问韦曰："自何至此？此非俗世。"俄顷，复有一人至前，谓谒者曰："既至矣，则须速报上公。"韦问曰："上公何品秩也？"吏亦不对，却走而去。逡巡，递声连呼曰："上公屈。"韦下马，趋走入门，则峻宇雕墙，重廊复阁，侍卫严肃，拟于王侯。见一人，年仅四十，戴平上帻，衣素服，遥谓韦曰："上阶。"韦拜而上。命坐，慰劳久之，亦无肴酒汤果之设。徐谓韦曰："某因世乱，百家相纠，窜避于此。推某为长，强谓之'上公'。尔来数百年无教令约束，但任之自然而已。公得至此，尘俗之幸也。不可久留，当宜速去。"命取绢十匹赠之。韦出门上马，却寻旧路，回望亦无所见矣。半夜胧月，信马而行，至明则已在官路。逆旅暂歇，询之于人，且无能知者。取绢视之，光白可鉴。韦遂骤却入关，诣相国，具述其事，因以戋戋分遗亲爱。相国得绢，亦裁制自服。韦云："约其处，乃在骊山蓝田之间。盖地仙也。"

译　文

元公卢钧信奉仙道，空闲时与朋友宾客聊天，必定会谈及神仙之事。他曾说到，表弟韦卿材，大和年间被任命为江淮地区的县令。出京赴任那天，亲戚朋友送到灞桥浐河时，天色已近黄昏。他走了一二十里路，感觉道路上的景致渐渐变得很奇异，不像是平常经

---

① 候吏：迎送宾客的官吏。

过的地方。接着望见前方灯烛熊熊闪耀，树木葱郁，不像是人间的景象。

不一会儿，有人来到马前拜谒，像是州县里的候吏，问韦卿材说："使君是从哪里来到此处的？这里不是俗世。"再一会儿，又有一个人前来拜谒，对上一个来人说道："既然有人来了，须要立刻禀报上公。"韦卿材问道："上公是什么官衔？"两名小吏也不回答，直接退下离去。等了一会儿，有声音递相传来，叫道："拜见上公。"韦卿材下马，小跑进入府院门内。只见里面富丽堂皇，有高楼画栋、重廊复阁，侍卫风姿严肃，可跟王侯府邸相比。只见一个四十左右的男子，戴着平上帻，穿着素服，远远地对他说："上台阶。"韦卿材行礼后走上去。那人又命他坐下，慰劳了一番，但也没有摆出美味佳肴，接着缓缓地对韦卿材说："我因为遭逢乱世，带领众人逃到这里避乱。他们推举我做首领，强行称我为'上公'。从那时以来，我们已经有数百年不受政令的约束，只是任凭自然。您能来到这里，是身为俗尘中人的幸运。但不可以久留，应当赶紧离开。"说完命人取了十匹白绢相赠。韦卿材出门上马，刚找到原来的路，回头已经什么都看不见了。

韦卿材骑马在明月下随意地行进着，等天亮时已经回到了官道上。他进到路边的旅店里暂时休息，询问店里的人，却没有人知道刚才那个地方。他取出绢仔细审视，绢色净白光亮，如同镜子。随后韦卿材立刻回头入关，拜谒卢相国，把事情从头到尾说了一遍。还把白绢分成多份，分送给亲朋好友。卢相国也得到了一份，裁制了一套衣服。韦卿材说："据推测，那个地方应该在骊山和蓝田之间。那人大概是地仙吧。"

**❽** 又说顾况志尚疏逸,近于方外。有时宰曾招致,将以好官命之。况以诗答曰:"四海如今已太平,相公何用唤狂生。此身还似笼中鹤,东望沧洲叫一声。"后吴中皆言况得道解化去。

### 译 文

又传闻顾况志向淡泊超逸,接近于世外高人。当时的宰相曾招他做官,给了很好的官位。顾况作诗回答说:"四海如今已太平,相公何用唤狂生。此身还似笼中鹤,东望沧洲叫一声。"后来,吴中当地的人都说顾况得道成仙而去。

**❾** 果州谢真人上升前,玉帝锡①以马鞍为信,意者使其安心也。刺史李坚遗之玉念珠,后问:"念珠在否?"云:"已在紫皇②之前矣。"一日,真人于紫极宫置斋,金母下降,郡郭处处有虹霓云气之状。至白昼轻举,万目睹焉。

### 译 文

果州谢真人飞升成仙之前,玉帝赏赐马鞍作为信物,意思是使他安心修炼。刺史李坚曾以玉念珠相赠,后来问:"念珠还在吗?"他回答说:"已经在天帝面前了。"一天晚上,谢真人在紫极宫举办斋宴,金母从天庭下来出席,城里到处充盈着虹光彩云。到白天金母飞升回天庭,众人都看到了。

---

① 锡:赏赐。
② 紫皇:即天帝,道教中地位最高之神。

**❿** 陶贞白①所著《太清经》，一名《剑经》，凡学道术者，皆须有好剑、镜随身。又说，干将、莫耶剑，皆以铜铸，非铁也。（按隐居《古今刀剑录》云：自古好刀剑多投伊水中，以禳膝人之妖。盖伊水中有怪异似人，膝胫已下至脚，有首、鼻、口、耳、手、足，常损害人矣。）

译　文

陶弘景所著《太清经》，又名《剑经》，记载说凡是修道的人，都必须随身佩带利剑和镜子。还说，干将和莫邪这两把剑，都是铜铸的，不是铁剑。（按陶弘景的《古今刀剑录》中说：自古好的刀剑大多会投于伊水之中，去消灭膝人之妖。大概是因为伊水里有一种妖怪，外形像人，膝盖小腿以下到脚的部分，长着头、鼻、口、耳朵、手和脚，常常出来害人。）

**⓫**　八分书②起于汉时王次仲。次仲有道，诏征聘，于车中化为大鸟飞去，坠三翮③于地。今有大翮山，在常山郡界。

译　文

八分书是汉代王次仲首创的。王次仲会道术，他曾被朝廷征召，后来在去京城接受朝廷任命的路上，于车中化作大鸟飞走了，掉下了三片羽毛。今天有大翮山，在常山郡境内。

---

① 陶贞白：即陶弘景。
② 八分书：书法字体，是隶书的一种。
③ 翮（hé）：羽毛中的硬管。

❷  尝有一沦落衣冠,以先人执友方为邦伯,因远投谒,冀有厚需。及谒见,即情极寻常,所赉至寡。归无道路之费,愁怨动容,因闲步长衢,叹吒不已。忽有一人,衣服垢弊,行过于前,回目之曰:"公有不平之气,余愿知之。"因具告情旨。答曰:"止于要厚恤,小事耳。今夜可宿某舍。"至暮往,即已迟望门外。遂延入,谓之曰:"余隐者也,见为县狱卒,要在济人之急。"既夜分,取一碗合于面前,俄顷揭看,见一班白紫绶①者,才长数寸。此人诟责之曰:"与人有分,不恤其孤,可乎!"紫衣者逊谢久之。复用碗覆于地,更揭之,则无有矣。明日平旦,闻传声觅某秀才甚急,往则紫衣敛板以待,情义顿浓,遂赠数百缣,亦不言其事,岂非仙术乎?

译 文

曾经有一个世家子弟家道中落,而他家先人的挚友刚刚成为刺史,因此远行前去投靠,希望能被厚待。等到了先人挚友家拜见时,对方态度却极为冷淡,赠送的财物也非常少。这人连回去的路费都没有,于是愁容满面地走在长街上,叹息不止。忽然有一人,衣着破烂,越到他前面,回头看他,说:"您有不平之气,我想知道其中缘由。"于是落魄子弟就把所有的事情都告诉了他。对方回答说:"您只想要多得到点接济,这是小事。今晚可以来我家住宿。"

等到傍晚时分,那人看到落魄子弟已经在门外张望许久。于是请他进门,告诉他说:"我是隐士,现在是县里的狱卒,喜欢

---

① 紫绶:紫色绶带,借指高官。

救人之急。"夜半时分,那人取了一个碗盖在面前,过了一会儿揭开来看,只见走出一个两鬓斑白、身佩紫色绶带的人,高才几寸。那人骂紫衣人说:"与别人有情分,却不抚恤他的遗孤,这是可以的吗!"紫衣人道歉谢罪了很久。那人又把碗盖在地上,再揭开,则没有人了。

第二天清晨,落魄子弟听说先人挚友正在紧急地寻觅自己,遂又前往拜访,此时先人挚友已经穿着正式的紫色官袍,拿着朝会用的手板在恭敬地等他了。这一次对方的态度顿时变得情深意浓,还赠送了数百匹细绢,也不说前晚的事。这难道不是仙术吗?

⑬ 经云:佛教上属鬼宿,盖神鬼之事,鬼暗则佛教衰矣。吴先生尝称有《灵鬼录》,佛乃一灵鬼耳。

译 文

某经书说,佛教在天上属于鬼宿星,与神鬼之事相关,鬼宿星黯淡,那么佛教就会衰落。吴先生曾经说有一本《灵鬼录》,里面记录说佛是一个灵鬼。

⑭ 孙季雍著《葬经》,又有著《葬略》者,言葬用吉礼,僧尼并不可令见之也。

译 文

孙季雍写了《葬经》,还写了本《葬略》,书中说葬礼是一种吉礼,僧尼不可以出现在葬礼上。

## 名流

❶ 高祖太武皇帝，本名与文皇帝同上一字，后乃删去。尝有碑版，凿处具在。"太武"是陵庙中玉册定□，"神尧"乃母后追尊。颜公曾抗疏极论，为袁傪所沮而寝。

**译文**

唐高祖太武皇帝，本名李世渊，与唐太宗文皇帝的名字有一个字重复，所以后来就删掉了。在过去的碑刻版牍上面，这个"世"字被凿掉的痕迹都还在。"太武"是陵庙中的玉册上记载确定的谥号，"神尧"这个谥号是武则天追尊的。颜公曾经上疏极力反对，因为被袁傪所阻止，遂不了了之。

❷ 太宗酷好法书，有大王真迹三千六百纸，率以一丈二尺为一轴。宝惜者独《兰亭》为最，置于座侧，朝夕观览。尝一日附耳语高宗曰："吾千秋万岁后，与吾《兰亭》将去也。"及奉讳之日，用玉匣贮之，藏于昭陵。

### 译　文

唐太宗酷爱书法，有王羲之的真迹三千六百张，大略以一丈二尺的长度装裱为一个卷轴。其中最为喜爱的是《兰亭集序》，他将其放在座位旁，天天观赏。曾有一天唐太宗附耳对唐高宗说："我逝世后，让《兰亭集序》与之相伴同去。"等后来唐太宗驾崩，唐高宗把《兰亭集序》装在玉盒中，与棺椁一同落葬于昭陵。

❸ 有李幼奇者，开元中以艺干柳芳，尝对芳念百韵诗。芳已暗记，便题之于壁，不差一字，谓幼奇曰："此吾之诗也。"幼奇大惊异之，有不平色。久之，徐曰："聊相戏，此君所念诗也。"因请幼奇更诵所著文章，皆一遍便能写录。

### 译　文

有一位叫李幼奇的人，开元年间以文学才艺向柳芳求取功名，曾经对柳芳吟诵了一首百韵诗。柳芳暗中记下，题写在墙上，一字不差，对李幼奇说："这是我的诗。"李幼奇大吃一惊，露出不满的表情。过了好一会儿，柳芳慢慢地说道："只是和你开玩笑，这是你吟诵的诗。"柳芳于是请李幼奇再吟诵自己写的其他文章，都是听一遍便能牢记默写下来。

❹ 又说：汉武帝时，尝有外域献独足鹤，人皆不知，以为怪异。东方朔奏曰："此《山海经》所谓毕方鸟也。"验之果是。因敕廷臣皆习《山海经》。《山海经》，伯翳著，刘向编次作序。伯翳亦曰伯益。《书》

曰："益典朕虞。"盖随禹治水，撮山海之异，遂成书。郭弘农注解。

**译文**

又有传说，汉武帝时，曾经有外番进贡独脚鹤，众人都不知道是什么，以为是奇异的怪物。东方朔上奏说："这是《山海经》里所谓的毕方鸟。"检验之后果然如此。于是敕令朝内大臣都要学习《山海经》。《山海经》是伯翳撰写的，后来由刘向整理编目并作序言。伯翳也叫作伯益。《尚书》中说："伯益担任管理山泽的朕虞官。"大概是因为他跟着大禹治水，收集了许多关于山海地理的异闻，便写下了这本书。郭弘农为这本书做过注解。

❺ 公自言：四世祖河东公为中书令，着绯①（绰安邑宅中，曾有河东公任中书令着绯真）。又说：傅游艺居相位，着绿②。

**译文**

张宾护公自己说：他的四世祖河东公担任中书令时，穿绯色官服（在我安邑的宅子里，曾经有河东公任中书令穿绯色官服的画像）。又说：武则天时傅游艺任宰相时，穿绿色官服。

❻ 国朝李嗣真评画云："顾画屈居第二。"然虎头③又伏卫协画《北风图》。（《北风图》，《毛诗义》。）

---

① 着绯：绯是较深的红色，一般为唐代四五品官员官服用色。
② 着绿：绿色官服一般为唐代六七品官员官服用色。
③ 虎头：指顾恺之，东晋画家。

译　文

国朝的李嗣真评论画作，说："顾恺之的画作屈居第二。"然而顾恺之又佩服卫协所画《北风图》。（《北风图》是据《毛诗义》所绘的情景画。）

❼　公平康里宅，乃崔司业融旧第，有司业题壁处犹在。

译　文

张宾护公在平康里的宅子是司业崔融的旧宅，留有崔融所题诗句的墙壁今天还在。

❽　兵部李员外约，汧公之子也。识度清旷，迥出尘表。与主客张员外谂同弃官，并韦征君况墙东遁世[1]，不婚娶，不治生业。李尤厚于张，每与张匡床静言，达旦不寝，人莫得知。赠张诗曰："我有心中事，不向韦二说。秋夜洛阳城，明月照张八。"（谂即尚书公之群从。）

译　文

兵部员外郎李约，是李汧公的儿子。他的气度清爽开朗，超凡脱俗。李约与主客员外郎张谂一同弃官，并和隐士韦况一起隐居，不婚娶，也不经营产业。李约与张谂交情特别深厚，每次与张谂一同躺床上沉静地聊天，可以通宵达旦不睡觉，别人都不知道有此逸事。他还曾赠张谂一首诗云："我有心中事，不向韦二说。秋夜洛阳城，明月照张八。"（张谂即是张尚书公的堂兄弟。）

---

[1]　墙东遁世：隐居的意思。

❾ 佛像本胡夷，朴陋，人不生敬。今之藻绘雕刻，自戴颙始也。颙尝刻一像，自隐帐中，听人臧否，随而改之。如是者积十年，厥功方就。

译　文

早期的佛像本来是仿照胡人的容貌所塑，简朴鄙陋，人们面对佛像时生不起恭敬之心。如今佛像雕刻精美、修饰华丽的风气是从戴颙开始的。戴颙曾经雕刻了一尊佛像，隐藏在帐子里，请人们加以评价，并根据评价随时修改。就这样积累了十年经验，雕刻佛像之技艺方才臻于完善。

❿ 河东公镇并州，上问："有何事，第言之。"奏曰："臣有弟嘉祐，远牧方州，手足支离，常系念虑。"上因口敕张嘉祐可忻州刺史，河东属郡。上意不疑，张亦不让，岂非至公无隐，出于常限者乎？

译　文

张河东公镇守并州，皇上问："有什么困难，一个一个说来。"他回奏说："臣有弟弟张嘉祐，在偏远州郡做官，和我手足分离，常常思念成忧。"皇上于是口谕张嘉祐改任忻州刺史，也就是任职于张河东公下辖的州郡。皇上没有怀疑张河东公的意图，张河东公也不谦让，这岂不是公心至大，无需隐瞒，出乎常规吗？

⓫ 王平南廙，右军①之叔也。善书画，尝谓右军："吾诸事不足法，惟书画可法。"晋明帝师其画，王右军

---

① 右军：王羲之曾任右军将军，故称王右军。

学其书焉。

译　文

平南将军王廙，是王羲之的叔父。他擅长书法、绘画，曾对王羲之说："我其他的本事没什么好学的，只有书法、绘画可以跟我学习。"晋明帝跟随他学习绘画，王羲之跟随他学习书法。

**⑫**　王内史[①]书帖中，有与蜀郡守朱（不记名）书，求樱桃、来禽[②]、日给藤子[③]。（来禽，言味甘来众禽也。俗作林檎。）又云："胡桃种已成矣。"又问："司马相如、扬子云有后否？蜀城门是司马错所制，存乎？"

译　文

王羲之的书帖中，有一封给蜀郡朱（没有记下名字）太守的信，向他求要樱桃、来禽和日给藤子。（来禽，意思是说味道甘甜，招来了许多飞鸟。习惯写作"林檎"。）书帖中还说："胡桃已经种成功了。"又问道："司马相如、扬子云在蜀郡有后人吗？蜀郡城的门是司马错建的，还保存着吗？"

**⑬**　顾况字逋翁，文词之暇，兼攻小笔[④]。尝求知新亭监，人或诘之，谓曰："余要写貌海中山耳。"仍辟善画者王默为副知也。

---

① 王内史：即王羲之。
② 来禽：古代流行的一种水果，名目不详。
③ 日给藤子：相传为一种藤本植物。
④ 小笔：指绘画中的小作品。

### 译 文

顾况，字逋翁，在写作文章的间隙，兼攻小笔。曾经求官想去台州担任新亭监，有人责问他，他回答说："我要去那儿以便画海中山岛。"后来他到任后，还征召了擅长绘画的王默作为副职。

**⓮** 有黄金生者，擢进士第。人问："与颃同房否？"对曰："别洞。"（黄本溪洞豪姓，生故以此对。人虽哈之，亦赏其真实也。）

### 译 文

有位名叫黄金生的人，中了进士。有人问他："与黄颃是同房（族）吗？"他回答说："我家是另外一个洞（族系）。"（黄氏是溪洞少数民族中的大姓，所以黄金生这么回答。人们虽然以此嘲笑他，但也欣赏他的真实。）

**⓯** 王僧虔，右军之孙也。齐高帝尝问曰："卿书与我书孰优？"对曰："臣书人臣第一，陛下书帝王第一。"帝不悦。后尝以橛笔书，恐为帝所忌故也。

### 译 文

王僧虔是王羲之的孙子。齐高帝曾经问他说："你的书法和我的书法相比，谁的更好？"回答说："臣的书法在大臣中是第一，陛下的书法在帝王中是第一。"齐高帝听了不开心。王僧虔后来改用秃笔写字，这是怕被齐高帝忌恨的缘故。

**⓰** 陆畅字达夫，常为韦南康作《蜀道易》，首句曰："蜀道易，易于履平地。"南康大喜，赠罗八百匹。

南康薨，朝廷欲绳其既往之事，复阅先所进兵器，刻"定秦"①二字，不相与者因欲构成罪名。畅上疏理之，云："臣在蜀日，见造所进兵器。'定秦'者，匠之名也。"由是得释。《蜀道难》，李白罪严武也。畅感韦之遇，遂反其词焉。

译 文

陆畅，字达夫，曾为韦南康写《蜀道易》，开篇第一句是："蜀道易，易于履平地。"韦南康看后大喜，赠送陆畅八百匹绫罗。韦南康死后，朝廷想清算他过往的罪行，查到他之前进奉的兵器上刻有"定秦"二字，与他有仇的人想要以此罗织罪名。陆畅上奏解释说："臣在蜀地时，见过制造所进奉兵器的过程。'定秦'是制作兵器匠人的名字。"由此韦南康及其后人被免去罪名。《蜀道难》是李白怨怒严武而写下的。陆畅感激韦南康厚待自己，于是反过来写下这篇《蜀道易》。

**⓱** 张怀瓘《书断》曰："篆、籀、八分、隶书、草书、章草、飞白、行书，通谓之八体。而右军皆在神品。右军尝醉书数字，点画类龙爪，后遂有'龙爪书'。如科斗、玉筋、偃波之类，诸家共五十二般。"

译 文

张怀瓘在《书断》中说："篆、籀、八分、隶书、草书、章草、飞白、行书，通称为八体。王羲之用这八种字体所写的作

---

① 定秦：秦，指唐朝都城长安所在的关中地区。定秦，意为平定秦地，有起兵谋反的意思。

品，都在神品之列。王羲之曾经酒醉写下几个字，笔画如同龙爪，后来就有了'龙爪书'，当时还有科斗、玉筋和偃波等字体，所有书法字体加起来共有五十二种。"

❶❽ 今延英殿，灵芝殿也，谓之"小延英"。苗韩公居相位，以足疾步骤微蹇，上每于此待之。宰相对于小延英，自此始也。

译文

今天的延英殿即是之前的灵芝殿，被称为"小延英"。苗韩公当宰相时，因为腿脚有毛病，走路步子小而且略微有些跛脚，于是皇上每次就在这里等他前来谈论国事。宰相在小延英向皇上奏对，就是从这时开始的。

❶❾ 台仪：自大夫已下至监察，通谓之五院御史。国朝践历五院者共三人，为李商隐、张魏公延赏、温仆射造也。

译文

御史台的规仪：自大夫以下到监察的官职，通称为五院御史。国朝至今经历过所有五院御史职位的共有三人，分别是李商隐、魏公张延赏、仆射温造。

❷⓿ 陈朝谢赫善画，尝阅秘阁①，叹伏曹不兴所画龙首，以为若见真龙。

---

① 秘阁：官廷收藏书画的机构。

译　文

陈朝谢赫擅长绘画，曾经阅览过秘阁里的收藏，赞叹曹不兴画的龙头栩栩如生，观其画若见真龙。

**㉑**　兵部李约员外尝江行，与一商胡舟楫相次。商胡病，固邀相见，以二女托之，皆绝色也，又遗一珠，约悉唯唯。及商胡死，财宝约数万，悉籍其数送官，而以二女求配。始殓商胡时，约自以夜光含之，人莫知也。后死商胡有亲属来理资财，约请官司发掘验之，夜光果在。其密行皆此类也。

译　文

兵部员外郎李约曾经在江上乘舟时，与一名胡商的船只前后相继而行。后来胡商病重，坚持邀请李约见面，要求把两个女儿托付给他，两人都是绝色美女。胡商又送他一颗夜光珠。李约把他的遗嘱都答应了下来。胡商病逝后，留下数万的财宝，李约全部登记好后送交官府，还为他的两个女儿安排好了婚配。在殓葬胡商时，李约亲自将夜明珠放入尸体口中，没有人知道这事。等胡商的亲属前来清点继承遗产时，李约请官员挖坟检验，夜光珠果然在里面。李约行事机密程度都像此事一样。

**㉒**　飞白书始于蔡邕，在鸿都门①见匠人施垩帚，遂创意焉。梁萧子云能之。武帝谓曰："蔡邕飞而不白，羲之白而不飞，飞白之间，在斟酌耳。"尝大书"萧"字，

---

①　鸿都门：即鸿都门学，东汉时朝廷所设立的文学艺术教育机构。

后人匿而宝之。传至张氏，宾护东都旧第有萧斋，前后序、引①，皆名公之词也。

译文

飞白书体始自蔡邕，他在鸿都门学见到匠人们刷墙，受启发创造了这种笔法。南朝梁萧子云擅长写飞白。梁武帝说："蔡邕的字飞而不白，王羲之的字白而不飞，飞白之间，在于尽心斟酌。"萧子云曾经大书了一个"萧"字，后人用盒子装着小心珍藏。该帖在本朝时传到了张宾护公手中，张宾护公在东都的旧宅里有间萧斋，该帖就保藏于此。该帖前后的序、引，都出自名家之手。

**㉓** 杜紫微顷于宰执求小仪不遂，请小秋又不遂。尝梦人谓曰："辞春不及秋②，昆脚与皆头③。"后果得比部员外。（又杜公自述，不曾历小比，此必传之误。）

译文

杜牧往昔曾向宰相求要礼部主事的官职，没有成功；又求要刑部郎官的官职，也没有成功。曾梦到有人对他说："辞春不及秋，昆脚与皆头。"后果然得到比部员外郎的官职。（但杜公自己说，没有担任过比部员外郎，所以这必定是误传。）

---

① 序、引：两种写在书画前的文体，两者大体相同，但引比序短。
② 辞春不及秋：小仪是礼部主事的别称，小秋是刑部郎官的别称。礼部在《周礼》中属于春官，刑部在《周礼》中属于秋官，所以有"辞春不及秋"句。
③ 昆脚与皆头："昆"字的脚和"皆"字的头，即"比"字，隐喻比部之职。

**㉔** 杨祭酒敬之爱才，公心尝知江表之士项斯，赠诗曰："处处见诗诗总好，及观标格过于诗。平生不解藏人善，到处相逢说项斯。"因此名振。遂登高科也。

译　文

祭酒杨敬之爱惜人才，他知道江表的项斯有贤才，赠诗给他说："处处见诗诗总好，及观标格过于诗。平生不解藏人善，到处相逢说项斯。"项斯因此声名大噪，而后高中科举。

**㉕** 又说，洛中顷年有僧，得数粒所谓舍利者，贮于琉璃器中，昼夜香灯，檀施之利，日无虚焉。有士子迫于寒馁，因请僧，愿得舍利，掌而观瞻。僧遂出瓶授与，遽即吞之。僧惶骇如狂，复虑闻之于外。士子曰："与吾几钱，当服药出之。"僧闻喜，遂赠二百缗，仍取万病丸与吃。俄顷泄痢，以盆盎盛贮，濯而收之。（此一事，东都储隐说，后即江表诗人路豹所为。豹非苟于利者，乃刚正之性，以惩无良。豹与张祜、崔涯三人，为文酒之侣也。）

译　文

还有传说，洛中往年有名僧人，得到几粒所谓的舍利，存放在琉璃器里，日夜焚香点灯供奉，信众纷纷前来参拜，布施的财物甚多。有位士子被饥寒所逼，向僧人请求说想要见识见识舍利，放在手掌细细观赏。僧人于是从瓶中倒出来给他，士子立刻把舍利吞了下去。僧人见此情景，惊骇发狂，又怕外面信众听到，手足无措。士子说："给我点钱，我就吃药把舍利拉出来。"僧人听后大喜，赠送了士子两百缗钱，随即拿出万病丸给他吃。不一会儿,士子腹泻,用盆子接住泻物,从中找到舍利,清洗后交给僧人收了起来。(这件事是东都的储隐说的,后来得知此事是江表的诗人路豹所为。路豹不是贪恋钱财的人,他性格刚正,喜欢惩戒无良之徒。路豹与张祜、崔涯三人均是诗酒朋友。)

**㉖** 《晋书》中有饮食名"寒具"者,亦无注解处。后于《齐人要术》并《食经》中检得,是今所谓馓饼。桓玄尝盛具法书名画,请客观之。客有食寒具,不濯手而执书画,因有涴,玄不怿,自是会客不设寒具。

译 文

《晋书》里记载有种食物叫"寒具",也没有相关注解。我后来在《齐人要术》和《食经》中查到,就是今天所谓的馓饼。桓玄曾经拿出许多书法作品和名画,请客人观赏。其中一名客人吃完寒具不洗手就拿起书、画赏玩,因此弄脏了。桓玄不悦,从此请客不再准备寒具。

**㉗** 今谓进士登第为迁莺者久矣。盖自《伐木》诗:"伐木丁丁,鸟鸣嘤嘤。出自幽谷,迁于乔木。"又曰:"嘤其鸣矣,求其友声。"并无"莺"字。顷岁省试《早莺求友诗》,又《莺出谷诗》。别书固无证据,岂非误欤?

译 文

如今把进士及第称为"迁莺"已经很久了。大概是出自《诗经·伐木》这首诗中的:"伐木丁丁,鸟鸣嘤嘤。出自幽谷,迁于乔木。"还有一句:"嘤其鸣矣,求其友声。"不过诗中并没有"莺"字。往年省试出有题目《早莺求友诗》,还有《莺出谷诗》。其他书中就没有相关依据了，那"迁莺"这种说法岂不是误传吗？

❷❽　东晋谢太傅墓碑，但树贞石，初无文字。盖重难制述之意也。

译　文

东晋谢太傅的墓碑，只是竖立了石碑，起初并没有文字。大概是难以描述其功绩的原因。

❷❾　西平王始将禁军在蜀戍蛮，与张魏公不叶。及西平功高居相位，德宗欲追魏公者数四，虑西平不悦而罢。后上令韩晋公善说，然后并处中书。一日，因内宴禁中，出瑞锦一匹，令系两人一处，以示和解之意。

译　文

西平王刚带领禁军驻守蜀地防备外族时，与张魏公不和。等西平王因功高居相位时，唐德宗几次想让张魏公也当宰相，因为担心西平王会不悦而作罢。后来唐德宗让韩晋公去说和两人，而后才让他们同时在中书省当宰相。有一天宫中设宴，唐德宗拿出一匹瑞锦，命人把两人系在一起，以表示和解的意思。

❸⓿　潞州启圣宫有明皇帝欹枕斜书壁，并腰鼓、马槽并在。公为潞州从事，皆见之。

译　文

潞州启圣宫留存着唐明皇倚着枕头斜着运笔题字的墙壁，以及他用过的腰鼓和马槽。张宾护公担任潞州从事时，都见到过。

**㉛** 《千字文》，梁周兴嗣编次，而有王右军书者，人皆不晓。其始乃梁武教诸王书，令殷铁石于大王书中拓一千字不重者，每字片纸，杂碎无序。武帝召兴嗣，谓曰："卿有才思，为我韵之。"兴嗣一夕编缀进上，鬓发皆白，而赏赐甚厚。右军孙智永禅师，自临八百本，散与人间，江南诸寺，各留一本。永公住吴兴永欣寺，积年学书，秃笔头十瓮，每瓮皆数石。人来觅书并请题额者如市，所居户限为之穿穴，乃用铁叶裹之，人谓为"铁门限"。后取笔头瘗之，号为"退笔冢"，自制铭志。

**译　文**

《千字文》，是南朝梁周兴嗣编辑的王羲之书法字集，人们都不知道。最开始是梁武帝给诸位亲王准备学习书法临摹的字帖，他让殷铁石从王羲之的书法字帖里拓印了一千个不重复的字，每个字印在一张纸上，杂乱没有顺序。梁武帝召见周兴嗣，对他说："你有才思，替我把这些字按韵编目。"周兴嗣花了一个晚上编辑排定，上交给梁武帝。为此他一夜白头，两鬓尽斑白，但也获得了丰厚的赏赐。

王羲之的孙子智永禅师自己临摹了八百册《千字文》，分送给别人，江南每座寺庙都留了一本。智永禅师住在吴兴永欣寺，学习书法多年，写秃的笔头存了十个瓮，每个装满秃笔头的瓮都有好几石重。来请智永禅师写字和题写匾额的人很多，他的住处门庭若市，门槛都被踩穿，只好用铁片包裹起来，人们称之为"铁门限"。后来禅师把笔头埋了，号称为"退笔冢"，并亲自写了墓志铭。

**㉜** 郑广文学书而病无纸,知慈恩寺有柿叶数间屋,遂借僧房居止,日取红叶学书,岁久殆遍。后自写所制诗并画,同为一卷封进。玄宗御笔书其尾曰"郑虔三绝"。

**译　文**

郑广文学习书法,却为没有练字的纸而担心。他得知慈恩寺有几间屋子堆满了柿叶,于是借了僧房居住,每天用红柿叶练习书法,时间一久连叶子也用完了。后来他将自己写的诗和画装裱成一卷,献给唐玄宗。唐玄宗御笔在卷尾写下"郑虔三绝"。

# 奇珍

**❶** 天册府<sup>①</sup>弧矢尺度，盖倍于常者。太宗北逐刘黑闼，为突厥所窘，遂亲发箭射退贼骑。突厥中得此箭传观，皆叹伏神异。后余弓一张，箭五只，藏在武库。历代郊丘重礼，必陈于仪卫之前，以耀武德。惜哉，今与法物<sup>②</sup>同为煨烬矣。然此即刘氏斩蛇剑<sup>③</sup>之比也，岂不有所归乎？

译　文

天册府所用弓箭的尺寸比普通的弓箭大一倍。唐太宗征伐北方的刘黑闼时，被突厥人包围，于是亲自射箭击退敌人骑兵。突厥人捡到这种箭，互相传看，都赞叹佩服太宗的神武。唐太宗后

---

① 天册府：即天策府，李世民为秦王时的官府。
② 法物：古代帝王的仪仗和祭祀器物。
③ 刘氏斩蛇剑：相传汉朝开国皇帝刘邦遇到白蛇挡路，于是用佩剑将其砍为两段。后来一位老妇人哭诉说："赤帝子斩了我的儿子白帝子。"预示刘邦乃天命所归。后来这把斩蛇剑也被汉王朝视为开创大汉基业的镇国之宝收藏。

来留下一张弓、五支箭，藏在武库。唐朝历代天子举行祭祀天地等重要礼仪时，必须要把这套弓箭陈列在仪卫的前面，用来炫耀唐太宗的武德。可惜啊！如今这套弓箭和那些仪仗器物一同被大火烧成灰烬了。然而这套弓箭是和刘邦斩白蛇所用之剑类似的神器，怎么能不回归上天呢？

❷ 郑广文作《圣善寺报慈阁大像记》云："自顶至颐八十三尺，额珠以银铸成，虚中，盛八石。"

译　文

郑广文写《圣善寺报慈阁大像记》说："佛像从头顶到面颊长八十三尺，念珠用白银铸成，里面是空的，可装盛八石的东西。"

❸ 李师诲者，画蕃马李渐之孙也，为刘从谏潞州从事。知刘不轨，遂隐居黎城山。潞州平，朝廷嘉之，就除一县宰。曾于衲僧处得落星石①一片。僧云："于蜀路早行，见星坠于前，遂围数尺掘之，得片石，如断磬②，其一端有雕刻狻猊之首，亦如磬，有孔，穿条处尚光滑。岂天上乐器毁而坠欤？"此石后流转到绰安邑宅中。

译　文

李师诲是擅长画蕃马的李渐的孙子，在刘从谏手下任潞州从事。他知道刘从谏图谋不轨，便隐居在黎城山。潞州平定后，

---

① 落星石：即陨石。
② 磬：古代一种打击乐器。

朝廷嘉奖他，授予县令的官职。李师诲曾经在僧人那里得到一块落星石。僧人说："一天早上，我在蜀道赶路，看见星星坠落在前方，于是在坠落处周围数尺的地方挖掘，得到这块石头，它的形状如同断裂的磬，一端雕刻着狻猊头，它也跟磬一样，有圆孔，穿绳子的地方尚且光滑。这难道不是天上的乐器坠落到凡尘吗？"这块石头后来流转到我在安邑的宅子里。

❹ 《清夜游西园图》，顾长康画。有梁朝诸王跋尾处，云："图上若干人，并食天厨。"（语出诸子书，检寻未得。）贞观中，褚河南装背，题处具在。本张维素家收得（维素，从申之子），传至相国张公（弘靖）。元和中，准宣索并钟元常写《道德经》同进入内（时张公镇并州，进图表李太尉卫公作也）。后中贵人崔潭峻自禁中将出，复流传人间。维素子周封，前泾州从事，在京。一日，有人将此图求售，周封惊异之，遽以绢数匹赎得。经年，忽闻款关甚急，问之，见数人同称仇中尉传语评事，知《清夜图》在宅，计闲居家贫，请以绢三百匹易之。周封惮其迫胁，遽以图授使人，明日果赍绢至。后方知诈伪。乃是一力足人[①]，求江淮大盐院，时王庶人涯判盐铁，酷好书画，谓此人曰："为余访得此图，然遂公所请。"因为计取耳。及十二家事起[②]，复落在一粉铺内。郭侍郎

---

① 力足人：豪族、巨富。
② 十二家事：指唐文宗时李训、郑注等人密谋诛杀宦官一事。后事败，王涯受牵连被杀，抄没家产。

（承嘏）阍者以钱三百买得，献郭。郭公卒，又流传至令狐家。宣宗尝问相国有何名画，相国具以图对，复进入内（宾护亲见相国说）。

译　文

《清夜游西园图》，是顾长康画的。画末端有南朝梁诸位王爷题写的跋语，写道："图上若干人，并食天厨。"（这句话出自诸子书，但还没查到具体出处。）贞观年间，由褚河南装裱，题跋都在。此画本来是张维素家收藏（张维素是张从申的儿子），传到张相国（张弘靖）手中。元和年间，皇帝宣诏索要该画，与钟元常抄写的《道德经》一同收入了大内（当时张公镇守并州，进献此图的奏表是李太尉卫公写的）。后来中贵人崔潭峻将这幅画从宫禁里带出，又流传到民间。

张维素的儿子张周封曾任泾州从事，后在京城任职。一天，他遇见有人出售这幅图，大吃一惊，赶忙花费了几匹绢买下。几年后，他忽然听到有人急切地叩门，便开门询问有什么事。门首几个人齐声说此行是来代仇中尉传话，说："仇中尉知道《清夜游西园图》在先生手上，考虑到您闲居在家，手头紧张，愿以三百匹绢买下此图。"张周封害怕仇中尉的胁迫，赶忙将图交给来人，第二天果然有人送绢过来。后来他才知道被骗了。原来是一个巨富想求得江淮大盐院的差事，当时王涯管理盐铁事务，酷爱书画，对巨富说："为我找到这幅图，就满足你的请求。"于是巨富设计骗到这幅图。

等到十二家事爆发，这幅图又流落到一间粉铺里。郭侍郎（郭承嘏）的守门人用三百钱买到，献给郭侍郎。郭侍郎逝世，此图又流传到令狐家。唐宣宗曾经问令狐相国家中有什么名画，相国回答说有这幅图,于是才又回到大内(张宾护公亲耳听令狐相国说得此事)。

❺ 公尝于贵人家,见梁昭明太子脑骨,微红而润泽,抑异于常也。

译　文

张宾护公曾在一显贵人家家中见到南朝梁昭明太子的头盖骨,颜色微红而润泽,和寻常人不同。

❻ 又尝见人腊①,长尺许,眉目、手足悉具,或以为僬侥人也。

译　文

张宾护公还曾见到过干尸,长一尺多,眉毛、眼睛和手脚都保存完整,有的人以为是僬侥那里的矮人。

❼ 蜀王尝造千面琴,散在人间。蜀王即隋文之子杨秀也。

译　文

蜀王曾经制作了千面琴,散落在民间。蜀王就是隋文帝的儿子杨秀。

❽ 又李汧公取桐孙之精者,杂缀为之,谓之"百衲琴"。用蜗壳为徽,其间三面尤绝异,通谓之"响

---

① 人腊:干尸。

泉""韵磬"。弦一上,可十年不断。

译　文

李汧公选取精良的桐树嫩枝,编缀在一起制作古琴,将其称之为"百衲琴"。这种琴的琴徽由蜗牛壳制成,其中有三面琴尤为独特不凡,通称为"响泉""韵磬"。接上琴弦,十年都不会断。

❾　绛州《碧落碑》文,乃高祖子韩王元嘉四男为先妃所制,陈惟玉书。今不知者,妄有指说,非也。

译　文

绛州《碧落碑》碑文,是唐高祖的儿子韩王李元嘉的四个儿子为亡母祈福所写,由陈惟玉手书。今天不知就里的人,对此文胡言乱语,都是错的。

❿　荀舆能书,尝写《狸骨治劳方》,右军临之,至今谓之《狸骨帖》。

译　文

荀舆擅长书法,曾经写《狸骨治劳方》,王羲之对其加以临摹,就是如今所谓的《狸骨帖》。

⓫　古碑皆有圆空,盖碑者,"悲"本也,墟墓间物,每一墓有四焉。初葬,穿绳于空以下棺,乃古"悬窆"之礼。《礼》曰:"公室视丰碑,三家视桓楹。"人因就纪其德,由是遂有碑表。数十年前,有树德政碑,亦设圆空,不知根本,甚失。后有悟之者,遂改焉。

译　文

古代的碑都有圆孔，因为碑是"悲"的意思，原本是坟墓里的物品，每一座墓都有四块碑。起初，下葬的时候用绳子穿过碑上的圆孔，用来落棺，这是古代"悬窆"的礼制。《礼记》说："鲁国公室下葬用丰碑，三桓世家下葬用恒楹。"后来人们在碑上面记载逝者的生平功德，由此衍生出碑表。几十年前，有人竖立了德政碑，也在上面开凿圆孔，这是不懂礼制，是很严重的错误。后来有明白的人，就改正了。

❿　宣平太傅相国卢公，应举时，寄居寿州安丰县别墅。尝游芍陂（"芍"字今呼为"鹊"，草下芍药之芍，按《魏志》，是"芍"音"着多"），见里人负薪者，持碧莲花一朵，已伤器刃矣，公惊问之，云："陂中得之。"卢公后从事浙西，因使淮服，话于太尉卫公。公令搜访芍陂，则无有矣。又遍寻于江渚间，亦终不能得。乃知向者一朵，盖神异耳。

译　文

宣平年间，太傅卢相国参加科举时，寄住在寿州安丰县的别墅。他曾游览芍陂（"芍"字今天读作"鹊"，是草下芍药的芍。按照《魏志》，这个"芍"的发音是"着多"），看见当地背柴的人手里拿着一朵碧色莲花，这花已经被刀刃砍坏。卢公惊讶地问："这花是哪里得来的？"背柴的人回答说："在芍陂找到的。"卢公后来到浙西任从事之职，因事前往淮河一带，和太尉卫公聊起此事。卫公命人去芍陂搜索寻访，却什么都没有找到。又找遍了江河湖泊，最终也没有所得。这才知道先前那朵花大概是神异之物。

⓭ 《汲冢书》，盖魏安僖王冢，晋时卫郡汲县耕人于古冢中得之。竹简漆书，科斗文字，杂写经史，与今本校验，多有异同。（耕人姓不，"不"字呼作"彪"，其名曰准，出《春秋后序》，《文选》中注出。）

译　文

《汲冢书》，出自魏安僖王墓，是晋朝卫郡汲县的农夫从这座古墓里挖出来的。《汲冢书》是用漆书写在竹简上，科斗字体，内容很杂，多数是经史类。和如今流行的版本相互校勘，有许多不同的地方。（农夫姓不，"不"字读作"彪"，名字叫准，这一记载出自《春秋后序》，《文选》里面做了注释。）

⓮ 世言牡丹花近有，盖以国朝文士集中无牡丹歌诗。张公尝言，杨子华有画牡丹处极分明。子华，北齐人，则知牡丹花亦已久矣。

译　文

世人说牡丹花是近年才有的，大概是因为国朝文人的文集中没有歌咏牡丹的诗句。张公曾经说过，杨子华画的牡丹极为细致。杨子华是北齐人，因此可以知道牡丹花已出现很久了。

⓯ 《魏受禅碑》，王朗文，梁鹄书，钟繇镌字，谓之三绝。镌字皆须妙于篆、籀，故繇方得镌刻。

译　文

《魏受禅碑》是由王朗撰文，梁鹄书写，钟繇刻字，被称为三绝。上面所刻字体比篆、籀两种字体更为精妙，所以说钟繇懂得刻字的精髓。

**❶❻** 公云：舒州灊山下有九井，其实九眼泉也。旱即煞一犬投其中，大雨必降，犬亦流出。

译　文

张宾护公说，舒州的灊山下有九口井，其实是九眼泉。遇有大旱时就杀一条狗丢入井中，必定会下大雨，狗也会从泉眼里面流出来。

**❶❼** 武后朝宰相石泉公王方庆，琅琊王也。武后尝御武成殿阅书画，问方庆曰："卿家旧法书存乎？"方庆遂集自右军已下至僧虔、智永禅师等二十五人，各书一卷进上。后命崔融作序，谓为《宝章集》，亦曰《王氏世宝》也。

译　文

武后朝的宰相石泉公王方庆，是琅琊王氏。武后曾在武成殿观赏书画，问王方庆："你家旧的书法字帖还有保存吗？"王方庆于是整理从王羲之开始，到王僧虔、智永禅师等二十五人的书法，每人的作品各编为一卷，进奉给武后。后来武后命崔融作序，将该集题名为《宝章集》，也叫作《王氏世宝》。

**❶❽** 裴岳者，久应举，与长兴于左揆[①]友善。曾有一古镜子，乃神物也。于相布素时得一照，分明见有朱衣吏导

---

[①] 左揆：左宰相的别称。

从。他皆类此。宾护与岳微亲，面诘之，云"不虚"。旋亦坠失。

译　文

裴岳曾多次参加科考，与长兴的于宰相交情深厚。传闻当时有一面古镜，是神异的宝物。于宰相还是平民时曾照过一次这面镜子，清楚地看到里面有红衣小吏为自己带路。其他人照这面镜子看到的镜像日后也成为现实。张宾护公与裴岳略有些亲戚关系，曾当面问他此事，回答说"不假"。后来这面古镜也不知所踪了。

❶❾　东都顷年创造防秋馆，穿掘多得蔡邕鸿都学所书石经①。后洛中人家往往有之。

译　文

东都往年建造防秋馆，挖掘到许多蔡邕在鸿都门学所刻写的石经。后来洛阳人家里往往有蔡邕石经。

❷⓪　王内史《借船帖》，书之尤工者也，故山北卢尚书匡宝惜有年。公致书借之，不得，云："只可就看，未尝借人也。"公除潞州，旗节在途，才数程，忽有人将书帖就公求售，阅之，乃《借船帖》也。公惊异问之，云："卢家郎君要钱，遣卖耳。"公叹异移时，不问其价，还之。后不知落于何人。

---

① 石经：雕刻在石头上的文献经典。

**译　文**

　　王羲之的《借船帖》，书写得尤为工整精妙，已故的山北卢匡尚书珍藏了许多年。张宾护公曾寄信请求借阅，没有借到。卢尚书说："只可以来看，从未出借过。"后来张宾护公去潞州任职时，才走了一段路，尚未到任上，忽然有人带书帖前来出售，一看竟是《借船帖》。张宾护公惊讶地询问此帖来历。来人说："卢家公子要钱，所以让人来卖。"张宾护公惊叹世事无定，没有问价格，把书帖还给了来人。后来也不知道落到谁的手里。

**㉑**　京师书侩孙盈者，名甚著。盈父曰仲容，亦鉴书画，精于品目。豪家所宝，多经其手，真伪无逃焉。王公《借船帖》是孙盈所蓄，人以厚价求之不果。卢公其时急切，减而赈之，曰："钱满百千方得。"卢公，韩太冲①外孙也。故书画之尤者，多阅而识焉。

**译　文**

　　京城的字画商人孙盈，非常知名。孙盈父亲是孙仲容，也是鉴赏书画的行家，精通各家名画。豪门家中所宝贝的书画，多是经孙盈之手转卖收藏，并由他来鉴定真伪，从未失误过。王羲之的《借船帖》曾为孙盈所藏，有人出高价也没能买到。后来卢公趁着孙盈急需用钱时，减价买到，算是接济他，并对外说："花了百千多的钱才得到。"卢公是韩太冲的外孙，所以那些精妙闻名的书画，他大多都观赏过并且很了解。

---

①　韩太冲：即韩滉，唐朝画家。

## 精怪

**❶** 公自述：高伯祖嘉祐，开元中为相州都督，廨宇有灾异，郡守物故者连累。政将军（嘉祐终金吾将军）至，则于正寝整衣冠，通夕而坐。夜分，忽肃屏间闻叹息声，俄有人自西庑而出，衣巾蓝缕，形器憔悴，历阶而上，直至于前。将军因厉声问曰："是何神祇，来至于此！"答曰："余后周将尉迟迥也。死于此地，遗骸尚存，愿托有心，得毕葬祭。前牧守者，皆胆薄气劣，惊悸而终，非余所害。"又指一十余岁女子曰："此余之女也，同瘗庑下。"明日，将军召吏发掘，果得二骸。备衣衾棺器，礼而葬之。越二夕，复出感谢，因曰："余无他能报效，愿神公政，节宣水旱，唯所命焉。"将军遂以事上闻，请置庙，岁时血食。上特降书诏褒异，勒碑叙述，今相州碑庙见在。

译 文

张宾护公自己说，他的高伯祖张嘉祐，开元年间担任相州都督，那里的都督府署被灾异笼罩，主政官员接连死去。张将军（张嘉祐官至金吾将军）到任，在卧室里穿戴好整齐的衣冠，坐了一整晚。夜半时，忽然听到屏风后面传来叹息声，不一会儿有人从西面的廊屋出来，衣衫褴褛，神情憔悴，一步步走上台阶，一直走到张将军面前。张将军高声问道："你是何方神祇，敢到这里来？"那人回答说："我是后周的将军尉迟迥。死在此处，遗体还在这里，期望托付有心人，能为我举行葬礼，正式安葬。之前那些官员，都是胆小心虚的人，被自己吓死了，并非是我害的。"又指着一个十多岁的女孩，说："这是我的女儿，一同被埋在廊屋下面。"第二天，张将军命小吏挖开地面，果然找到两具尸体。他准备好殓葬用的衣被和棺椁，按礼制下葬他们。

过了两个晚上，尉迟迥又出现，向张嘉祐道谢，并说道："我没有什么能力可以报答您，只愿辅佐恩公施政，节制这里的水旱灾难，听从恩公的调令。"张将军于是把这件事上奏朝廷，请求建祠庙，按时供奉尉迟迥。皇上特地下诏书褒奖尉迟迥，刻碑叙述建庙经过，今天相州的尉迟迥碑和祠庙都还在。

❷　京国顷岁街陌中有聚观戏场者，询之，乃二刺猬对打，令既合节奏，又中章程。时座中有前将作李少监韫，亦云曾见。

译　文

昔年，京城的街巷里曾发生过众人群聚观戏之事，询问之后，得知是在看两只刺猬对打，它们打得既符合表演节奏，又有章法。当时的观众里有前任将作少监李韫，他也说曾经看到过。

❸ 又南中久旱，即以长绳系虎头骨投有龙处，入水即数人牵制不定。俄顷云起潭中，雨亦随降。龙虎，敌也，虽枯骨犹激动如此。

译　文

据说南中一带如果久旱无雨，就用长绳系一块老虎头骨扔进有龙的地方，头骨一旦进入水中，即使几个人也拉不住。不久就有云从水潭中升起，雨也随之落下。龙和虎是宿敌，即使是块枯骨仍然能使龙如此激动。

❹ 章仇兼琼①镇蜀日，佛寺设大会，百戏在庭。有十岁童儿，舞于竿杪。忽有物状如雕鹗②，掠之而去。群众大骇，因而罢乐。后数日，其父母见在高塔之上，梯而取之，则神如痴。久之方语，云："见如壁画飞天夜叉者，将入塔中，日饲果实饮馔之味，亦不知其所自。"旬日方精神如初。

译　文

章仇兼琼镇守蜀地时，在佛庙举办论法大会，庭院中有耍杂技的。其中有个十岁小孩，在竿顶戏舞。忽然有个形状像雕鹗的东西，飞掠而来将小孩抓走。众人大惊，因此停止了游乐。几天后，小孩的父母发现小孩在高塔上，搬来梯子把他救下来，其神情如同痴呆。过了许久小孩才说话："我看见像壁画中飞天夜叉一样的东西，把我抓到塔里，每天喂我水果食物，也不知道是从

---

① 章仇兼琼：复姓章仇，唐代剑南节度使。
② 雕鹗：指猛禽。

哪里来的。"十天之后,小孩的精神才恢复如初。

❺ 郭侍郎(承嘏),尝宝惜书法一卷,每携随身。初应举,就杂文试,写毕,夜色犹早,以纸缄裹置于箧中,及纳试,而误纳所宝书帖。却归铺,于烛笼下取书帖观览,则程试宛在箧中,匆遽惊嗟,计无所出。来往于棘围门外,见一老吏,询其事,具以实告。吏曰:"某能换之,然某家贫,居兴道里,倘换得,愿以钱三万见酬。"公悦而许之。逡巡,赍程试往而易书帖出,授公,公愧谢而退。明日归亲仁里,自以钱送诣兴道。款关久之,吏有家人出,公以姓氏质之,对曰:"主父死三日,方贫,未办周身之具。"公惊叹久之,方知棘围所见乃鬼也。遂以钱赠其家而去。余在京,曾侍太傅相国卢公宴语,亲闻其事。今又得于张公,方审其异也云耳。

译 文

郭侍郎(郭承嘏)曾经很喜爱一卷书法字帖,每每随身携带。当初参加科举的杂文考试时,他写完试卷时时间还早,就把试卷裹好放进箱子里,等交卷时误把那卷喜爱的书帖交上去了。等回到旅店,在烛灯下拿出书帖观赏时,发现试纸还在箱子里,焦急叹息,想不出办法。他在考场外面来回踱步愁怅时,遇见一名老吏,老吏问发生了什么事,他于是把事情全部告知。老吏说:"我能替换出来,但我家里穷,住在兴道里,倘若换出来,希望得到三万钱的报酬。"郭侍郎开心地答应了。过了不久,老吏带着试卷进去,换出书帖,交给郭侍郎。郭侍郎惭愧地拜谢而去。第二天,郭侍郎回到亲仁里取钱,亲自送到兴道里。叩了很久的门,老吏家人才出来,郭侍郎确认老吏姓名后,对方回答说:"家父已经死了三天,正因为贫穷,还没有置办葬礼用具。"郭侍郎惊叹了许久,才明白考场外见到的是鬼。于是把钱送给老吏家人后离开。

我在京城曾侍奉太傅卢相国,亲耳听过这件事。如今又从张宾护公这里听到,这才体会出其中的神异。

## 邪佞

❶ 构圣善寺佛殿僧惠范,以罪没入其财,得一千三百万贯。

译 文

建造圣善寺佛殿的僧人惠范,后因罪被罚没财产,共一千三百万贯。

❷ 元载破家,籍财货诸物,得胡椒九百石。

译 文

元载被抄家,收缴到各种财货宝物,其中胡椒就有九百石。

❸ 京城佛寺,率非真僧。曲槛回廊,户牖重复。有一僧室,当门有柜,扃锁甚牢。窃知者云:"自柜而入,则别有幽房邃阁,诘曲深严,囊橐奸回,何所不有。"

译 文

京城佛寺里居住的,大多不是真和尚。有一座佛寺建筑华丽，弯绕的栏杆，迂回的走廊，门窗一重又一重。其中有一间僧室，对着房门的位置放了一只柜子，锁得很紧。有暗地里了解的人说："从柜子进去，别有洞天，柜子里面有僻静的房间、深邃的楼阁，曲折蜿蜒而又严密，窝藏各种奸邪，什么样的人都有。"

❹ 圣善寺银佛，天宝乱，为贼截将一耳。后少傅白公奉佛，用银三铤添补，然不及旧者。会昌拆寺，命中贵人毁像，收银送内库中。人以白公所添铸，比旧耳少银数十两，遂诣白公索余银。恐涉隐没故也。

译 文

圣善寺的银佛，在天宝年间的战乱里，被贼人截去了一只耳朵。少傅白公信奉佛教，后来捐了三铤白银用来补修佛耳，然而还是比不上旧的那只。会昌年间，朝廷灭佛拆寺，命中贵人销毁银佛，将白银送入内库。中贵人认为白公补修的白银，比旧耳朵少了数十两，因此到白公那里索要剩余的银子。这恐怕是涉及吞没财物的事了。

❺ 又云：士张林说，毁寺时，分遣御史检天下所废寺，及收录金银佛像。有苏监察者（不记名），巡覆两街诸寺，见银佛一尺以下者多袖之而归，谓之"苏杠佛"。或问温庭筠："将何对好？"遽曰："无以过'密陀僧'[①]也。"

---

① 密陀僧：暗喻和尚藏匿私吞金银所铸的佛像。

### 译　文

还有传闻，文士张林说过，毁寺灭佛的时候，派遣御史巡检全天下被废除的寺庙，并收缴金银铸造的佛像。有个苏监察（不知道名字），在巡视两街的佛寺时，凡是见到一尺以下的银佛，大多藏到袖子里带回去据为己有，被称为"苏杠佛"。有人问温庭筠："怎么对应这三个字才好？"温庭筠立刻回答说："没有比'密陀僧'更恰当的。"

**❻** 五星恶浮屠像，今人家多图画五星杂于佛事中，或谓之禳灾者，真不知也。

### 译　文

五星恶浮屠像广为流传，如今很多人在佛事里添画五星，有人说这样做可以消除灾祸，这真是无知啊。

**❼** 公云：牧弘农日，捕获伐墓盗十余辈，中有一人请间言事。公因屏吏独问。对曰："某以他事赎死。卢氏县南山尧女冢，近亦曾为人开发，获一大珠并玉碗，人亦不能计其直，余宝器极多，世莫之识也。"公因遣吏按验，即冢果有开处，旋获其盗，考讯，与前通无异。及牵引其徒，称皆在商州冶务①中。时商牧名卿也，州移牒，公致书，皆怒而不遣。窃知者云："珠玉之器，皆入京师贵人家矣。"公前岁自京徒步东出，过卢氏，复问邑中，具如所说。然史传及地里书并不载此冢。且尧女，舜妃也，

---

① 冶务：管理冶铁等手工业的机构。

皆死于湘岭，今所谓者，岂传说之误欤？矧贻训于茅茨土阶，不宜有厚葬之事，即此冢果何人哉？

译　文

张宾护公说，他管理弘农郡时，抓捕到十余个盗墓贼，其中一人请求私下谈话。张宾护公于是屏退官吏，单独讯问。对方回答说："我告发其他案件以求赎死。卢氏县南山的尧女冢，最近也被人挖开，盗出了一颗大珠子和玉碗，它们的价值难以估算，其他宝物也很多，世人都没见过。"张宾护公于是派遣官吏去查验，那座墓果然有盗洞，旋即抓到那伙盗墓贼。拷问刑讯之后，所了解到的情况与前面那人说的没有不同。盗墓贼还交代出同伙，说都在商州的冶务机构中。当时的商州刺史是位有名的官员，弘农郡发出移交犯人的公文，张宾护公也给他写信，他都气势十足，不肯移交这些人。暗中知道内幕的人说："盗出来的珠玉宝物，都送入京城贵人家中了。"张宾护公前年免官离京，往东路过卢氏县，又向县衙询问这个案件，果然都如知道内幕的人所说。

然而史传和地理书里面都没有记载这座墓。况且尧的女儿，就是舜的妃子，传说死在湘岭，如今又出现了所谓的尧女冢，岂不是证明传说错了吗？另外，先人留下训诫，说生活应当简朴，不应该有厚葬的风气，那么这座墓究竟又是谁的呢？

❽　李抱真之镇潞州也，军资匮阙，计无所为。有老僧，大为郡人信服，抱真因诣之，谓曰："假和尚之道以济军中，可乎？"僧曰："无不可。"抱真曰："但言请于鞠场焚身，某当于使宅凿一地道通连，候火作，即潜以

相出。"僧喜，从之，遂陈状声言。抱真命于鞠场积薪贮油，因为七日道场，昼夜香灯，梵呗杂作。抱真亦引僧入地道，使之不疑。僧仍升座执炉，对众说法。抱真率监军僚属及将吏，膜拜其下，以俸入檀施，堆于其旁。由是士女骈填，舍财亿计。满七日，遂送柴积，灌油发焰，击钟念佛。抱真密已遣人填塞地道，俄顷之际，僧薪并灰。数日，藉所得货财，辇入军资库。别求所谓舍利者数十粒，造塔贮焉。

**译　文**

　　李抱真镇守潞州，粮饷匮乏，无计可施。州城里有名老僧很有声望，李抱真前去拜访，对他说："借和尚的道法去救济军队，可以吗？"老僧说："没什么不可以。"李抱真说："我们对外宣称请您在蹴鞠场焚身弘法，在此之前我们会在刺史官邸挖一条地道与蹴鞠场相连，等点火后，就引导您从地道潜逃出来。"老僧欣喜地同意。于是李抱真对外宣扬了这件事。

　　李抱真随后命人在蹴鞠场堆柴储油，准备举办七日的法会道场，日夜焚香点灯，诵经之声交杂作响。李抱真也带老僧进入地道察看，让他不要疑心。法会开始后，老僧登上宝座，手执香炉，对众人说法布道。李抱真率领监军和僚属，及一众将吏，在下面顶礼膜拜，并布施了自己的俸禄，堆在宝座下。于是男女信众纷至沓来，捐献了数以万计的钱财。七日后，将老僧送上柴堆，浇油点火，敲钟念佛，而李抱真已经秘密派人填塞了地道。不一会儿，老僧和柴堆一起化为灰烬。

　　几天后，李抱真收缴登记法会所得财物，送入军资库。另外还从其他地方找到了几十粒所谓的舍利，建塔贮藏。

**❾** 昌黎生者，名父子也，虽教有义方，而性颇暗劣。尝为集贤校理，史传中有说"金根车"处，皆臆断之曰："岂其误欤？必金银车。"悉改"根"字为"银"字。至除拾遗，果为谏院不受。俄有以故人子悯之者，因辟为鹿门从事也。

译　文

昌黎生，名父之子。虽然父亲教导了他许多规矩，但他的性情颇为愚昧低劣。他曾经担任集贤校理，见到史书里的"金根车"一词，胡乱断定说："这岂不是错误吗？一定是金银车。"将所有的"根"字都改为"银"字。后来被任命为拾遗，果然被谏院所拒。不久，有人因为他是故人的儿子而可怜他，任命他为鹿门从事。

中朝故事

# 天子

❶ 大中皇帝①多微行坊曲间，跨驴重戴，纵目四顾，往往及暮方归大内。近臣多谏："陛下不合频出。"上曰："吾要采访民间风俗事。只如明皇帝未平内难已前，在藩邸间出游城南韦杜之曲②，间行村落之舍，遇王琚闲话，果赞成大事。吾是以要访人物焉。"一日到天街中，道旁见一人，状若军将，坐槐树下石上。见上来，遽起鞠躬而立。上诘之。云："姓赵，淮南人也。"问之。云："闻杜琮相公出镇淮南，欲往谒耳。"上曰："旧识耶？"对云："非旧识，始往投诚。"上曰："公闻杜公何如人也？"对曰："杜是累朝元老。圣上英明，复委用之，非偶然也。"上悦之，诘曰："怀中何有？"乃一牍，述行止也。上留之，戒曰："但留邸中伺候，杜公必

---

① 大中皇帝：指唐宣宗，年号大中。
② 韦杜之曲：指唐代韦、杜两大世族聚居的街区，在长安城南。

来奉召。"翌日,上以状授邠公①,乃批云:"授淮南别敕押衙。"终身获厚禄焉。其人感遇,人皆称之。

译　文

唐宣宗经常微服私访,骑着驴戴着帽子,四处张望,往往到傍晚才回宫里。近臣多次劝谏:"陛下不该经常出宫。"唐宣宗说:"我要察访民间风俗。像唐明皇还没有平定内乱之前,居住在王府的时候就常去城南韦、杜两大家族聚居的街区访察,有时还出城到乡村去,这才能遇到王琚,并且在与他商讨后,成就了之后的大事。"

一天,唐宣宗在天街的路旁见到一个人,长得很有当将军的风姿,正坐在槐树下的石头上。他看见唐宣宗走过来,急忙起身鞠躬行礼。唐宣宗问他是什么人。他回答说:"姓赵,淮南人。"唐宣宗问他要去干什么。他回答说:"听闻杜悰相公将要去镇守淮南,想去拜访。"唐宣宗问:"是老关系吗?"他回答说:"不是老关系,第一次去投靠。"唐宣宗问:"您听说杜公是什么样的人?"他回答说:"杜悰是几朝元老。圣上英明,再次起用他,肯定不是偶然的。"

唐宣宗很开心这番话,又问他:"怀里是什么?"原来是一片木牍,上面写了这位赵姓人士的生平履历。唐宣宗留下木牍,告诫说:"只需留在家中等待,杜公必定奉诏书而来征召重用你。"第二天,唐宣宗把写有履历的木牍交给邠公杜悰,并批示说:"特授他淮南节度押衙之职。"后来此人终身都享有丰厚的俸禄。他很感激这场际遇,世人也都称道这件事。

---

① 邠公:即杜悰。

❷ 宣宗，即宪皇少子也，皇昆即穆宗也。穆宗、敬宗之后，文宗、武宗相次即位，宣皇皆叔父也。武宗初登极，深忌焉。一日，会鞠于禁苑间，武宗召上，遥睹瞬目于中官。仇士良跃马向前曰："适有旨，王可下马。"士良命中官舆出军中，奏云："落马已不救矣。"寻请为僧，游行江表间。会昌末，中人请还京，遂即位。

译　文

唐宣宗，是唐宪宗的小儿子，他的皇兄就是唐穆宗。唐穆宗、唐敬宗的后面，唐文宗和唐武宗相继即位，唐宣宗是敬宗、文宗、武宗的叔父。唐武宗刚登基的时候，十分防备宣宗。有一天，武宗在禁苑里踢球时召见宣宗。唐宣宗远远地看见中官仇士良向他眨眼睛。仇士良骑马跑到宣宗跟前，说："刚刚有圣旨，王爷可以下马。"而后，仇士良就命令宦官们用车载着宣宗出了皇宫，并上奏说："王爷从马上摔下来，救不了了。"不久，宣宗请求出家为僧，在江淮一带游历。直到会昌末年武宗去世，宦官请他回京城，才得以即位。

❸ 昭宗皇帝，即僖皇弟也。咸通八年丁亥岁降生，文德元年三月即位，春秋二十二。体貌端明，人望伟如也。虽运钟艰险，智量过人。每与侍臣言论商较时政，曾无厌倦。乾宁三年，凤翔李茂贞与朝臣有隙，将欲构难，犯干神京。上乃顺动，欲幸太原，行止渭北，华州韩建迎归郡中，上郁郁不乐。时登城西，齐云眺望。明年秋，制《菩萨蛮》词二首曰："登楼遥望秦宫殿，茫茫只见双

飞燕。渭水一条流，千山与万丘。远烟笼碧树，陌上行人去。何处是英雄？迎孥归故宫。"又一曰："飘飖且在三峰下，秋风往往堪沾洒。肠断忆仙宫，朦胧烟雾中。思梦时时睡，不语常如醉。早晚是归期，穹苍知不知？"上戊午年还京。庚申岁，以中官多凶恶，欲去其用事者。十一月五日，为左军军容刘季述，右军王仲先，枢密使王彦范、薛齐偓拥禁兵，唤诸道进奏官伪上表，请上顺养逊位，扶上出东内，册德皇监国。上明年正月一日反正，诛四辈，改天复元年。十一月，朱全忠领兵入河中。四月冬节，上又为凤翔兵士拥幸政城。朱全忠将兵迎驾围逼，时涉三载。癸亥岁正月二十二日，驾出朱全忠寨中，乃还辇毂。甲子岁，全忠迎上幸洛。四月改天祐元年，八月十一日乃行篡逆，寰海莫不冤痛也。

译　文

　　唐昭宗是唐僖宗的皇弟，咸通八年，即丁亥年出生，文德元年三月即位，当时二十二岁。身体形貌犹如神明，声望也很高。虽然国事艰难危险，但智慧和气量都超越普通人。每次同侍臣们商谈国家大事时，从没有感到厌倦。

　　乾宁三年，凤翔李茂贞同朝中大臣们结仇，准备攻打朝廷，进犯京城。唐昭宗根据时势，准备前往太原，走到渭北停下来休整时，被华州的韩建挟持到州城中。唐昭宗郁闷不乐，常常登上西城墙，远眺白云。第二年秋天，写了两首《菩萨蛮》，其中一首是："登楼遥望秦宫殿，茫茫只见双飞燕。渭水一条流，千山与万丘。远烟笼碧树，陌上行人去。何处是英雄？迎孥归故宫。"另一首是："飘飖且在三峰下，秋风往往堪沾洒。肠断忆仙宫，朦胧烟雾中。思梦时时睡，不语常如醉。早晚是归期，穹苍知不知？"戊午年，唐昭宗回到京城。

庚申年，唐昭宗认为宦官中有许多凶恶之徒，准备罢免其中操弄政事者。十一月五日，左神策军中尉、观军容使刘季述，右神策军中尉王仲先，枢密使王彦范和薛齐偓带领着禁军发动政变，让诸道进奏官们上表奏章，强请唐昭宗退位，迁出皇宫，册立德王为太子，让其监国。唐昭宗在次年正月初一平定政变，诛杀了这四个人，改年号为天复元年。

十一月，朱全忠率领军队进入河中地区。第二年四月冬节那天，唐昭宗又被凤翔的军队带到了凤翔。朱全忠率军队包围凤翔，这场围城战历时三年。癸亥年正月二十二日，唐昭宗御驾出城，进入朱全忠的军寨里，这才回到京城。甲子年，朱全忠挟持皇上去洛阳。四月改年号为天佑元年。八月十一日，朱全忠杀唐昭宗，天下没有人不感到悲痛的。

## 名臣

❶ 古者,五行官守皆不失其职,声、色、香、味俱能别之。赞皇公李德裕,博达之士也。居庙廊日,有亲知奉使于京口。李曰:"还日,金山下扬子江中泠水,与取一壶来。"其人举棹日醉而忘之,泛舟上石城下方忆及。汲一瓶于江中,归京献之。李公饮后,惊讶非常,曰:"江表水味有异于顷岁矣!此水颇似建业石城下水。"其人谢过,不敢隐也。有亲知授舒州牧,李谓之曰:"到彼郡日,天柱峰茶可惠三数角①。"其人献之数十斤,李不受,退还。明年罢郡,用意精求,获数角投之。赞皇阅之而受曰:"此茶可消酒肉毒。"乃命烹一瓯,沃于肉食,以银合闭之。诘旦同开视,其肉已化为水矣。众伏其广识也。

译 文

古代的五行官守都不会推脱他们的职守,声、色、香、味全

---

① 角:古代计量单位。

能辨别。赞皇公李德裕是个博闻旷达的人。他在朝廷时,有亲友奉命去京口。李德裕说:"回来那天,为我取一壶金山下的扬子江水。"亲友在起帆回航时,醉酒忘记了此事,等船溯游而上到了石头城才想起,赶忙打了一瓶水,回京后献给李德裕。李德裕喝了后,非常惊讶,说:"今年江南水的味道跟往年不同,这水和建业石头城下的水颇为相似。"亲友不敢隐瞒,赶忙谢罪。还有亲友被授予舒州刺史之职,李德裕对他说:"到舒州那天,可以送来几角天柱峰的茶叶。"那人送了几十斤,李德裕没收下,都退回了。第二年,任刺史的亲友卸任,尽心地精挑细选,才找到几角天柱峰茶叶送给李德裕。赞皇公看了后收下,说:"这茶叶可以消解酒、肉的毒性。"于是命人煮了一杯茶,浇在肉上,而后用银盒封装着。清晨一同打开看,那块肉已经化成水了。众人都佩服他学识广博。

❷ 北省官往日遗补①每上疏谏诤,多谢罪立誓词,右补阙与左拾遗结状。故中朝士人重右补阙、左拾遗也。

译 文

过去,北省官中的拾遗或补阙官每次上疏进谏,经常要冒死谢罪并立下誓词,而后将誓言文书交给他们中的右补阙和左拾遗收藏留证。因此朝中大臣看重右补阙和左拾遗这两个官职。

❸ 前朝宰相罕有不左降者,唯徐商持政公直,数十年不曾有累。其子齐国公彦若,亦以忠于上,和于众,竟

---

① 遗补:指拾遗和补阙两种官职,都是谏官。

无贬谪之祸。

**译　文**

唐朝的宰相很少有不被贬职的，只有徐商执政公正耿直，数十年里都未曾被牵累。他儿子齐国公徐彦若，也因为对皇上忠心，对众人和祥，最后没有遭受贬黜的祸端。

❹　卢耽自进士登科后，出将入相，四十九年不曾称前衔，皆从此任受于彼。

**译　文**

卢耽自从考中进士后，出京为将军，入朝为宰相，为官四十九年里不曾称呼过去的官衔，都是从这一任转到另一任。

❺　搢绅子弟皆怯于尚公主，盖以帝戚强盛。公主自置群僚，以至庄宅库举尽多主吏。宅中各有院落，聚会不同。公主多亲戚聚宴或出盘游，驸马不得与之相见。凡出入间，婢仆不敢顾盼。公主则恣行所为，往往数朝不一相见。唯于琮相国所尚广德公主，则贤和不同，乃懿皇亲妹。于琮遭韦、路所逐，同到韶州。于公累起，被中官赐药酒。公主诟骂，夺而掷之。常侍于公，手执公腰带而坐。凡所经历州郡，官吏不敢参迎，道途肩舁，门相对而行。累寻被诏，却还辇毂，授太子少傅，次除右仆射，所谓公主之力也。

**译　文**

搢绅子弟都害怕娶公主，因为她们是皇帝血脉、势力强盛。公主可以自设下属官僚，以至于所属庄园、宅邸和库房等都有主管的官吏。公主宅中有许多院落，用于不同的会面场所。公主常和亲戚宴饮聚会或者出游，这些活动驸马不得出席。驸马平常出入公主宅邸，不敢左顾右盼，不敢随便看婢仆。公主则可以恣意妄为，往往几天都不和驸马见一面。

唯有于琮相国所娶的广德公主，贤惠和顺，与其他公主不一样，她是唐懿宗的亲妹妹。于琮被韦保衡和路岩放逐到韶州，广德公主陪同前去。于琮受到连累，被宦官逼喝毒酒。公主大骂宦官，夺下毒酒摔到地上。为防止放逐路上遇害，公主一直侍奉在于琮身旁，甚至亲手拿着他的腰带陪坐着。他们所经过的州郡，当地官员都不敢前来迎接，路途之中，两人所坐肩舆的门相对，同步进发。后来接到朝廷诏命，回到京城，于琮被授予太子少傅，接着又被任命为右仆射，这都是广德公主的功劳。

**❻** 李琮为湖南观察使，渔者献鲤鱼一头，长数尺，琮命家人烹之。鱼腹得印一面，文曰"衡山县印"。琮令厅吏索衡山县近文书，看其印篆分明，乃遣召衡山令，使携印来。及到阅之，果然新铸也。琮屏人诘之，宰邑者伏罪首曰："旧印为恶人窃去，某与主吏并忧刑戮，所以潜命工匠为之。今则唯俟死命也。"琮悯之，为赍其事，碎新印，令赍旧印归县。罕有知之者。

译　文

李琮担任湖南观察使时，渔夫献上一条鲤鱼，长达数尺。李琮命人烹调，在鱼肚子里找到一个印章，印文是"衡山县印"。李琮命官署的小吏找来衡山县最近的文书，看到上面的印文清晰分明，于是派人去召唤衡山县令，让他把官印一起带来。等来了以后，检查官印，果然是新铸造的。李琮命旁人退下后，责问县令。县令认罪说："旧印被恶贼偷走，我与管印的官吏怕被责罚，所以暗中命令工匠铸造一个新印。如今只有待罪等死了。"李琮怜悯他，帮其掩饰了这件事，只是命他销毁新铸造的印章。这件事很少有人知道。

❼ 邠公杜琮，人臣福寿少有其伦。日常五餐以为常式，一日之费皆至万钱，夜间亦是一食。暮年有医工谘曰："相公不宜夜食，恐脏腑壅滞以致疾。"琮笑曰："吾六十余年如此矣！有何患哉？"

**译　文**

邠公杜琮是大臣中少有的福寿俱全的人。他平时白天吃五顿饭，以此为惯例。每天的花费都要达到一万钱，晚上也要吃一餐。晚年时，有医生告诫他："您晚上不宜再吃东西，防止积食引起疾病。"杜琮笑着说："我六十多年来都是这样，有什么好担心的？"

## 佞臣

**❶** 僖宗皇帝以咸通三年降诞，十四年七月十九日即位，年十二。左军护军田令孜辅翊于朝，僖宗呼为"阿父"，朝纲由己，人无敢言。每入对扬①，皆自备两牙盘果食，便对御前，从容良久而退，以为常式。数年后，扈从幸蜀，转恣眦睚，杀害孔多。及翠华②还京，不敢侍从。时令孜见陈敬瑄为西川节度，乃求为监军而殂。

**译　文**

唐僖宗于咸通三年出生，咸通十四年七月十九日即位，当时年仅十二岁。左军护军田令孜辅佐朝政，僖宗称他为"阿父"。朝廷政令都由着田令孜的想法，没有人敢出言反对。每次入宫觐见皇帝奏事，田令孜都准备两盆果盘边吃边谈，在皇帝面前很随意，往往过很长时间才慢慢退出，并且把这些当作寻常待君之

---

① 对扬：唐代官员接受官职后谢恩的仪式，也引申为朝见皇帝。
② 翠华：皇帝的代称。

道。多年之后，田令孜跟着御驾逃往蜀地时，恣意借机报私仇，杀了很多人。等天子回京的时候，他不敢跟着回去。当时，田令孜见陈敬瑄担任西川节度使，便请求担任监军，后来死在西川。

❷　咸通中，中书侍郎、平章事刘瞻以清俭自守，忠正佐时。懿皇以同昌公主薨谢，怒其医官韩宗绍等，絷于霜台①，并亲属二三百人散系大理。内外忧惧，瞻上疏切谏。时路岩、韦保衡恃宠忌之，出瞻为荆南节度使，中外咸不平之。翰林承旨郑畋为制词，略曰："早以文学叠中殊科，风棱甚高，恭慎无玷，而又僻于廉洁，不尚浮华。安数亩之居，仍非已有；却四方之贿，唯畏人知。"云云。韦、路大怒，贬畋为梧州刺史。取《十道图》②，检见驩州去京万里，乃谪瞻为驩州司户参军。舍人李庾行诰词，驳责深焉。将欲加害，时遇懿皇厌代，僖皇初立，用元臣萧仿佐佑大政。仿举瞻自代，又幽州节度使张公素上疏理之，韦、路意乃止焉。俄而路岩出为益帅，保衡又离相位，召瞻为康州刺史，再授虢州。瞻旋至湘江，韦保衡南窜，相遇于江中，瞻家人齐登舟外诟骂之，保衡约束家人，无辞以对。至贺州驿内伏法，乃是数年前杀杨收阁子③中榻④上也。瞻至湖南，李庾方典是郡，出迎于江次竹牌亭置酒。瞻唱《竹枝词》送李庾："蹑履过沟，竹枝恨

---

① 霜台：御史台的别称。
② 《十道图》：相当于全国地图。
③ 阁子：有多重解释，一为阁门使的官署，一为小屋子。
④ 中榻：古代家具，一种坐具。

渠深女儿。"庾憪怒，乃上酒于瞻。瞻命庾酬唱，庾云："不晓词间音律。"瞻投杯曰："君应只解为制词也。"是夕，庾饮鸩而卒。瞻至京，俄入中书。时宰相刘邺先与韦、路相熟，深有忧色。方判监铁，乃于院中置会召瞻，饮中置毒而毙。邺寻授淮南节度使，僖皇于麟德殿置宴，伶人有词曰："刘公出典扬州，庶事必应大治，民瘼康泰矣。"诸伶人皆倡和曰："此真最药王菩萨也。"人皆哂之。路岩即贬儋州百姓，至江陵，籍没家产，不知纪极。有蚊幮一领，轻密如碧烟，人疑其鲛绡也。及新州伏法。

译　文

　　咸通年间，中书侍郎、同平章事刘瞻清廉俭朴，坚持操守，忠诚正直地辅佐天子。唐懿宗因为同昌公主薨逝，迁怒医官韩宗绍等人，将他们抓进御史台审讯，并把他们的家属共两二百人关在大理寺。朝廷内外都很担忧这件事，刘瞻上疏劝谏。当时路岩和韦保衡倚仗着唐懿宗的宠幸，将刘瞻贬出京城去做荆南节度使，朝野内外都为刘瞻打抱不平。翰林学士承旨郑畋在撰写刘瞻贬官的诏书时，写道"（刘瞻）早年以文学才能多次中举，很有风骨，谦恭谨慎无所玷污，而且还执着于廉洁奉公，不喜欢浮华。安心居住在几亩大小的宅院里，还不是自己的；推却四方的贿赂，还唯恐有人知道。"等等。韦保衡与路岩看后大怒，将郑畋贬为梧州刺史。二人又拿来《十道图》查看，发现骦州距离京城有万里之遥，于是又将刘瞻贬为骦州司户参军。由舍人李庾撰写文告，严苛地斥责刘瞻。他们准备继续加害刘瞻时，正巧碰上唐懿宗驾崩，唐僖宗即位，任用元老大臣萧仿主管朝政。萧仿推举刘瞻代替自己，而且幽州节度使张公素也上疏替刘瞻辩驳，韦保衡和路岩这才停手。

不久，路岩出京担任西川节度使，此时韦保衡也卸任宰相，朝廷召刘瞻担任康州刺史，而后又任命为虢州刺史。刘瞻赴任途中经过湘江，韦保衡前往南方，两人正巧在江中相遇。刘瞻的家人一齐跑到船舱外大声叫骂，韦保衡命家人不许回嘴。当抵达贺州驿时，韦保衡被赐死，身死之处正是数年前被他陷害而死的杨收亡身所在的阁子中榻上。

刘瞻到湖南时，李庚正好任职当地刺史，出城前来迎接，在江边的竹牌亭摆酒设宴。刘瞻唱了一首《竹枝词》送李庚："蹑履过沟，竹枝恨渠深女儿。"李庚又惊又怒，向刘瞻敬酒。刘瞻命他回唱一首。李庚说："不懂得音律诗词。"刘瞻扔下杯子，说："您应该只懂如何撰写诰词。"当晚，李庚喝毒酒自杀。

刘瞻抵达京城后，很快就进中书省任职。当时的宰相刘邺早先与韦保衡和路岩交好，所以非常担忧刘瞻报复。因刘瞻被任命管理盐铁事务，刘邺于是在盐铁院中设宴请刘瞻会面，并在酒里下毒。刘瞻随后中毒而死。刘邺不久被任命为淮南节度使，唐僖宗在麟德殿设宴，有个戏子唱道："刘公出京管理扬州，大小事务必会安定，民无疾病健康安泰。"其他戏子都唱和道："这是真的药王菩萨。"众人听后都嘲笑不已。

路岩后来被贬为平民，流放儋州。到江陵时，被罚抄没家产，竟多到难以清算出究竟有多少。他有一领蚊帐，轻巧繁密如同玉碧色的云烟，有人怀疑是美人鱼织造的。等路岩走到新州时被处死。

**❸** 咸通中，辅相崔彦昭、兵部侍郎王凝，乃外表兄弟也。凝大中元年进士及第，来年，彦昭犹下第。因访凝，凝亵衣见之，崔甚恚。凝又戏之曰："君却好应明经科举①也。"彦昭忿怒而出。三年乃登第。懿皇朝，多自夏官侍郎判盐铁，即秉钧轴。一旦凝拜是官，决意入相，彦昭陷之。后数月之间，盐铁中有隳坏，凝罢职。朝廷以彦昭为之，半载而入相。彦昭母乃命多制鞋履，谓侍婢曰："王氏妹必与王侍郎同窜逐，吾要伴小妹同行也。"彦昭闻之，泣拜其母，谢曰："必无此事。"王凝竟免其责也。

译 文

咸通年间，辅相崔彦昭和兵部侍郎王凝是外表兄弟。王凝在大中元年进士及第，次年崔彦昭应考仍旧落第。崔彦昭拜访王凝时，王凝很随意地穿着常服就出来会见，崔彦昭非常怨怒。王凝又开他玩笑说："您倒是喜欢去考明经科。"崔彦昭愤然离去。三年后，崔彦昭也进士及第。

唐懿宗一朝，大多由兵部侍郎负责盐铁事务，随即便能升官掌握国政要务。一日，王凝被授予这个官职，决心要当上宰相，崔彦昭却在背后陷害他。之后的几个月内，盐铁事务败坏，王凝被罢免官职。朝廷命崔彦昭继续负责盐铁事务，他半年后升为宰相。崔彦昭的母亲命人多制作些鞋子，对侍婢说："王家妹妹必定要和他儿子王凝一起被放逐，我要陪伴小妹一起去。"崔彦昭

---

① 明经科举：唐代科举分为许多科，其中以进士科最难，常有考中进士科的人轻视只考中明经科的人的现象。

听后,哭着跪在母亲前,谢罪道:"绝没有这件事。"王凝最后被免于担责。

❹ 韩建丧母,寻访松楸之地①。有术士云:"只有一穴,可置大段钱物,亦乃不久而散。若华州境内,即莫加于此也。"建乃于兹葬母。明年大驾来幸,三峰四海之人,罔不辐辏。建乃广收商税,二载之后,有见钱九百万贯。后三年尽为朱全忠所有。

译 文

韩建母亲逝世,寻找落葬的地方。有术士说:"只有一处风水穴位可以聚集财物,但不久也会散尽。整个华州境内没有比这更好的穴位了。"韩建于是将母亲葬在这里。第二年,皇帝来到此地,五湖四海的人无不凑集过来。韩建在这里广收商税,两年之后积聚有现钱九百万贯。又过了三年,全被朱全忠抢去。

---

① 松楸之地:长满松树和楸树的地方,代指坟地。

# 奇术

**❶** 古有豢龙氏。长安有豢龙户，观水即知龙，色目有无，悉知之。懿皇朝，龙户上言龙池中走失两条。往关东寻访数十日，东都魏王池中见之，取而归阙。经华州，时李讷为华州刺史。讷父名建杓，向与白居易相善。讷为人正直，闻得龙来，大以为虚妄，命就公府视之。则于一小瓶子中倒于盆内，乃二细鳅鱼也。讷怒目曰："何以为验？"其人对曰："验非难也。请于地中凿一穴，阔一尺。"已而注水其间，收鳅投水内，鱼到水中相趁旋转，尾触穴四隅，随触而陷，水亦暴涨。逡巡穴已阔数尺。其人诣讷云："恐穴更广，即难制也。"遂掬入瓶中。讷方奇之，厚赠钱帛，携归辇下。

译　文

古代有豢龙氏。长安有豢养龙的人家，观察水文就知道有没有龙，一切种类名目全都了解。唐懿宗时，养龙人上奏说龙池里走失了两条龙。养龙人去关东寻访了几十天，在东都魏王池里找到了这两条龙,抓了带回京城。经过华州时,在任华州刺史正是李讷。李讷父亲名为李建枃,向来与白居易交好。李讷为人正直,听说他带着龙经过,认为是虚妄之说,命送来府衙检查。养龙人把一个小瓶子所盛之物倒进盆内,只见像是两条细泥鳅。李讷大怒说:"怎么证明是龙?"养龙人回答说:"证明不难,请在地上挖一个洞,宽一尺。"挖好后命人往洞里加水,养龙人再把两条像泥鳅的鱼丢入水中。它们一到水中就相随打转,尾巴碰撞洞的四壁,洞壁跟着塌陷,水也暴涨起来,转眼洞已经有好几尺宽。养龙人对李讷说:"恐怕洞再大点,就难控制了。"于是把龙抓进瓶中。李讷这才了解到龙的神奇,赠送了许多钱物给养龙人带回京城。

❷ 宣皇朝,有术士董元素自江南来,人言能役使鬼神。上闻之,召见,状貌甚异。帝谓左右曰:"斯人不可测也。"留于翰林中宿。洎夜召与语曰:"闻公颇有神术,今南中柑橘正熟,卿能致之否?"元素对曰:"此小事,请安一合①于御榻前。"数刻间,有微风入幕,元素乃启其合,柑子满其中。奏曰:"此江陵枝江县柑子也。远处取恐迟。"上尝之甚惊叹,谓之曰:"卿要物应不难也。"元素曰:"若非奉天命,臣何敢自取?自取必有阴谴。"明日,上命一内家小儿以银笛吹之,夜上高树,宣元素从容闻其声。上曰:"近有此怪,卿为朕逐之可否?"元素笑曰:"此小儿耳!"乃书一符飞之,顷刻乃

---

① 合:古代称量粮食的器具。

不闻其声。明日，唤小儿询之，云："方吹次，似有人于口中拨去，黑中无计求也。"上又以十余片令怀上树，踵前吹之。宣元素听，元素吐气少许，其声遂绝。上再三怪之，明日唤问，乃是被风吹落宫墙外，无由到树上。又令人于后苑作一地穴如屋，点烛于其间，使数人鸣鼓。白元素曰："人有此妖，卿可逐之。"复飞符，良久乃不闻其声。翌日，上责穴中人，曰："方击鼓次，奉中使宣旨，不用击也。"其夕，又穴鸣之，戒曰："任闻宣传，不可止也。"复不闻声，上明日问其由。奏曰："昨夜陛下亲到穴止约，臣遂不敢违命。"上曰："今夕更为，纵是我来，亦不可止也。"复不闻声，隔日奏曰："有一赤龙入穴，人皆惊走，所以然也。"宣皇骇之，异常敬重。前后异术不可尽记，赐赉孔多。半年后坚辞归江南，乃放去。不知其终。

译 文

唐宣宗时，术士董元素从江南来京城，人们传言他能驱使鬼神。唐宣宗听后，召见董元素，见他样貌非常奇异。唐宣宗对左右说："这人深不可测。"随后将他留在翰林院住宿。到夜里唐宣宗召他过来对话："听闻您颇有些神术，现今南中的柑橘正成熟，能否取来？"董元素回答说："这是小事，请放一个合在御榻前面。"几刻钟的时间，有微风吹进幕帐里，董元素打开合，里面装满了柑橘。上奏说："这是江陵枝江县的柑橘。去更远地方拿的话，怕时间太久送来迟了。"唐宣宗尝了之后非常惊讶，对董元素说："您想要拿什么东西应该不难。"董元素说："如果不是奉了天子之命，臣怎么敢为自己拿东西？如果为自己拿东西，必然要遭到天谴。"

第二天，唐宣宗命小太监晚上爬到高树上吹银笛，召董元素来仔细听这个声音。唐宣宗说："最近出现这个妖怪，您可以为朕驱逐吗？"董元素笑着说："这是小孩子。"于是画了一道符扔过去，顷刻就听不见声音了。第二天，招小太监来问，回答说："正吹着时，好似有人从口里拔走银笛，黑夜里也没办法找回。"唐宣宗又让他带了十多片银笛爬到树上，跟之前一样吹着。召董元素来听，董元素吐了一点气，那声音就消失了。唐宣宗再度感到奇怪，第二天叫小太监来问话，原来是忽然被风吹到宫墙外了，没办法爬到树上继续吹奏。

唐宣宗又命人在后苑挖了一个像屋子的地穴，在里面点上蜡烛，让几个人敲鼓。唐宣宗告诉董元素说："有人说这里有妖怪，您可以为朕驱逐。"董元素再次扔出符箓，而后许久都听不见鼓声。第二天，唐宣宗责问地穴里的人，这些人回答说："正在击鼓时，有宦官宣旨说不用再敲了。"当天晚上，唐宣宗又让人在地穴里敲鼓，告诫他们说："任谁来宣旨传语，都不可以停。"董元素施法后还是听不到鼓声。唐宣宗次日问他们原因。回奏说："昨天陛下亲自到地穴阻止，臣等不敢违命。"唐宣宗说："今晚继续，即使是我来，也不可以停。"董元素施法后，依旧听不见鼓声，次日天明回奏说："有一条赤龙进入地穴，大家都被吓走了，所以没有击鼓。"唐宣宗惊骇异常，更加敬重董元素。

董元素前后施展的神异法术难以全部记录下来，唐宣宗赏赐了他很多东西。半年后，董元素坚持告辞回江南，唐宣宗才放他回去。最后不知所终。

**❸** 李思齐者，常着绿戴席帽于京辇，状貌若三十许人。每阅市场，登酒肆，逢人即与相善。令狐楚闻之，召至宅，语言非常人。楚子绹侍立，睹之亦觉其异。云在昊天观安下，明日楚令人觅之无踪。咸通中，绹为淮南节度使。已逾三十年矣。门吏于市肆见思齐，貌若当时，惊而白绹。绹亦惊，使邀之，拜为大人。谓绹曰："何衰老如是？"绹复再拜，留宿府中，不住，云在紫极宫安下，去而不复来。有人复一见在酒楼上。绹又令访之，竟不来，莫知所去。

译　文

李思齐这个人，经常穿着绿衣、头戴席帽在京城游玩，容貌像是三十多岁的人。每次游逛市场，去酒楼，逢人就与之交好。令狐楚听说了这个人，召他到家里坐论，觉得他说话谈吐不像是普通人。令狐楚的儿子令狐绹侍立在旁边看着，也觉得他不是一般人。李思齐说自己住在昊天观，第二天令狐楚命人去寻觅，结果没有找到踪迹。咸通年间，令狐绹担任淮南节度使，距离初见李思齐已经过去三十年了。门吏在当地市场见到李思齐，发现他的容貌还和当年一样，大吃一惊，回来告诉了令狐绹。令狐绹也很惊讶，派人邀请李思齐前来，按参拜长辈的礼节行礼。李思齐对令狐绹说："您怎么衰老成这样了？"令狐绹又拜了两次，留他在府中。李思齐不愿意住下，说住在紫极宫，离开后就没再回来。后来有人在酒楼又见到李思齐。令狐绹命人寻访，最终也不肯再来，没有人知道他去了哪里。

❹　咸通中有幻术者，不知其姓名。于坊曲为戏，挈一小儿年十岁已来，有刀截下头，卧于地上，以头安置之，遂乞钱。云"活此儿子"，众竞与之，乃叱一声，其儿便走起。明日又如此，聚人千万。钱多后，叱儿不起。其人乃谢诸看人云："某乍到京国，未获参拜所，有高手在此，致此小术不行，且望纵之。某当拜为师父。"言讫，叱其小儿不起。俄有巡吏执之，言："汝杀人，须赴公府。"其人曰："千万人中，某固难逃窜。然某更有异术，请且观之，就法亦不晚。"乃于一函内取一瓜子，以刀划开臂上，陷瓜子于其中，又设法起其儿子无效。斯须露其臂，已生一小甜瓜子在臂上。乃曰："某不欲杀人，愿高手放斯小儿起，实为幸矣。"复叱之不兴，其人嗟叹曰："不免杀人也。"以刀削其甜瓜落，喝一声，小儿乃起如故。众中有一僧头欻然堕地，乃收拾戏具并小儿入布囊中，结于背上，仰面吐气一道，如匹练上冲空中。忽引手攀缘而上，丈余而没，遂失所在。其僧竟身首异处焉。

译　文

咸通年间，有一位懂幻术的人，没人知道他的姓名。他在街上卖艺，领着一个十多岁的小孩，表演时用刀砍下小孩的头，小孩的身体躺倒在地上。他把头放在身体上，向众人要钱，说："请救救这小孩。"众人竞相投钱给他，于是他大喝一声，那小孩就起身走了起来。

第二天还是这样表演，吸引了成千上万人，钱也给得更多，但大喝后小孩却不起来。那人看向人群，道歉说："我初到京城，还不知道去哪里拜码头，有高人在这里，导致我的小幻术失灵，希望能放一马，我将拜之为师父。"说完，再大喝，小孩还是不起来。不久，巡吏过来抓他，说："你杀了人，要去衙门。"那人说："这儿聚集了千万人，我肯定是逃不了的。然而我还有更奇妙的幻术，请看完，再抓我也不迟。"于是从箱子里取出一粒瓜籽，用刀划开手臂，把瓜籽塞进去，再次施法让他的小孩站起来，仍然没有效果。片刻工夫后，那人露出他的手臂，已经长出一颗小甜瓜苗，说："我不准备杀人，希望高手能放过这个小孩，那就再好不过了。"再大喝一声，还是不起来。那人叹息说："免不了要杀人了。"就用刀削落了甜瓜，然后大喝一声，小孩像之前一样站了起来，人群中却有一名和尚的头颅忽然落在地上。于是那人收拾好工具，和小孩一起放入布囊里，背在背上，抬头吐了一道气，变成一匹布直冲到空中。他抓住布往上爬了一丈多高后，就消失了。那个和尚最终身首异处。

❺　西明寺中有僧名德真，过海欲往新罗。舟至海中山岛畔避风，与同舟一道流行其岛屿间，见泉水一泓，中有赤鲤一头，道士取之不得，乃念咒禹步获之。僧云："海中异物不可拘也。"道士曰："海神吾无惧。"僧苦求免之，投于波内，乃往海东。明年，僧还京。复寓西明寺，乃能卜射，言事无不中者。由是谒请如市，一二年间获缯不知其数。一旦，有客诣之，见小柏木神堂内幡花①填其中，客以手扪其中，得一小儿，长数寸，朱衣朱冠，眉目如画，状似欲语，忽脱手飞去空中而不见。其僧叹惋久

---

① 幡花：供佛用的幢幡彩花。

之，乃诟骂逐其客。客惧走避之。经月，闻其僧言其事皆无凭也。

### 译　文

西明寺中有位僧人法号德真，准备渡海去新罗。船只航行途中驶往海中的山岛边避风，德真与同船的一名道士一同登岛游览，见到一泓泉水，水中有一条红鲤鱼。道士一开始没抓到鱼，于是念起咒语，踏着禹步，施展法术抓住了鱼。僧人说："海中的异兽不可以抓。"道士说："我不怕海神。"德真苦苦哀求，道士才作罢，将鱼扔进水中，两人继续乘船前往海东。

第二年，德真回到京城，仍然住在西明寺。这次回来，他竟能占卜预言，没有算不准的事。因此，西明寺门庭若市，前来拜谒的人络绎不绝，在一两年里赚了无数的钱财。有一天，一个客人前来拜访。客人见小柏木做的神堂里填满了幡花，伸手进去摸索，找到一个小孩儿，身长只有数寸，穿着红衣，戴着红帽，面貌如同画出来的，貌似想要说话，忽然从手中逃脱向空中飞去。德真知道后叹息了很久，而后大声叱骂驱赶客人。那名客人惊恐地离开了。一个月后，听闻德真卜算的事情自此再也没有应验过。

❻　王鲔者，凝之兄也。多异术，有相知多智。为使往宣州推事，谓鲔曰："有何饯行相赠？"鲔出一小囊，其间如弹丸，不知何物也。谓之曰："可长结在身边，无忘也"。既到宣州，推事月余，日昼寝于驿厅内。睡中转身，为弹子所隐，胁下痛极，因跃下床就外观之。屋梁忽折落于榻上，枕席有声，震骇驿内，使人免兹难也。康骈著《剧谈录》亦载鲔有异术。

译　文

王鲔是王凝的兄长，会神异法术，有相术的本领，很有智慧。王凝被派往宣州任推事，对王鲔说："有什么东西可以相赠为我践行吗？"王鲔拿出一个小锦囊，里面像是装的弹丸，不知道是什么东西。王鲔对王凝说："一直带在身边，不要忘了。"王凝到宣州一个多月，辛勤办公，日夜都睡在驿厅里。某晚，睡觉时翻身，被锦囊中的弹丸磕到肋下，感到一阵剧痛，因此跳下床到外面去查看锦囊。此时屋梁突然断裂，砸到睡觉的榻上，枕席被砸得砰砰作响，整个驿厅都在震动。多亏有了王鲔的馈赠，才使他幸免于难。康骈写《剧谈录》时也记载了王鲔会神异法术这件事。

❼　咸通初，有布衣爨，忘记其名，到京辇，云黔巫，间来王公之第。以羊挺炭三十斤，自出小锯并小刀斧，剪截其炭，叠成二楼，数刻乃成。散药末于上，下用火烧之，药引火势，斯须即通彻二楼，光明赫然。望其檐宇、窗户、彤槛、刻楯，并阑槛罔不周备。又有飞桥连接二楼，有人物男女若来往其上。移时后，炭渐飞扬成灰，方无所睹。懿皇闻之，召入宫禁，久而不知所之。

译　文

咸通初年，有个平民出身的厨子，忘记了他的姓名，说是从黔巫一带来到京城的王公府邸谋事。他拿出自己的小锯子和小刀斧，把三十斤羊挺炭剪截成小块，而后叠成两座楼阁，只花了几刻钟的时间就完成了。然后在上面撒上药末，在下面生火，药末引着火势，瞬间贯通两座楼阁，发出的火光赫然明亮。炭楼的屋檐、门窗、漆红的梁柱、雕花的房椽,以及栏杆,无不齐全。还有一座飞桥连接着两座楼阁,上面还有男女人像仿佛在往来行走。过了一段时间后,炭楼烧成灰烬,那些景象才消失。唐懿宗听闻后,将他召入宫内。时间过去久了,也不知道这人后来去了哪里。

# 异闻

❶ 京兆尹有生杀之柄,然而清要之官[①]多轻薄之,目为所由之司。京国士子进士成名后,便列清途,屈指以期大用。故事:若登廊庙,须曾扬历于字。人遂假途于长安、万年之邑。或驾在东洛,亦为河南洛阳之宰。数月之后,必迁居阁下,京尹不可俟也。两县令初欲莅事,须谒谢京尹,皆异常待之。庭前铺置茵褥,府史引一人投刺于尹前,云"某邑令某姓名,赞两拜"而已。大尹降西廊迎之,从容便就饭会府中,遂为体例。

译文

京兆尹掌握有生杀大权,但五品以上的官员大多轻视这个官职,只是把它视为升入更高职阶所需的一个任职履历。京城的士子们考中进士成名后,便有了显贵的仕途,数着手指头急切期待着自己能被朝廷重用。按照惯例,想要进入朝廷任职,须要有地

---

① 清要之官:指唐代五品以上的职官。

方官的经历。所以很多人就借着在京城里的长安和万年两县担任县令来增添履历。有时皇帝在东都洛阳理政，他们也借着担任河南洛阳县令一职完成履历。任职几个月后，必定能升迁到朝廷任职，这是京兆尹所不可比拟的。长安、万年县的县令就职时，须要拜谒顶头上司京兆尹，但都不按平常的规矩进行。他们先在京兆尹衙署铺好行礼的垫子，随后让京兆府史引领县令使者递交名片给京兆尹，上面写着"某县令某人，赞两拜"而已。此时，京兆尹从府衙的西廊出来迎接，然后在府衙中设宴与县令会面。这后来逐渐成为定例。

❷ 旧说，海中有派水贯于新罗国，色清而甘。或彼国怠于进奉中华，则彼水浊而无味。又岭南荔枝，明皇幸蜀后，江南之人使罕及，此果亦彼中不稔。乾符中，僖皇在蜀，洞庭柑橘，东都嘉庆李、睦仁柿，亦味醋而涩。

译　文

以前传说海里有洋流通到新罗国，它的颜色清澈、味道甘甜。如果该国对供奉中华有所懈怠的话，那么这条洋流就会变得颜色浑浊而且没有味道。又有关于岭南荔枝的传说，唐明皇逃到蜀地后，由于江南的官吏很少派人到朝廷进贡荔枝，这种水果即使在当地也不会成熟了。乾符年间，唐僖宗逃到蜀地，洞庭的柑橘，东都的嘉庆李、睦仁柿，吃起来味道也变得如同嚼醋而且涩嘴。

❸ 宰相堂饭,常人多不敢食。郑延昌在相位,一日本厅欲食次,其弟延济来,遂与之同食。延济手擎馎饦①,及数口,碗自手中坠地,遂中风痹,一夕而卒。

译　文

宰相衙署的饭食,普通人一般是不敢吃的。郑延昌当宰相时,某天在衙署正准备吃饭,恰好弟弟郑延济来访,便一同用餐。郑延济手举着馎饦,才吃了几口,碗就从手中掉落在地上,人已经中风了,过了一个晚上就逝世了。

❹ 太常卿初上,寺内以雅乐全作而呈之。少卿初上,以半呈之。

译　文

太常卿就任时,太常寺内演奏全套雅乐供其观赏。太常少卿就任,则演奏半套雅乐。

❺ 宫苑之间八节②游从,固多名目。每岁樱桃熟时,两军各择日排宴,祗候行幸,谓之"行从"。盛陈歌乐以至尽日,倡优百戏、水陆无不具陈,在处堆积樱桃,以充看玩也。

译　文

在八节时,宫中人等须相伴同游皇宫花苑,游乐的名目很多。每年樱桃成熟时,左右神策两军各选好日子安排宴席,等候

---

① 馎(bó)饦:古代的一种面食。
② 八节:指一年中的八个节日或节气日,具体说法各朝不一。

皇帝巡阅，称之为"行从"。当日全天举办大型歌舞表演，戏曲杂戏、水陆游戏节目无一不有，皇宫花苑里到处堆着樱桃，供人欣赏把玩。

**❻** 同州有长春宫，其间园林繁茂，花木无所不有，芳菲长如三春节矣。

译　文

同州有长春宫，里面林木繁盛茂密，各色种类的花木无所不有，花开得很茂盛，景象如同三春时节。

**❼** 中书政事堂后有五房①，堂候官②共十五人，每岁都酿③醵钱十五万贯。秋间于坊曲税四区大宅，鳞次相列，取便修装，遍栽花药④。至牡丹开日，请四相到其中，并家人亲戚，日迎达官，至暮娱乐。教坊声妓，无不来者。恩赐酒食，亦无虚日。中官驱高车大马而至，以取金帛优赏，花落而罢。

译　文

中书省政事堂后分列有五房，里面共有堂后官十五人，堂后官们每年酿酒售卖能凑集十五万贯钱。秋季这些堂后官会在坊巷租赁四所大宅子，所租房屋需相邻排列在一起，方便装修，房内种满芍药（牡丹花）。等到牡丹花开时，堂后官们会请诸位宰相

---

① 五房：政事堂下设的吏房、枢机房、兵房、户房、刑礼房。
② 堂候官：即堂后官，政事堂下设的五房的官员，负责各项具体事务。
③ 都酿：具备一定规模的酿酒作坊。
④ 花药：芍药。

和宰相们的家人、亲友到宅中赏花。堂后官们每日在此迎送达官贵人，侍奉他们在宅中娱乐游玩到夜里。教坊里的歌姬，没有不应邀而来的。恩赏的酒宴，也没有一天会缺少。宦官坐着骏马拉着的高车，纷沓而至，前来领取馈赠的黄金和丝绸。直到牡丹花谢，这场盛宴才会结束。

❽ 京辇自黄巢退后，修葺残毁之处。镇州王家有一儿，俗号"王酒胡"，居于上都，巨有钱物，纳钱三十万贯，助修朱雀门。上又诏重修安国寺，毕，亲降车辇以设大斋，乃十二撞新钟，舍钱一万贯。令诸大臣各取意击之，上曰："有人能舍钱一千贯文者，却打一槌。"斋罢，王酒胡半醉，入来，径上钟楼连打一百下，便于西市运钱十万贯入寺。

译　文

黄巢自京城败退后，朝廷修葺城中被毁坏的地方。镇州王家有一个儿子，外号"王酒胡"，住在京城，极为富有，捐钱三十万贯，帮助修葺朱雀门。皇上又下诏重修安国寺，修整完毕后，皇上亲临安国寺举办大斋，撞击十二次新铸造的钟，捐钱一万贯。皇上命诸位大臣随意撞钟，说："有人能捐钱一千贯的，就可以撞一次钟。"斋宴结束，王酒胡半醉入寺，径直走上钟楼连撞了一百下钟，随即从西市运了十万贯钱进寺里。

❾ 两军所置街巡，禁止军中凶暴。若百姓为盗斗，即属京兆府并两县捕贼司。军人百姓不相参杂。天下亦如此。

译　文

左右神策两军设置有街巡官，负责约束、处理军人凶恶暴力的行为。如果百姓盗窃或互相斗殴，则由京兆府及下属两县捕贼司管理。军人和百姓分开管理，古今天下都是这个道理。

❿　天街两畔槐树，俗号为"槐衙"。曲江池畔多柳，亦号为"柳衙"。意谓其成行列，如排衙①也。

译　文

天街两旁种满槐树，俗称为"槐衙"。曲江池畔多种柳树，也号称为"柳衙"。意指它们成行排列，如同排衙。

⓫　每岁上巳日，许宫女于兴庆宫内大同殿前与骨肉相见。纵其问讯，家眷更相赠遗。一日之内，人有千万。有初到亲戚便相见者，有及暮而呼唤姓第不至者，涕泣而去。岁岁如此。

译　文

每年上巳节这一天，朝廷允许宫女在兴庆宫内的大同殿前与亲属见面。当天放任他们问候、询问，家眷竞相送来慰问物品。一日之内，有千万人来来往往。有一来就见到亲戚的人，也有一直呼唤名字，到了傍晚也未能相见、哭着离去的人。年年如此。

⓬　华清宫汤泉内，天宝中刻石为座，及作芙蓉，仆闻说到今犹在，屋木亦有全者。骊山多飞禽，名"阿滥

---

①　排衙：古代官员升堂的仪仗，指下属依次分立两侧。

堆"。皇帝御玉笛，采其声，翻为曲子名焉。左右皆传唱之，播于远近。人竞以笛效吹，故词人张祜诗曰："红树萧萧阁半开，上皇曾幸此宫来。至今风俗骊山下，村笛犹吹阿滥堆。"

**译　文**

听说在华清宫的温泉里，天宝年间雕刻的石座和石芙蓉现今还留存着，当时用来建房屋的木材也有完整保留下来的。骊山上有许多飞鸟，叫作"阿滥堆"。唐明皇吹玉笛时，模仿鸟的鸣叫声，谱了一首曲子，并以"阿滥堆"为名。当时左右都传唱这首曲子，因此传播得很广。人们竞相用笛子吹奏这首曲子，所以诗人张祜有诗云："红树萧萧阁半开，上皇曾幸此宫来。至今风俗骊山下，村笛犹吹阿滥堆。"

❸　徐彦若弟彦枢，大中末，遇京国中元夜，观灯于坊曲间。夜深，有一人前揖徐公，因同行，谓徐公曰："君贵人也。他年贤兄必为辅弼之官。若近十年，即须请退去京五千里外，方免难也。不尔，当有祸患。"行及一小巷口，其人曰："某在此巷内居，别日请相访。"遂分路而去。经旬日，彦枢行及其巷，乃访之，并无人居。行十步余，有一小神祠，外路已穷尽，于是谒其神，见土偶宛是夜中所睹者，含笑相视，彦枢记之。光化末，彦枢官至左谏议大夫，兄方居宰辅，遂话于兄。时四方皆为豪杰所据，唯有广南是嗣薛王知柔为节度使，彦若遂请出广州。昭皇授以节钺而去，果免患难。

## 译　文

大中末年，徐彦若的弟弟徐彦枢于中元节的夜晚在长安城的坊巷间赏灯。夜深的时候，有一人上前向他作揖，于是一起走，那人对徐彦枢说："您是贵人，以后您的兄长必定成为辅弼天子的大官。但是任职快十年的时候，要请求下放到距离京城五千里之外的地方，才能免于祸难。不然的话，必定遭难。"等走到一处小巷口，那人说："我住在这条巷子里，改日请来拜访。"于是辞别而去。十天后，徐彦枢经过那条巷子，准备上门拜访，但并没有人居住。又走了十多步，见到一座小型神祠，而外面的道路已经到头，于是进去拜神，看见神像宛若那天夜里所见到的人，正含笑看着他。徐彦枢于是牢牢记住了他的话。

光化末年，徐彦枢官至左谏议大夫，兄长正担任宰相，他估算着十年之期已近，于是把之前那件事告诉哥哥。当时四方都被地方豪杰占据，只有岭南是薛王李知柔担任节度使，徐彦若便立刻申请出京去广州。唐昭宗授予节度使的节钺派他过去，此行果然让徐彦若免于后来的祸难。

❹　段文昌，贞元中在西川，为南康王韦皋宾从。皋薨后遭刘辟，遂为外邑佐官。高崇文收复剑南，召居旧职。文昌再三谢之，崇文曰："君非久在卑位也。"指己座下椅子谓之曰："此椅子犹不足与君坐。"遽请归阙。行至兴元一山寺中。有老僧指庭前梅树曰："君去日既逢梅脸绽，来时应见杏花开。"及抵京华，屡迁爵秩。数年后，拜益州节度使。经兴元，至往日僧院，睹庭中杏花方盛，访其僧已卒。文昌追思之，感怆为之设斋而去。文

昌孙安节为人厚重，言未尝虚发。每云天复中避乱出京，至商山中，逆旅见一老妇人，无一半头，坐床心缉麻，运手甚熟。其儿妇在侧，言广明庚子岁，巢寇入京，为贼所伤，自鼻一半已上并随刃去。有人以药封裹之，时不死两日，亦如往者。后微动手足，眷属以米饮灌口中，久而无恙。今已二十余年矣。人间有此异事。安节又云："长安多凶宅，无人敢居。街东有宅，堂中有一青面，如靛色，双目若火，其面满五间堂屋中。人呼为'大青面'。街西有宅，龟头厅①中亦有青面，可以一间屋中，人呼为'小青面'。安节少年，因冷节与侪类数人筑气球，落于此宅中，斟酌不远，于壁隙见在细草内。安节与众穿壁入去取球，数步间试窥厅中，果见其面满屋下，泛眼视诸人，乃一时奔出，莫敢取其球也。"

译　文

段文昌，贞元年间在西川做南康王韦皋的宾客。韦皋死后，段文昌遭遇刘辟之乱，于是到外地担任辅佐小官。高崇文收复剑南后，召他回来担任旧职。段文昌再三谢绝。高崇文说："您不是久在低位的人。"还指着自己坐的椅子对他说："这把椅子也还不够给您坐的。"于是段文昌应请回京城任职。回京途中走到兴元一座山中的寺庙时，有位老僧指着庭院前的梅树对他说："您离去的时候正逢梅花绽放，回来时应该能看到杏花盛开。"等抵达京城，段文昌多次升迁，几年后被任命为益州（西川）节度使。赴任途中再度经过兴元时，到了往日去

---

① 龟头厅：指在原建筑之前或之后接建出来的小房子。

过的寺庙，看见庭院里的杏花开得正盛，询问那位僧人，说已经逝世了。段文昌追念老僧，感到很悲怆，为他举行了斋会才离开。

段文昌的孙子段安节，为人厚道持重，从不说空话。每每提及天复年间，他为避乱离开京城，在商山的旅舍里见过一位老妇人，半颗脑袋都没有了，坐在床上绩麻，动作还很娴熟。她的儿媳在旁边，说这是广明庚子年，叛贼黄巢入京，被他们砍伤所致的，鼻子以上一半的头颅都跟着刀刃去了。当时有人用药封住伤口，挺过两天还没断气，但也跟死人差不多。后来能微微动一下手脚，家属遂将米汤灌进她嘴里，过了很长时间才恢复。如今已经二十多年了。人世间就是有这样奇异的事情。

段安节又说："长安城里有许多凶宅，没有人敢居住。街东有座宅子，正屋有一个青面鬼，脸色是靛蓝色的，双目像火，它的脸填满了五间堂屋，人称'大青面'。街西有座宅子，龟头厅中也有个青面鬼，脸的大小如一间屋子，人称为'小青面'。我年少时，在寒食节那天和几个同伴玩气球，气球不小心落到这座宅子里，斟酌了半天觉得离得不远，从墙上缝隙中看见落在矮草丛中，于是我与大家穿过墙缝去捡球，走了几步后向厅堂偷看，果然见到青面的脸填满了屋子，正在眨眼看人。大家一时全部奔逃出来，没有人敢去捡球。"

**❺** 中书令韦昭度方秉机衡，中外趋附者千万。忽有老僧来谒，昭度方在道院独坐，睹其僧颇异之。僧曰："令公祸将及矣。能随贫道去否？特来相迎耳。"昭度恍然失色，亦甚惧焉。白僧曰："某当权已久，深虑祸生，

甚欲远行，然略须辞别家眷。"其僧不许，昭度须请入焉。及至堂中，长幼聚哭，云"无信妄说"，拽其衣裾。移时，昭度脱身趋道院，已失其僧矣。询诸阍吏，无有见者。两月间，遂遇难。与表弟李磎同破家也。

译文

中书令韦昭度主持国家大政时，朝廷内外前来趋炎附势的人有千千万万。突然有一名老僧过来拜谒。韦昭度正独自坐在道院里，看着这名僧人颇觉得有些奇异。老僧说："您即将遭受祸难，能跟着贫僧离开吗？我是特地来迎接您的。"韦昭度的脸色猛然间变得苍白，心中也感到十分恐惧。他向老僧说道："我掌握权力很久了，十分忧虑有灾祸发生，也想要远走避开，但须得和家眷辞别。"那名僧人不同意，韦昭度请求他停留片刻，自己进屋。等到了厅堂，家中老幼聚在一起大声哭喊，说："不要信这些虚妄的话语。"拽着他的衣服不让走。过了一段时间后，韦昭度脱身跑到道院，老僧已经消失了。询问门吏，都说没有见过这个人。两个月内，韦昭度遇难被杀，与表弟李磎一同被灭门。

❶❻ 代说郑畋是鬼胎，其母卒后与其父亚再合而生畋。初亚未达，旅游诸处，留其妻并一婢在山观中女冠院侧。及归，妻已卒。询其婢，婢曰："娘子将欲产，卧之久，闻空中有语曰：'汝须出观外，无触污吾清境。不然，吾当杀汝。'妻祝曰：'某妇人也。出无所归，愿圣者悯念。'及五更分娩后，乃殒绝。观内道众为殡于墙外野田中矣。"亚以钱酒往酹之，是夜梦妻曰："某命未尽，合与君生贵子。无何以触污道院为神灵所杀。从此向

南十里有一僧院,其间只有一僧,年可五十来,此奇士也。君可往求之,僧必拒讳,但再三哀鸣祈之,当得再奉箕帚也。"及寤,不以为信。次夕又再梦之,语如初,亚于是趋其院,果见彼桑门①。初谒之,亦喜。亚遂告之,殊不管顾,曰:"我即凡人也,偶出家耳。岂能主幽冥之间事乎!"亚复恳祈之,僧怒以拄杖驱击。亚甘其辱,连日不去,夕亦不寝。僧乃许之曰:"汝既心坚若此,俟吾寻访之。"乃坐入定,半夜后,起谓亚曰:"事谐矣。天曙但先归,吾当送来。"亚其夕归观,三更中闻外户人语,即引妻来。言"本身已愈坏,此即魂也。善相保守。"嘱之而去。其事宛如平生,但恶明处,三二年间乃生畋。又数岁,妻乃辞去,言:"年数已尽,合当决去",涕泗而别。俄不知所之。

译　文

传说郑畋是鬼胎,是他母亲死后与他父亲郑亚再次交合而生下的。当初,郑亚没有发达时,到处旅行,出游时把妻子和一名婢女留在山中道观的女冠院里。等回来时,妻子已经逝世。郑亚询问婢女,婢女说:"夫人将要生产时,躺卧了许久,听到空中有声音传来:'你必须离开道观,不要污染我的清境。不然就杀了你。'夫人祷告说:'我是妇人,离开后没有地方可去,希望圣者能怜悯。'等到五更时分,夫人胎动,然后就死去了。观内的道众将遗体停放在墙外面的田野里。"郑亚听后带着纸钱和酒水前往祭奠。

---

① 桑门:"沙门"的另一种译法,即和尚。

当晚，郑亚梦到妻子说："我的命不该结束，应当和夫君生个贵子。无奈触逆污染了道院，被神灵所杀。从这往南十里有一间僧院，里面只有一名僧人，年纪大约五十岁，是位奇士。夫君可以前去求他，头次僧人必定拒绝，只需要再三哀求祈请，应当能使我再生侍奉夫君。"等醒来后，郑亚没有相信梦里的事。第二晚又梦到了妻子，说了同样的话。郑亚于是前往那间寺院，果然看见那位僧人。刚拜谒时，僧人还非常喜悦。郑亚告诉他事情的来龙去脉后，僧人却不愿管这件事，他说："我是一个凡人，偶然间出家为僧，怎么可能主宰幽冥之间的事情？"郑亚再次向他恳求，僧人发怒用拐杖击打驱赶他。郑亚甘心受他的折辱，连续几日都不肯离开，晚上也不睡觉。僧人这才同意，说："你的心既然已经如此坚定了，那等我为你寻访。"于是坐禅入定。半夜后，起身对郑亚说："事情成功了。现在天亮了，你先回去，我自当把你夫人送过来。"郑亚在晚上回到道观，三更天时听到门外有人说话，是僧人带妻子回来了，僧人说道："她的肉身已经损坏了，这是魂魄，请好好保护。"嘱咐后离去。

此后他的夫人平常做事与活着时一样，只是厌恶明亮的地方，后来在三两年内生下郑畋。又过了几年，妻子向郑亚辞别，说"年数已经到了，应当要诀别了"，说完便哭着告别。不一会儿就不知道去了哪里。

❶❼ 京西有客见人牧羊遍满山垅，不知几千万口，客诘之："自何而来？"答曰："来自鄜夏，供相公食耳。"指顾之际，转首恍然，并无所睹。乃知神灵所授也。

## 译　文

有商客在京西见人赶着漫山遍野的羊,不知道有几千万只。商客问他从哪里来?那人回答说:"从廊夏那边过来,供羊给宰相吃。"并指给他看。等商客回过头来时心中一片茫然,什么都看不见了,这才知道那些羊是神灵所授的。

图书在版编目（CIP）数据

长安梦华录／（唐）柳宗元等撰；孙昌麒麟译注
.—成都：巴蜀书社，2023.12
ISBN 978-7-5531-2090-4

Ⅰ.①长… Ⅱ.①柳… ②孙… Ⅲ.①笔记小说－小说集－中国－唐代 Ⅳ.①I242.1

中国国家版本馆CIP数据核字（2023）第198070号

CHANGAN MENGHUA LU
长 安 梦 华 录

（唐）柳宗元等　撰
孙昌麒麟　译注

| 策划出品 | 远涉文化 |
|---|---|
| 出版统筹 | 罗婷婷　庄本婷 |
| 策划编辑 | 袁子旂 |
| 插 画 师 | 峻青波 |
| 责任编辑 | 徐雨田 |
| 封面设计 | 九月工作室 |
| 出　　版 | 巴蜀书社 |
| | 四川省成都市锦江区三色路238号新华之星A座36楼 |
| | 邮编：610023　总编室电话：（028）86361843 |
| 发　　行 | 巴蜀书社 |
| | 发行科电话：（028）86361852　86361847 |
| 照　　排 | 四川胜翔数码印务设计有限公司 |
| 印　　刷 | 四川宏丰印务有限公司(028)85726655　13689082673 |
| 版　　次 | 2023年12月第1版 |
| 印　　次 | 2023年12月第1次印刷 |
| 成品尺寸 | 145mm×210mm |
| 印　　张 | 9.5 |
| 字　　数 | 220千 |
| 书　　号 | ISBN 978-7-5531-2090-4 |
| 定　　价 | 59.80元 |

本书若有印装质量问题，请与工厂联系调换